「암행어사 박문수」를 펴내며

　요즈음 판관 '포청천'이 우리나라에서도 매우 높은 인기를 끌고 있다고 한다. 청렴결백한 관리로서 공명정대하게 약자의 편에 서서 억울함을 풀어주기 때문일 것이다.
　권선징악을 선호하는 대중 심리는 동서고금이 크게 다를 바 없다.
　우리나라 박문수의 경우를 보자면 '포청천'을 능가하는 일화와 비화가 지금까지 널리 회자되고 있다.
　그러나 토막 이야기로 흩어져 야담 수준으로 구전될 뿐 정사(正史)를 바탕으로 제대로 씌어진 경우가 없다는 점에 대해 나는 늘 아쉽게 여겨왔다.
　그러던 터에 박문수 후손들의 도움을 받아 오랜 기간 수집해온 귀중한 문헌과 각종 자료를 제공받고 작가적 사명감을 느끼며 집필하게 되었다.

  우리는 대부분 '암행어사'라는 왕조시대의 관직을 거론할 때면 으레 박문수라는 인물을 떠올리게 된다.

  그러면서도 그가 설화나 전설 속의 허구적 인물로 잘못 알고 계시는 분들이 많다.

  박문수가 살다간 시대적 배경과 그에 관한 숱한 일화, 드라마틱한 생애는 '홍길동'이나 '일지매'처럼 짓밟히고 억눌린 민중들에게 장쾌한 호협심 및 후련한 대리 충족감, 흥미진진함을 안겨줄 것이다.

  항상 정의의 편에서 생명의 위협을 받아가면서도 악의 세력을 물리치는 데서 독자들은 후련한 청량감을 느낄 것이다.

  박문수는「암행어사」직책을 맡았을 때 곳곳을 떠돌며 억울하게 짓밟히는 민권(民權)을 옹호하고 구제하기에 힘썼으며 숱한 업적을 남겼다.

  양역(良役)의 폐단을 개혁했을 뿐만 아니라 탁지정례(度支定例) 제도를 만들어 국가의 재정을 튼튼히 했으며 오로지 고통받는 백성을 위해 살신성인의 자세로 **초지일관** 하였다.

  옳다고 생각하면 임금 앞에서도 굽히지 않는 강직한 성품으로 인하여 모함을 받고 파직되기도 했으며 온갖 고초를 겪기도 했다.

  박문수가 당시를 비롯하여 지금까지 널리 회자되고 있는 원인 중에 하나는 항상 정의의 편에서 약자를 돕고 진실을 규명하는 데 있다고 볼 수 있다.

  실제로 박문수가 암행어사 임무를 수행했던 기간은 일 년 남짓하다고 한다. 그러나 당시를 비롯하여 후세 사람들이 으레 '암행어사 박문수'라고 호칭하는 데서 필자도 책 제목을 그렇게 붙이기로 했다.

그러기에 1, 2, 3권 중에서 1권은 그가 암행어사를 지내던 때이기에 주로 구전되는 일화나 야사를 근거로 삼고 집필하였다.
 1권은 문학적 가치보다는 독자에게 부담없이 박문수라는 한 인물상을 전달하는 데 치중하였다.
 2권과 3권은 '조선 왕조 실록' 및 각종 문헌을 수집, 상고하여 지금까지 일반에게 거의 알려지지 않은 내용 위주로 집필하게 되었다. 필자는 되도록이면 누가 읽어도 이해하기 쉽게 쓰고자 했다.
 '비자금'이니 '떡값'이니 하면서 뇌물받아 먹는데 이골난 불가사리족, 양심이 마비된 큰도둑들이 득시글거리는 이 시대에 있어 위정자를 비롯한 우리 모두는 박문수의 참뜻을 본받아야 할 것이다.
 부정부패가 만연된 오탁한 이 시대에 있어 '암행어사 출도!' 산천초목도 벌벌 떠는 사자후를 터뜨리며 탐관오리를 응징하는 그의 모습이 그리워진다.
 그런 관점에서 '역사 바로 세우기'를 주도하는 대통령을 비롯하여 감사원, 사정의 칼을 부여받은 위정자들이 누구보다도 이책을 먼저 읽어주었으면 한다.
 부디 이 저서가 '정의와 도덕을 숭상하고 민족 기상을 드높이며 장쾌하고 의협심을 좋아하는 의식 있는 독자' 모두에게 좋은 벗이 되기를 희망하며 조심스럽게 붓을 놓는다.

저자 金 仙

차 례

◆차례/7
◆은인을 찾아온 순철이/9
◆모함과 비난의 소용돌이/23
◆여인네의 정절에 관하여/33
◆박문수와 소녕능의 능참봉/45
◆국방상태를 정비하는 과정에서/53
◆어영대장의 직책을 맡고/58
◆안용복의 제사를 지내다/65
◆대립과 갈등은 거듭되고/86
◆사도세자와 혜경궁홍씨/97
◆탁지정례와 정례공물/106
◆양역의 폐단을 없앤후/116
◆초야에 묻히고지 했으니/126
◆가야산에 올라서/132
◆선단으로 영조의 두통을 낫게하다/142
◆충신의 눈물/152
◆세자의 비행은 거듭되고/162
◆나라에 참다운 신하가 없으니/171

◆다시 모함을 받고/180
◆아아, 큰별은 떨어지고/189
◆박문수가 염려했던 사도세자의 비극/202
◆아아, 사도세자……!/222
◆오천 이종성과 문숙의의 최후/233
◆일화 한토막/239
◆박문수 신도비명/241
◆박문수 약사/250
◆박문수의 가계/258
◆펜을 놓으며/261

은인을 찾아온 순철이

그동안 정적들에게 심한 시달림을 받아온 박문수는 근신하는 자세로 두문불출하며 지냈다.
그러던 어느날 하인 막생이가 와서 이렇게 아뢰었다.
"대감마님, 안에 계시온지요?"
"무슨 일로 찾느냐?"
"예예, 사흘 전부터 대감마님을 뵈옵겠다고 찾아온 자가 있습니다요. 한사코 뵙기 전에는 아니 가겠다고 사흘이나 거듭 찾아오옵니다요."
"그래? 그가 지금 어디에 있느냐?"
"예, 대문 밖에서 엎드려 있습니다요."
"어떤 사람으로 보이더냐? 벼슬아치로 보이면 돌려 보내라. 그러나 평범한 백성으로 보이면 들여보내라."
"예예, 분부대로 하겠습니다요."

얼마후 하인 막생이를 따라 후덕하게 생긴 중년 사내가 들어섰다.

그는 땅에 넙죽 엎드리면서 울음부터 터뜨린다.

박문수는 한동안 바라보다가 조용히 하문했다.

"무슨 일로 날 찾아왔는지 용무를 말하라."

그러자 초로의 사내가 고개를 들고 말했다.

"대감마님, 소인을 기억 하시겠습니까? 대감마님께서는 잊으셨는지는 몰라도 소인은 지하에 들어가서라도 대감께서 베푸신 은덕을 잊을 수 없습니다."

"은혜라니? 나는 기억이 없는데?"

"대감마님, 지난날 암행어사 시절에 '족자에 숨은 비밀'을 밝혀 죽게된 저희 모자를 살려 주셨지 않사옵니까? 대감마님께서 옳은 일을 하시다가 모함을 받고 얼마나 심신이 상하였을까 염려되어 진주고을에서 이렇게 불원천리 상경한 홍순철(洪淳喆)이란 놈입니다…… 으흐흑……."

"으음, 이제 생각나는구나. 어서 일어나 안으로 들어 오시게"

"아니옵니다. 소인 놈은 이렇게 뵈온 것만으로도 감격스럽습니다……."

박문수는 한사코 사양하는 홍순철을 방으로 안내하였다.

그리고 조촐한 술상을 차려 신분의 차이를 초월하여 서로 회포를 나누었다.

박문수는 지난날의 기억을 떠올렸다.

홍순철 모자를 도와준 데는 이러한 사연이 얽혀 있었다.

박문수가 암행어사로서 민정을 살피러 다닐 당시, 그전에 있었던 일이다.

진주에 홍사목(洪思穆)이라는 큰부자가 살고 있었다.

그는 목사 벼슬을 지낸 데다가 재산도 많아 노년을 한가하게 즐기며 지냈다.

그는 인품이 후덕하고 원만한 성격이었으나 상처를 했다.

외아들 순태(淳太), 하인들과 같이 생활했다.

홍사목은 풍족한 생활이지만 외아들 순태가 과거에 여러번 낙방한 데다 주색으로 낭비하는 못된 행태로 인해 늘 남 모르는 근심을 품고 지냈다.

순태는 시정 잡배들과 어울려 다니면서 자주 말썽을 일으켰다.

그는 아버지의 연세가 많아지자 자꾸만 이렇게 졸라댔다.

"아버지께서는 이제 노쇠하시니 모든 재산 관리를 소자에게 맡겨 주소서."

"아니다. 나는 마음이 놓이지 않는다. 너는 아직 재산을 관리할 능력이 부족하다. 그러니 열심히 보고 배운 후 내가 죽은 후에 관리하는 것이 바람직 하니 그리 알아라."

그러니 순태는 속으로 불만을 품었다.

홍사목이 아들 순태를 경계하는 데는 성격이 포악한 까닭도 있었다.

소작하는 사람들에게 지나치게 가혹하게 대하기가 일쑤였던 것이다.

어느날 홍사목은 사정이 딱한 소작농의 빚을 많이 탕감해 주었다.

그러자 그집에서 너무나 고마와 하면서 홍사목을 초청하였다.

그집에 가서 대접을 받던 중에 17~18 세쯤 되는 아리따운 처자가 술시중을 들었다.

홍사목은 아내와 사별한 후 20년 가까이 홀로 지내던 터이었다.

그런데 모처럼 꽃처럼 피어나는 아리따운 처녀를 보고 마음을 주체하기 어려웠다.
"애야, 너는 어쩌면 그렇게도 자색이 고우냐? 네 이름은 무엇이냐?"
"미천한 것을 어여삐 보아 주시니 참으로 몸둘 바를 모르겠습니다. 쇤내는 명옥향(明玉香)이라고 하옵니다. 일찍 부모님을 잃고 이댁이 외가이기에 얹혀 지내는 신세랍니다. 으흐흑……"
옥향이의 고운 어깨가 들먹거리며 눈물이 흐른다.
"애야, 너무 서러워 말아라. 이제부터 내가 너를 보살펴 줄 것이니……"
홍사목은 나이도 잊고 슬그머니 옥향이의 손목을 이끌며 자신의 품에 안았다.
옥향이는 별다른 저항없이 다소곳이 안겨들었다.
그날밤 홍사목은 옥향이 외가의 허락을 받고 후처로 맞아들이기로 했다.
첫날밤을 맞아 홍사목은 덜덜 떨리는 손으로 옥향이의 탐스럽게 부풀어 오른 젖가슴을 가린 적삼의 옷고름을 풀며 이렇게 말했다.
"내가 주책스럽구나. 나이 들어서 꽃같은 너의 청춘을 탐하다니…… 너는 이제라도 속마음을 털어 놓아라. 마음에 없다해도 내가 탓하지 않으마."
"이렇게 만난 것도 모두가 인연입니다. 단 하루라도 어르신을 뫼실 수 있다는 것이 그저 기쁠 뿐입니다. 너무 심려치 마소서."
그날밤 백발이 성성한 늙은 신랑과 열아홉 살 옥향이는 부부의 인연을 맺게 되었다.
달덩이 같은 옥향이를 부인으로 맞아 들인 홍사목은 고목에 꽃이 피듯 행복한 나날을 보냈으나 전처에게서 태어난 아들 순태는 눈에 든 가시처럼 아버지와 후처를 미워하였다.

그러던 중에도 세월이 흘러 명씨부인은 시집온 다음해에 떡두꺼비 같은 옥동자를 낳았다.
홍사목은 너무나 기뻐서 연로한 나이도 잊고 덩실덩실 춤을 추었다.
"여보, 부인, 정말로 고맙소 고마워…… 이 아이의 이름은 순철이라고 지읍시다."
홍사목과 그 부인이 너무나 기뻐했으나 순태는 점점 심통이 사나와졌다.
"흥, 늙어서 주책이지. 환갑 진갑 지낸 노인이 어떻게 아들을 낳아. 아무래도 어느놈과 사통해서 낳은 거겠지…… 흥, 어디 두고 봐라."
순태는 속으로 앙앙불락 하였다.
명씨부인은 하인들을 잘 다스리고 집안살림을 알뜰이 꾸려나갔다.
늙은 남편의 식사 공양에도 각별히 힘써 오히려 건강 상태가 좋아지고 있었다.
홍사목은 새로 태어난 어린 순철이의 재롱을 보면서 한없이 기뻐했다.

어느덧 세월이 흘러 순철이가 여섯살 되던 해이다.
뒤깐으로 가던 중 홍사목은 갑자기 쓰러졌다.
중풍으로 인해 병석에 눕게 되었다.
명부인은 온갖 정성을 쏟아 병구완에 힘썼으나 워낙 노환이라 백약이 무효였다.
병석에서 석달을 보낸 어느날 홍사목은 전처 소생의 순태를 불러 이렇게 유언하였다.

"……순태는 듣거라…… 내가 곧 떠날 때가 되었다. 그동안 온갖 부귀영화를 누렸기에 여한은 없다…… 내가 이미 유서를 써놓았다. 너에게 수천 석을 추수하는 토지 문서와 노비, 모든 재산을 물려주겠다. 그러니 그 재산을 길이 간직하기에 힘써라…… 다만 내가 마지막으로 너에게 부탁하고 싶은 것은 순철 모자에게 내가 살았을 때처럼 잘 보호해 다오. 그들 모자에게는 뒷밭에 있는 천수답 닷마지기와 밭 열 마지기, 노비 두 명과 쓰러져 가는 동별당만 주기로 했다. 책상 위에 유서를 이미 써놓은 터이다."

순태는 너무나 속으로 기뻤다.

모든 재산이 거의 고스란히 자신에게 상속되기 때문이다.

홍사목은 다시 명부인을 조용히 불러 이렇게 말했다.

"자네는 그동안 나에게 참으로 고마운 사람이었네. 내가 죽거던 다른 곳으로 개가해도 좋네. 장래가 아직도 창창한데……"

"어찌 그런 말씀을 하시옵니까……! 아직 순철이가 어려 당장 뒤따라 가지는 못하더라도 만약 정조를 훼절할 경우엔 은장도를 갈아 자진할 것입니다…… 으흐흑……"

"알겠네. 내가 그냥 해볼 소리니 너무 섭섭하게 생각 마시게."

명부인이 목이 메어 울기만 할 때다.

"자아, 울음을 그치고 이것을 받게. 내가 우선은 자네 모자에게 유산도 거의 안주고 섭섭하게 대한다고 여겨지겠지. 그러나 훗날 순철이가 장성했을 때 이것을 잘 간직했다고 주게. 현명한 관리가 훗날 이곳에 오거던 그것을 보여주라고 하게. 그러면 반드시 자네와 순철이가 살길이 있을 것이네……."

부인이 울음을 그치고 바라보니 홍사목은 품에서 조그마한 족자를 꺼내어 부인손에 쥐어 준다.

명부인은 그것을 받아 우선 품에 넣고 은밀한 곳에 고이 간직하기로 했다.
 그날 자정 무렵에 홍사목은 조용히 세상을 떠났다.
 홍사목의 장례식이 끝난 후이다.
 순태는 곧 내쫓듯이 본채에서 멀리 떨어진 다 쓰러져 가는 동별당 쪽에 있는 집으로 순철 모녀를 내보냈다.
 산전뙈기와 자갈논 몇마지기에서 얻어지는 소출로서는 순철 모자와 딸린 식솔들이 생활하기가 어려웠다.
 틈틈이 누에를 치거나 자갈땅을 개간했으나 곤궁함을 면하지 못했다.

 어렸던 순철이도 어느덧 나이 15세가 되었다.
 철이든 순철이는 이따금 어머니에게 항의하듯 불평을 터뜨리기 일쑤였다.
 "어머니, 저는 도저히 이해할 수 없습니다. 아무리 어머니가 후처로 시집와서 저를 낳았다지만 너무나 불공평합니다. 우리는 소처럼 죽도록 일해도 꽁보리밥도 먹기 어려운데 어째서 순태 형님네는 호의호식 하면서 제왕 부럽지 않게 사는 것입니까? 돌아가신 아버님이 원망스럽습니다."
 "애야, 그러면 못쓴다. 아버님이 생전에 우리 모자를 얼마나 사랑했는데 그렇게 말을 하다니……"
 순철이 어머니는 애써 달래려고 했다.
 순태네 본채는 늘 잔칫집처럼 흥청거렸고 뚱땅거리며 노는 패들이 드나들었다.
 그러는 중에 설날이 다가왔다.
 순철이는 모처럼 순태 형님을 만나 사정을 얘기하고 따져야겠다고 찾아갔다.

기생을 끼고 흥청거리는 순태에게 순철이가 이렇게 말했다.

"형님, 아버님이 돌아가신 후 저희 모자는 너무나 많은 고생을 하였습니다. 그러니 형님께서는 이제부터 저희 모자를 좀 도와주셨으면 합니다."

"무어야? 이런 건방진 놈이 어디와서 무엇이 어떻다구? 돌아가신 아버지가 유언한 대로 따랐을 뿐인데 이제와서 웬 잔말이 많아."

"형님, 정말 너무 하십니다. 같은 아버지의 핏줄을 받고서도 어찌 그러실 수가 있습니까?"

"무엇이야? 이놈, 나는 네 형이 아니다. 네 어미가 사통해서 낳은 것인데 내가 어떻게 동생으로 인정하겠느냐?"

"형님, 말씀이 지나치지 않습니까. 정말 피도 눈물도 없으시군요. 지하에 계신 아버님이 통탄하신 것입니다."

"저런 저 발칙한 놈, 여봐라. 저놈을 내 앞에서 다시는 얼씬거리지 못하게 흠씬 두들겨 패서 내쫓아라."

그말에 순태네 하인들이 우르르 몰려 나와서 순철이를 한바탕 짓이긴 후 대문 밖에다 내다버렸다.

매맞고 온 아들이 순태네와 자기 친 어머니를 원망하자 명부인은 가슴이 아파서 눈물만 흘릴 뿐이었다.

"어머니, 돌아가신 아버님은 무엇 때문에 우리 모자를 사랑했으면서도 살아갈 길을 열어주지 않았는지요……?"

"휴우, 글쎄다…… 얘야, 참 이제 생각이 나는구나. 그때 돌아가시기 직전에 족자 하나를 주시며 내게하신 말씀이 생각난다."

"어디 그 족자를 보여 주세요."

"자아, 이것이니라. 현명한 관원이 오면 이것을 내 보이라고 하셨다."

"어디, 이리 주세요. 어머니"
순철이는 어머니에게서 족자를 받아 펼쳐 보았다.
풍채 좋은 백발의 노인 하나가 물소 뿔띠를 두르고 사모를 쓰고 관복을 입었다.
목화를 신고 온화한 모습으로 품에 어린 아이를 안았는데 한 손으로는 동별당 벽쪽을 가리키고 있었다.
순철이는 아무리 자세히 살펴 보아도 그 그림의 내용을 알 수가 없었다.
"어머니, 도데체 이게 무어예요. 이 족자가 어떻게 우리를 도울 수 있다는 것입니까?"
"글쎄다. 그것은 모르겠다만 돌아가신 네 아버님이 이렇게 말씀하셨다. 현명하신 관원이 오시면 그것을 보이라고……"
"아, 참, 듣자니 진주에 오신 박문수 암행어사가 명관이라고 하니 그분을 찾아가 사정을 호소하는 것이 좋겠습니다."
그런 연유로 인해 순철 모자가 당시 관아에 들렀을 때 찾아왔던 것이다.
전에 그곳 사또에게 몇차례 보인 적이 있으나 숨은 내용을 풀지 못해 번번히 헛수고에 그쳤던 일이었다.
그러던 때 그 문제가 박문수에게 주어진 것이다.
족자를 받아본 박문수는 그들 모자를 우선 돌려보낸 후 그날밤 족자를 눈여겨 보았다.
특수 비단으로 제작된 족자였다.
"으음, 이 비단쪽에 무슨 비밀이 적혀 있을 것이다. 이것은 물에 적셔보면 어떤 글자가 나올지도 모른다."
박문수는 큰 그릇에 맑은 샘물을 받아서 족자를 담갔다가 꺼냈다.

그러자 그냥은 보이지 않던 글자가 나타났다.
그 내용은 이런 것이었다.

나는 이미 80 줄에 접어든 노인이다. 부귀영화를 누렸기에 아무런 여한이 없다. 다만 전실 자식인 순태가 순철 모자를 미워하니 그것이 염려스럽다. 내가 만약 순철 모자에게 순태가 알도록 유산을 당장 상속시키면 장차 큰 화근이 생길 것 같다. 그래서 순철 모자가 한동안 고생을 하더라도 안전한 방법을 취하기로 했다. 동별당은 외형상으로는 보잘것 없지만 이집 왼쪽 벽속에 은자 3,000 냥, 그리고 따로 황금 50 냥을 묻기로 했다.
이런 뜻을 헤아려 선처하는 관원에게 황금 50 냥을 사례하고 나머지 은자 3,000 냥은 순철 모자에게 주기를 바라노라……

유서를 작성한 날짜가 명기되어 있다.
연월을 따져 보니 홍사목이 세상 떠난지 3년 전에 작성한 것이었다.
"으음, 홍사목 노인의 뜻을 이제사 알겠구나."
박문수는 순철 모자를 도울 수 있어서 너무나 기뻤다.
박문수는 순태를 불러 재산 상속에 관해 자세히 묻고나서 친히 그의 집으로 가서 주위를 눈여겨 살폈다.
그리고 그집 주위를 깨끗이 치우게 하고 다음날 친척들을 청하여 잔치를 베풀도록 청했다.
순태는 자기집에 귀한 손님을 모셨다. 늘 것이 자랑스러워 곧 그대로 따랐다.
순태는 주위의 친척들을 초청한 후 대청 중앙에 호피를 준비해 두었다.

얼마후 박문수가 순태를 비롯한 친척들, 부로(富老)들의 영접을 받으며 대문 앞으로 들어섰다.
　대문으로 들어서던 박문수는 갑자기 걸음을 멈추더니 허공을 향하여 허리를 굽혔다.
　"아, 존장께서는 염려 마시지요. 염려하신대로 따르겠습니다……. 소관이 잘 처리할 것입니다……."
　박문수는 허공에 누가 보이는 것처럼 잠시 정중한 태도로 읍하였다가 준비한 자리에 앉기를 주저하였다.
　"어사또 나으리, 어서 이리 상석으로 좌정하소서."
　집주인 순태가 호피 깔린 자리로 권했지만 일부러 사양하며 그 옆에 앉았다.
　"나는 그 자리에 앉을 수 없네. 그대는 조금 전에 이리로 오셨던 그대의 선친을 보지 못했는가?"
　"소인의 눈엔 뵈이지 않았습니다요."
　순태가 고개를 흔들며 부인하였다.
　"거, 참으로 이상하군. 그렇다면 여기 다른 사람들 중에도 못보았는지 물어 보게."
　순태가 물어 봤지만 모두들 의아스럽게 생각하며 고개를 흔들었다.
　그때 박문수가 큰소리로 이렇게 되물었다.
　"여러분이 있는 자리에서 주인에게 묻겠네. 내가 그대의 선친을 보았다고 생각하는가? 아니라고 생각 하는가?"
　"……?"
　"그렇다면 조금 전에 내가 본 자네 선친의 인상착의를 말하면 믿을 것인가? 그리고 그분이 내게 부탁한 사항을 그대로 따를 것인지 대답하게"

"이미 15년 전에 돌아가신 제 선친의 생전 모습을 그대로 말씀하신다면 무조건 따르겠습니다."

"알겠네. 그렇다면 내가 말하지. 자네의 선친은 키가 후리후리 하시고 풍채가 좋고 둥그스름한 얼굴에 광대뼈가 조금 나오셨네. 눈썹이 길고 눈꼬리가 약간 위로 올라가고 수염이 가슴까지 늘어졌지, 관복에 사모를 쓰시고 물소 뿔 띠를 두르셨지"

"어사또 나으리, 과연 그러 하옵니다."

친척중에 연로한 자가 넙죽 땅에 꿇어 엎드리자 순태도 그대로 따랐다.

"여봐라. 내가 묻겠다. 이집의 동쪽 저편에 동별당이라는 낡은 집 한 채가 있는가?"

"예, 그러 하옵니다."

"조금전 내가 듣자니 자네 선친께서 말씀하시기를 그곳에 서모와 자네 이복 동생이 산다면서……?"

"예, 그러하옵니다."

"그들의 생활이 어렵다는데 왜 모르는채 하는가?"

소인은 다만 돌아가신 선친의 유서에 따를 뿐입니다."

"그렇다면 그곳에서 나오는 것은 무엇이든지 순철네의 것이라고 인정하겠는가?"

"예, 지금까지 그랬고 앞으로도 그럴 것입니다."

"알겠다. 자네는 여기에 지금 약속한대로 수결을 하라."

박문수는 곧 확답을 받은 후 잠시 그곳에 앉아 환담하다가 일어섰다.

얼마후 박문수는 역졸들을 다스리고 친히 동별당으로 가서 그집의 벽을 허물게 했다.

얼마후 그집 벽에서 3,000냥의 은자와 50냥의 황금이 나왔다.

"자아, 이것은 돌아가신 어른께서 선견지명으로 두 모자를 위해 남기신 것이다. 이것을 갖고 잘 살기 바란다."

박문수는 황금 50 냥까지 그들 모자에게 주었다.

그들 모자는 너무나 감격하여 목이 메었다.

박문수는 보람을 느끼며 그곳을 떠났던 것이다.

눈을 지긋이 감고 생각에 잠겼던 박문수가 눈을 뜨면서 말했다.

"그래, 어느덧 수십 년 세월이 지났구나. 그간 어찌 지냈는가?"

"예예, 저희 어머니는 그동안 대감께서 도와주신 덕분에 편히 지내시다가 세상을 떠났습니다. 소인은 그동안 재산도 늘어났고 나름대로 어려운 사람을 도우며 살았습니다. 그동안 소인은 대감마님의 소식을 항시 들으며 감사하는 마음으로 지냈습니다. 그런데 듣자니 대감께서 모함을 받아 고초를 당한다기에 이렇게 찾아 왔습니다."

"고맙군! 그러나 내 일은 내가 감당할 일이니 그만 돌아가시게."

"대감마님, 상경하기 전에 어머니 산소를 찾았다가 돌아오는 길에 우연히 산삼 세 뿌리를 캐었습니다. 이것을 대감께 바치고자 갖고 왔으니 거두어 주소서."

"여보게, 그 정성은 갸륵하나 나는 그것을 받을 수 없네. 그냥 갖고 가시게"

"대감마님, 제발 거두어 주소서. 소인의 정성을 가납하소서."

"아닐세, 나는 지금 상감마마의 혐의를 받고 있는 죄인이나 다름 없네. 죄인에게 그것은 당치가 않으니 어서 가져가게, 다만 그 갸륵한 정성만은 내가 무덤까지도 갖고 가겠네."

박무수는 그날 홍순철을 집에 재운 후 그 이튿날 문밖까지 배웅하였다.

벼슬아치들 보다 신분이 낮은 사람들에게서 박문수는 오히려 인간적인 깊은 정을 느꼈다.
 떠나가는 홍순철은 자꾸만 뒤돌아 보면서 옷소매에 눈물을 훔쳤다.
 잠자코 그 모습을 바라보는 박문수의 눈에서도 이슬이 맺히고 있었다.

모함과 비난의 소용돌이

비난과 모함을 받고 근신하며 박문수는 숨어지냈다.
그동안 여러차례 박문수에 대해 긍정과 부정의 시선이 엇갈렸다.
그런데 우의정 조현명(趙顯命)이 영조에게 간곡히 주청하였다.
"전하…… 지금 박문수에 대해 비난하는 여론도 있으나 그는 전에도 지금까지도 국가에 충성하고 공을 세웠습니다. 그는 이번에 외직에서 서울로 돌아온 후 곧 고향으로 돌아갈 것으로 알고 있습니다. 전하, 지금 아무리 주위를 살펴도 그만한 인물이 없습니다. 다시 그를 전하의 주위에 가까이 불러 중용하심이 옳을 줄 아옵니다."
"우상의 말이 옳은 것 같소. 우상과 영성군은 성은 비록 다르지만 형제와 같다는 것을 알겠소."
영조는 조현명의 의견을 받아들여 처음에 어영대장(御營大將)을 제수하였다.
 박문수는 거듭 사양하던 끝에 소명에 응하기로 했다.
 그런데 반대파들이 박문수를 비방하는 내용의 익명서(匿名書)가 그치질 않았다.
 대궐 밖에 서 있는 홍마목(紅馬木)에 거듭 익명서가 나붙었다.
 우의정 조현명과 어영대장 박문수를 모함하고 비난하는 내용이었다.
 악의에 찬 반대파들의 소행이었다.
 박문수는 어전에 나아가 다시 벼슬에서 물러날 뜻을 밝혔다.
 "전하, 신의 부족함으로 인하여 심려를 끼치게 되니 이만 물러갈까 합니다. 윤허해 주시오소서."
 "그건 아니될 말이오. 누가 그따위 짓을 하는지 범인을 색출하여 엄벌에 처할 것이니 과히 염려 마오. 영성군에게 병조판서를 제수하니 잘 부탁하오."
 박문수는 거듭 사양하던 끝에 병조판서를 맡게 되었다.
 그런데 그의 반대파들이 이번에는 엉뚱한 것을 트집잡았다.
 "전하, 영성군이 함경감사로 있을 때 국경을 자주 드나들었다고 합니다. 오랑캐와 내통하려 했던 것이 분명하니 그를 죄주소서."
 너도 나도 벌떼처럼 일어났다.
 그때 좌의정 송인명(宋寅明)이 나서서 박문수를 변호하였다.
 "전하, 박문수가 함경도에서 재직할 때 백성들은 모두가 기뻐하였고 장군과 사병들도 친부모처럼 존경하며 따랐습니다. 그런데 병조판서가 된 지금 다시 그를 탄핵하여 내치셔서는 아니될 것입니다."
 그때 정언(正言) 조경(趙璥)이 이렇게 말했다.
 "전하, 영성군에게 판서를 주었다가 그만 두게 했는데, 또 다시 임명하시니 그것은 부당합니다. 그러면 국가의 기강이 문란해지고 전하의 체면이 서지 않사옵니다. 통촉 하소서."

그때 박문수가 어전에 나아가 허리를 굽히고 아뢰었다.

"전하, 부덕한 신으로 인하여 논란이 그치지 않으니 신은 조용히 물러 가겠습니다."

"자아, 이제 그만들 물러가라."

영조는 용상을 한차례 어수로 친 후 일어나서 내시들의 부액을 받으며 침전을 향하여 어보를 옮겨 놓았다.

박문수의 반대파들은 어떻게 하든지 병마권이 박문수에게 주어지는 것을 막고자 수단과 방법을 가리지 않았다.

영조 18년 8월 23일.

박문수가 병조판서가 된지 한 달도 채 못된 때이다.

병조판서 박문수와 훈련대장(訓鍊大將) 구성임(具聖任)이 어전에서 서로의 의견이 안맞아 설전을 벌였다.

박문수는 임금도 못막는 황소고집에다가 어디서나 직설을 퍼붓는 강직한 성격이었다.

훈련대장 구성임도 호협한 무관 출신으로서 웬만한 사람들은 그 앞에서 얼굴도 제대로 쳐다보지 못했다.

그런데 라이벌인 두 사람이 한 치의 양보도 없이 격렬하게 언성을 높여 논쟁을 했다.

영조는 싸움을 말리고자 했다.

"자아, 이제 그만들 하오. 두 호랑이가 서로 싸우는 예는 옛날에도 있었소. 지금 박문수와 구성임이 싸우고 있으니 과인이 어찌 보고만 있겠소. 이제 그만들 하오."

영조는 전하(殿下)로 내려가서 서로 화해하기를 권했다.

그러나 두 사람은 계속 싸우기만 했다.
"자아, 이제 그만들 하라지 않소. 이렇게 중신들 끼리 싸운다는 것이 외부에 소문이 날까 두렵소."
그때 박문수가 허리를 굽혀 말했다.
"전하, 오늘은 밤이 늦었으니 이만 물러갈까 합니다. 신은 사직하겠으니 윤허해 주소서."
박문수는 어전을 물러나 밖으로 나와서 하늘을 보며 탄식을 했다.
"아아, 참으로 말 많은 세상이로다!"
다음날이었다.
영조는 전날 싸우던 박문수와 구성임을 불러 놓고 중신들이 모인 자리에서 이렇게 심기를 표출하였다.
"어제 박문수와 구성임이 싸운 데는 당파가 개입한 탓이로다. 나라의 중신이 이속에 끼어 부채질 하면 장신(將臣)들 까지도 분당(分黨)이 생긴다. 과인은 군율(軍律)로서 효시(梟示)하여 두 사람의 당쟁 습성을 응징코자 하니 여러 중신들은 각자의 의견을 말하라."
여러 신하들이 한결같이 두 사람이 어제 어전에서 심히 싸운 것을 두고 죄를 주자는 의견이 대부분이었다.
임금은 잠시 후 사관(史官)들을 불러 이렇게 일렀다.
"지금 영상과 우상 등이 아직 이자리에 참석하지 않았다. 너희들은 즉시 그들의 의견을 듣고 와서 보고하라."
얼마후 사관들이 보고하는 내용도 그자리에 참석한 중신들의 의견과 같았다.
그때 좌의정 송인명이 아뢰었다.
"전하, 어제 두 사람이 어전에서 심하게 싸운 것은 분명 잘못입니다. 그러나 그들에게 중형은 내리지 말고 가벼운 벌을 내리시기 바랍니다."

영조는 용상을 치면서 어성을 높였다.

"경들은 들으라. 옛날 제갈공명이 울면서 마속(馬謖)을 베었다는 고사(故事)도 있소. 어제 싸운 두 사람에게 어떤 죄를 주는 것이 마땅한지 어서 고하라."

갑론을박하는 신하들의 말을 듣다가 영조는 두 사람을 삭탈관직 시키기로 비답을 내렸다.

얼마 후 영조는 우의정을 통하여 그를 다시 쓰고자 이러한 내용의 교(敎)를 내렸다.

영성군은 병조판서로 있을 때 외방(外方)의 무사들조차 소문을 듣고 찾아갔다. ……

그러나 지금은 도정(都政)이 모두 끝날 때가 없다. 그는 일찍이 병조판서로 있을 때 군포(軍布)일을 정식으로 준행하였다. 이로써 아무런 폐단이 없다. 이것도 모두 영성군의 덕분인 것을 잘 알고 있다. …….

그동안 박문수는 집안에서 누구와도 만나지 않고 두문불출하였다.

영조는 강직하면서도 일처리에 남보다 뛰어난 박문수가 주위에 없는 것이 아쉬웠다.

어느날 좌의정에게 말했다.

"좌상, 영성군은 지금 어떻게 지내고 있는지 궁금하오."

"예, 전하. 그는 지금 일체 사람들과 만나지 않고 근신하는 자세로 칩거하고 있다고 들었습니다."

"좌상, 사실 영성군은 재상감이오. 무슨 일이든 잘 처리하고 선견지명을 지녔다는 것도 알고 있소. 다만 너무 강직해서 탈이오."
"전하, 지금 조정에서 그만한 인물이 없습니다. 다시 그를 불러 중용하심이 옳을 줄 압니다."
"알겠소. 그에게 백의종군 하라는 뜻으로 경기관찰사로 제수하겠소."
영조 19년, 해가 바뀌었다.
박문수의 나이 59세.
그해 정월부터 다시 임금의 소명을 받았으나 박문수는 응하지 않았다.
2월이 되자 함경도 일대의 백성들이 심한 기근을 당하는 데다가 한결같이 그곳 백성들이 관찰사로 박문수를 다시 보내 줄 것을 탄원하였다.
실록을 보면 그무렵 홍계희(洪啓禧)가 박문수를 탄핵하는 내용의 상소문이 실려있다.
그 내용을 간추려 옮기면 이러하다.

박문수는 전에 북쪽의 감사로 있을 때 부정한 일을 많이 하였습니다.
박문수는 그밖에 온갖 비행을 저질렀습니다. 회령(會寧)사람 최이준(崔以峻)은 면천(免賤)한 관노(官奴)로서 전부터 박문수에게 아첨했는데 지방의 말을 갖다 바치고 그 막하에 쓰였습니다……
박문수는 북쪽의 방백(方伯) 자리가 나면 자기와 친한 자들을 이끌어 쓴다고 합니다.
그런데 이번에 다시 그를 보내는 것은 부당하다고 사료 되옵니다. ……

상소문을 읽고난 영조는 대신들을 불러 그들의 의견을 물었다.
그들중에 한억증(韓億增)은 악의에 찬 비난을 했다.
"전하, 박문수는 함경감사 재직시에 부당하게 고기를 강매한 적도 있으며 그곳 백성들의 언성을 들었습니다."
그때 좌의정 송인명이 아뢰었다.
"전하, 한억증은 근거없는 말로 박문수를 헐뜯는 것이니 통촉 하소서."
그때 우의정 조현명도 이렇게 아뢰었다.
"전하, 박문수가 최이준에게 말을 얻은 후 부당하게 그에게 적을 주었다고 하는데 그것은 사실과 다르옵니다. 전에 무신년 난리 때 죽산 싸움에서 입니다. 신은 그때 적과 용감히 싸우는 그의 용맹을 목격했습니다. 그는 많은 적을 잡아 죽였습니다. 그러한 공로로 최이준이 관직을 얻은 것입니다. 그러니 박문수를 비난하는 말은 근거가 없습니다."
박문수를 변호하는 세력과 그를 비난하는 세력이 또다시 설전을 거듭했다.
박문수는 모함과 비난의 와중에서 스스로 벼슬에서 물러나 동대문 밖으로 나갔다.
얼마후 그는 혐의를 받고 의금부에 갇히는 수모를 당했다.
그때 홍계희가 다시 박문수를 모함하고 비난하기 시작했다.

박문수는 북쪽에 있을 때 부당한 이익을 탐하여 5만여 관이나 되는 돈을 수십 척의 배에 실어 서울로 보냈으며 그밖에도 비리가 심하니 그를 관직에서 영구히 추방함이 옳을 줄 아옵니다……

박문수가 북관의 관찰사로 있을 때 공무로 인해 자주 접촉했는데 서로 의견이 맞지 않았다.
 당시 홍계희는 암행어사 직책을 맡았었다.
 박문수가 그의 단점을 지적하고 자주 문책한 적이 있었다.
 그럴 때마다 홍계희는 앙심을 품고 이를 갈면서 벼렸다.
 '두고보자. 내가 기어이 네놈을 씹을 날이 있을 것이다.'
 그러던 그가 그러한 상황에서 악의에 찬 모함과 비방을 계속 하였다.
 우의정과 좌의정은 한결같이 박문수가 억울하다고 변호하였다.
 "전하, 박문수가 과연 부당한 재물을 취했는지 사실 여부를 밝힌 후 법대로 처리하심이 옳을 줄 아옵니다."
 영조는 잠시 생각하다가 이렇게 비답을 내렸다.
 "과인이 비록 영리하지 못하지만 이미 뒷조사를 시킨 바 있소. 그런데 아무런 혐의가 없었소. 그러나 아직도 논란이 계속되니 다시 조사하도록 하겠소."
 좌의정이 다시 아뢰었다.
 "전하, 박문수는 혐의가 없다는 것이 이미 밝혀졌으니 우선 그를 석방하시는 것이 좋겠습니다."
 그때 김상유(金尙迪)가 반대하였다.
 "경신년(庚申年, 영조 16년)에 함경도에 흉년이 그다지 심하지 않았는데도 장황하게 논계(論啓)하여 재물과 곡식을 많이 얻어 갔습니다. 그밖에도 재물을 탐하는 사례가 많았습니다. 그는 부정하게 약 5만 냥의 돈을 모았습니다. 그중에서 일만 냥 가량만 백성에게 주고 나머지는 어디에 썼는지 4만 냥은 행방불명입니다. 그가 서울로 돌아올 때 수재(水災)가 났다고 하지만 사실과 다르옵니다. 그런데 인심을 수습한다는 명분으로 곡식을 사방에서 끌어모았습니다. 그것을 함부로 그곳 세력가에게 나누어 주고 육백포(六百包)의 곡식을 임의로 낭비하였습니다. 그밖에 수만 냥의 돈을 서울로 빼돌렸다는 소문이 떠돌고 있습니다. ……"
"전하, 아무리 신임하는 신하라도 뇌물을 먹었으면 엄벌에 처해야 합니다. 당시 암행어사인 홍계희를 책망하시니 이것은 사리에 맞지 않습니다."
"자아 그만들 물러가라."
영조는 신하들을 물리친 후 다음날 조현명, 송인명의 주청을 받아들여 박문수를 석방하라고 어명을 내렸다.
그런데도 홍계희는 끝까지 박문수를 물고 늘어졌다.
박문수가 무고 당한 사건을 두고 당시의 양대 세력들이 팽팽하게 맞섰다.
영조는 뒷조사를 시킨 후 이러한 내용의 하교(下敎)를 내렸다.

영성군이 뇌물을 먹었다는 데 대해 조사하니 혐의가 없었다. 어사(홍계희)의 말도 뜬소문에 불과하였다…… 홍계희는 내가 신칙한 말을 저버렸으니 그의 관직을 삭탈하노라……

모든 것은 사필귀정이었다. 그러나 박문수는 치밀어 오르는 울화를 억누를 길 없어 긴 상소를 올렸다.
영조는 이러한 비답을 내렸다.
"과인이 경을 신임한지 이미 오래요. 지금 경은 먼지 묻은 것을 터는 것인데 개의치 마오. 협잡을 꾸민 홍계희는 이미 내쫓았으니 더 이상 거론치 마오."
영조는 박문수에게 지돈령(知敦寧)을 제수했으나 박문수는 응하려 하지 않았다.
그러나 거듭 왕명을 거슬리기 어려워 소명에 따랐다.

이번에는 부교리(副校理) 정종(鄭宗)이 박문수를 다시 물고 늘어졌다. 영조는 진노하여 멀리 귀양보냈다.

박문수는 다시 물러가고자 했으나 영조가 윤허하지 않았다.

얼마 후 영조는 박문수에게 형조판서(刑曹判書)를 제수하였다.

박문수가 숱한 업적을 쌓고도 주위에 적이 많았던 것은 지나치게 강직한 데다 불의를 보면 참지 못했기에 그 반대파들의 미움을 샀던 것이다.

박문수가 형조판서가 된 그해 12월이었다.

정언(正言) 조중회(趙重晦)가 임금이 언로(言路)를 막아서는 안 된다는 내용의 상소를 올렸다.

그 상소로 인하여 영조는 이성을 잃고 용상을 치면서 길길이 날뛰었다.

그일로 인하여 임금과 신하간에 20여 일간 심한 힘겨루기가 계속되었다.

그 와중에서 박문수는 어느 쪽에도 치우치지 않고 소신껏 행동하였다.

여인네의 정절에 관하여

영조 19년(1743년).
황해도 황주(黃州)에서 묘한 사건이 발생하였다.
황해감사 서명구(徐命九)는 전부터 박문수와 잘 아는 사이었다.
그가 모처럼 박문수를 찾아왔다.
"대감, 그간 기체 강녕 하신지요? 모처럼 대감께 자문을 구하고자 찾아 뵈었으니 하교(下敎)해 주소서."
"오, 황해감사, 이게 도대체 얼마만이오? 그래 그간 어떻게 지냈소?"
박문수는 전에 자신의 수하에 있었던 서명구를 반갑게 맞아들였다.
두 사람은 이런저런 이야기를 주고 받던 끝에 서명구가 태도를 바꾸면서 이렇게 찾아온 목적을 말하였다.

"대감께서는 전부터 어려운 문제를 잘 해결하신 줄 알고 있습니다. 지금 황해도 황주에서 발생한 사건에 대해 자문을 구하고자 왔습니다."
"무슨 일인지 소상히 말씀해 보구려."
"예, 황주고을에 이러한 사건이 있었습니다."
황주목사가 들려주는 내용은 이러한 것이었다.

황주골에 사는 김자근연(金者斤連)은 방년 19세의 나이, 자색이 아름답기로 소문이 났다.
그녀의 미모를 대하는 남자들은 노소를 막론하고 넋을 잃을 정도였다.
자근연의 부모는 좋은 배필감을 골라서 짝지워 주고자 했다.
숱한 곳에서 청혼이 들어왔으나 번번히 퇴짜를 놓았다.
너무 잘난 것이 탈이었다.
김자근연의 이웃 마을에는 김취흥(金就興)이란 자가 살고 있었다.
그는 소문난 부자였으나 주위의 평판은 그다지 좋지 못한 편이었다.
김취흥은 온갖 방법으로 매파를 구워 삶아 김자근연을 첩으로 삼으려 했다.
김자근연의 부모는 끈덕진 선심 공세, 매파에게 속아서 첩이 되는 줄도 모르고 사주 및 납채까지 받았다.
결혼 날짜가 임박할 무렵이었다.
빨랫터에 나갔다가 김자근연은 충격적인 내용을 듣게 되었다.
아낙네들이 저희들끼리 쑤군대다가 김자근연이 다가가니 무엇인가 감추는 기색이 역력했다.

'이상하다? 무엇 때문에 그럴까?'
속으로 궁금증을 느끼면서 일어서 집으로 돌아올 때이다.
"쯧쯧, 여자가 너무 고와도 탈이야."
"글쎄 말이야. 여지껏 고르고 고르더니 고작 남의 첩실로 가다니 ……."
"개똥어멈, 그말이 사실이오?"
"암, 사실이구 말구. 김취홍이란 사람이 사는 곳은 바로 우리 친정집 부근이오. 내가 친정에 갔다가 알았는데 그사람은 부자이긴 하지만 행실이 부정한 데다 소문난 난봉꾼이라오."
"그것도 그거지만 이미 그사람은 처자식이 있다던데?"
"그렇구 말구. 이번에 자근연이 한테 새장가를 간다고 처자를 강제로 내쫓았다고 소문이 자자하지요?"
"김자근연이만 안타깝게 됐구나. 그 부모나 본인은 아직도 모르는가 보오."
"그러니 등잔 밑이 어둡다지 않소."
김자근연은 그런 말을 듣는 순간 심장이 뛰고 다리가 후둘거려 땅에 주저 앉을 것만 같았다.
집으로 돌아온 김자근연은 땅을 치면서 통곡을 했다.
영문을 모르는 어머니께서 그 까닭을 물었다.
"얘야, 무엇 때문에 우는지 말해야 알지…… 도대체 왜 우느냐?"
"어머니, 저는 절대로 남의 첩이 되기 싫어요. 차라리 처녀로 늙던지, 아니면 죽은 게 낫다구요."
"아니 얘가, 밑도 끝도 없이 그게 무슨 소리냐?"
"어머니, 김취홍이란 자는 이미 처자가 있대요. 그리고 천하의 난봉꾼이라고 소문났대요. 저는 싫어요. 절대로 안가요. 부모님이 계속 가라고 하시면 차라리 죽어버릴 거예요."
 바로 그때 김자근연의 아버지가 출타했다가 돌아왔다.
 김자근연이는 더욱 섧게 울면서 아버지에게 고한 후 이렇게 말했다.
 "아버님, 그리고 어머님…… 고작 그런 개망나니에게 주려고 딸자식을 곱게 길렀습니까…… 저는 싫어요. 으흐흑……"
 아버지는 크게 놀란 후 이렇게 달랬다.
 "얘, 설마 그럴 리가 있겠느냐, 진작 사실여부를 알아볼 것을…… 지금이라도 내가 즉시 사실인가 아닌가를 확인한 후 정말 그렇다면 사주와 납채를 되돌려주고 없었던 걸로 하겠다."
 아버지는 간신히 딸을 달랜 후 직접 나서서 사실인지 아닌지 확인하였다.
 딸이 말한 그대로였다.
 김취흥은 평판이 매우 나빴고 이미 처자식까지 있다는 것을 알게 되었다.
 주위에 얼굴 반반한 여자들이 있으면 처녀든 유부녀든, 여승도 가리지 않고 기어이 음욕을 채우려 한다는 것을 알았다.
 "아하, 하마터면 불한당 같은 놈에게 귀한 내딸을 주어 불행을 자초할 뻔했구나!"
 자근연의 아버지는 즉시 파혼을 선언하고 사주와 납채 받았던 것을 되돌려 주었다.
 온갖 불이익을 감수하기로 각오했던 것이다.
 그러나 김취흥은 그렇게 호락호락 자근연을 단념할 위인이 아니었다.
 수단과 방법을 가리지 않고 기어이 자근연이를 첩으로 맞이하려고 하였다.

사람을 시켜 납치하려거나 온갖 방법을 동원하였다.
그러나 자근연이 집안에 들어앉아 두문불출하니 마음대로 할 수가 없었다.
어느날 김취홍은 김자근연의 집 담을 넘어가서 자근연의 방으로 침입해 겁탈하려고 했다.
자근연이는 잠들었다가 놀라 깨어나 급히 은장도를 빼들고 소리쳤다.
"도둑이야, 도둑!"
그순간 자근연이의 입이 막히고 은장도를 든 손이 김취홍에게 잡혔다.
"이히히…… 넌 이제 내꺼야. 발악해도 소용없어."
욕정에 눈먼 김취홍은 우악스럽게 자근연의 속옷을 잡아찢었다. 희미한 등불아래 희고 탐스러운 속살이 드러났다.
김취홍은 더욱 눈이 뒤집혀 속옷을 강제로 찢은 후 자신의 성난 남근을 자근연에게 강제로 침입시키려 들었다.
수치감에 몸부림치던 자근연은 억센 김취홍의 완력을 당해낼 수가 없었다.
있는 힘을 다해 다리를 오므리고 허리를 뒤틀었다.
그때 김취홍이 칼잡은 손 아닌 다른 손으로 다리를 벌리려 했다.
그순간 자근연이 크게 소리쳤다.
"강도야, 사람 살려어……!"
그순간 다시 자근연의 입이 막히고 김취홍의 주먹이 자근연의 옆구리로 날아들었다.
"으으윽!"
반항하던 자근연이 힘없이 축 늘어졌다.
이제 김취홍은 도마 위에 놓인 생선이나 다름없는 자근연의 다리를 벌리고 자신의 남근을 은밀한 처녀의 몸으로 침입시키려고 했다.

"덜커덕!"

바로 그때였다.

갑자기 문짝의 돌쩌귀가 떨어져 나가면서 몽둥이를 든 자근연의 아버지가 들이닥쳤다.

김취흥은 미쳐 사추리를 올릴 겨를도 없이 황급히 몸을 빼치면서 노쇠한 자근연의 아버지를 사납게 떠밀친 후 꽁지가 빠지게 달아났다.

"아이쿠우……아이쿠……"

자근연의 아버지는 엉덩방아를 찧으며 비명을 질러댔다.

김자근연을 겁탈하려다 실패한 김취흥은 포기하지 않고 끈덕지게 온갖 못된 수단과 방법을 동원하였다.

자근연 측에서 워낙 단단히 경계하고 상대하지 않으니까 헛소문을 퍼뜨렸다.

"자근연이는 벌써 내 예편네가 되었다. 밤마다 만나서 운우지정을 나눈지 오래이고 이미 내 씨를 배었다."

'발없는 말 천리간다'고 헛소문은 삽시간에 무서운 기세로 사방으로 퍼져 나갔다.

시집도 안간 처녀에게 그런 소문이 나돈다는 것은 치명적인 명예손상이었다.

그런 헛소문으로 인해 혼삿길이 막힐 지경이었다.

남의 말을 좋아하는 자들은 모이기만 하면 입방아를 찧었다.

"자근연이 그아이, 신세 망쳤다지?"

"그러게 말이야. 저 건넛집 둘째년은 째보라도 시집만 잘 가던데……"

"누가 아니래, 건넌말 박가네 딸은 애꾸지만 시집가서 잘 살더라."
"아무래도 무슨 흠이 있길래 남의 첩질을 하지"
"그러게 말이야"
"인물이 아깝다 아까워……"
"남보다도 빼어난 인물이 문제로구먼"
헛소문은 자꾸만 보태져서 확산되었다.
"김자근연이가 애밴지 석 달째라지?"
"벌써 5개월이라던데……"
"얌전한 체 하면서 뒷구멍으로 호박씨 까는구먼."
"원래 얌전한 개가 부뚜막에 먼저 올라가는 법이야"
 평소 김자근연의 미모를 시기하고 질투하던 여인네들은 멋대로 지껄이며 남의 불행에 대해 고소하게 여겼다.
 평소에 문턱이 닳도록 드나들던 중매쟁이들도 발걸음이 뚝 끊겼다.
 김자근연은 그러한 상황에서 '울며 겨자 먹는 꼴'로 김취흥의 농간에 말려 첩이 되던지, 안 그러면 처녀로 늙을 수 밖에 없는 처지에 놓였다.
 자근연이는 분함과 치욕스러움을 견디다 못해 사생결단, 담판을 짓고자 김취흥을 만나기로 결심했다.
 만약의 사태에 대비하여 은장도를 날카롭게 갈아 품에 넣고 갔다.
 외딴 곳에서 단둘이 만나자는 전갈을 받은 김취흥은 '이게 웬 떡이냐' 싶어 급히 약속 장소로 나가며 회심의 미소를 지었다.
"그러면 그렇지. 제까짓 게 튕겨봤자 별수 있나. 뛰어봤자 벼룩이고 날아 봤자 파리지."

김취홍은 연신 싱글벙글 하면서 먼저 와서 기다리는 자근연이에게 다가갔다.
김취홍은 외딴 장소에서 자근연을 보고 또다시 음욕이 발동하였다.
"히히히…… 오늘은 내가 기어이 널 품에 넣고 말 테야!"
자근연은 김취홍을 노려보면서 저주하듯 내뱉았다.
"더럽고 치사한 인간, 왜 쓸데없이 헛소릴 지껄이고 다녀. 죽여 버릴 테야."
"이히히…… 고년 성깔 한 번 더럽네. 그러나 어디 당해 봐라."
음욕에 눈이 뒤집힌 김취홍은 다짜고짜 자근연이를 쓰러뜨리고 그 위를 덮쳤다.
그에게 따지러 갔다가 또다시 치욕을 당할 위급한 상황에 처한 자근연이 힘껏 반항했으나 남자의 억센 완력을 당해낼 수가 없었다.
옷이 벗겨지고 자근연의 속살이 드러났다.
위급한 상황에서 자근연이는 품에 간직한 은장도를 꺼내 들었다.
"더러운 자식. 에잇!"
자근연의 비수가 김취홍의 등으로 날아들었다.
"으으윽!"
성난 멧돼지처럼 콧김을 내뿜으며 씩씩거리던 김취홍은 단말마의 비명을 토하며 자근연의 몸에서 떨어지면서 동작이 굳어졌다.
자리에서 일어나 벗겨진 아랫도리를 추스르던 자근연이는 그제서야 김취홍이 죽었다는 사실을 알게 되었다.
"아아, 어찌하나 일이 이 지경에 이르렀으니 차라리 월파루(月波樓) 절벽아래 떨어져 자살해야겠구나……!"
바위에 올라 달을 보고 흐느끼던 자근연이는 언덕 아래로 꽃다운 몸을 훌쩍 내던졌다.

"낭자, 이제 정신이 좀 드시오?"
"여, 여기가 어디이옵니까?"
"안심 하시오. 나는 산중으로 떠도는 한낱 수도인(修道人)이오. 절대로 낭자를 해치지 않으니 안심하시오. 약을 먹이고 침을 놓았더니 지금 정신을 차린 것이오."
자근연이는 갑자기 설움이 몰아쳐 한동안 흐느껴 울었다.
격정이 어느 정도 가신 후 수도인이 자근연에게 말했다.
"낭자, 무슨 인연이 있는지 말해 주실 수 있겠소?"
자근연이는 답답하던 중에 그간의 사정을 모두 털어놓았다.
말을 마친 후 조금 있다가 다시 이렇게 걱정을 했다.
"이제 저는 살인을 했기에 우선은 살아났지만 곧 형살(刑殺) 당할 것입니다. 차라리 이몸이 죽게 내버려 두시지……으흐흑……흑흑……"
자근연은 다시 서럽게 울었다.
수도인이 조용히 위로하며 달랬다.
"낭자는 선도계(仙道界)에 인연이 있는 사람이요. 이번 사건은 무사히 무마될 것이요. 내가 서울 계시는 영성군 대감께 협조를 구할 것이오. 일이 잘 처리된 후 나를 따라서 선도계로 갑시다."
"말씀 듣고보니 한결 위안이 됩니다. 그러나 사람을 죽였는데 어찌 무사할 수 있겠습니까?"
"모든 게 천명(天命)이오. 내말을 믿어주시오."
김자근연은 위안을 얻고 고이 잠이 들었다.

박문수는 매의 발에 매어진 쪽지를 보고 김자근연의 사건에 대해 알게 되었다.
 편지 보낸 사람의 이름이 적히지 않았지만 늘 수호신처럼 자신의 위험을 막아주던 바로 그 선도인이라는 것을 짐작하였다.
 그런지 얼마후 황해 감사 서명구가 찾아와 자문을 구한 것이다.
 박문수는 그 얘기를 듣고 이렇게 말했다.
 "내가 하나의 비유를 들어 말하겠소."
 박문수는 이런 내용을 거론하였다.

 윤상진(尹相鎭)이라는 재상이 있었다.
 그는 어느날 딸에게 여자의 정절에 대해 그 중요성을 일깨우고 계도하기 위해 이러한 이야기를 들려 주었다.
 옛날 어느나라 임금이 궁정(宮庭) 앞에 여덟 자나 되는 큰나무를 박아놓고 이렇게 말했다.
 "어느 누구든 이 나무를 뽑는다면 일천금을 주겠노라."
 그말이 떨어지자 곧 모여있던 사람들이 일시에 달려들어 나무를 뽑고자 일시에 기운을 썼다.
 그러나 나무는 꼼짝도 하지 않았다.
 그것을 보고 술사(術士)하나가 나서면서 이렇게 말했다.
 "이 나무는 아무나 뽑을 수 없습니다. 외간 남정네를 조금도 접하지 않은 정녀(貞女)라야 뽑을 수 있습니다."
 그말을 듣고 남자들은 전부 물러나고 여자들이 몰려들었다.
 서로가 자기야 말로 정녀라고 자처하면서 나섰다.
 그러나 나무는 꼼짝도 않았다.
 그때 여인 하나가 나서며 말했다.
 "이 나무는 제가 뽑겠습니다. 저는 외간남자에게 손목도 잡힌 일이 없으니까요."

그 여자가 달려들어 나무를 뽑고자 했지만 흔들거리기만 할 뿐 뽑히지는 않았다.

그러자 여자는 하늘을 향하여 울음을 터뜨리며 탄식을 했다.

"이몸은 지금까지 정절을 지켜 하늘 대하기에 부끄럼이 없거늘, 오늘 이 나무가 뽑히지 않는 까닭이 무엇인지 하늘이 원망스럽소."

그때 술사가 앞으로 나서면서 말했다.

"여보시오. 부인, 그대는 정절이 본받을만 하오. 그런데 절조는 지켰더라도 마음이라도 외간 남정네에게 뺏긴 적이 없는지 생각해 보시오."

그말을 듣고난 부인이 곧 이렇게 대답했다.

"옳습니다. 저는 전에 이목이 수려하고 늠름하게 생긴 선비가 활을 멘 채 소나기를 피하느라고 우리집 추녀 밑에서 서 있는 것을 보고 잠시나마 마음이 흔들려 사모한 적이 있었습니다."

"그렇다면 좀더 정절을 맑게 닦고 심신을 가다듬어 저 나무를 다시 뽑으면 가능할 것이오."

얼마후 그 여자는 결국 그 나무를 뽑고 상금도 받게 되었다.

위의 내용은 여인네의 정절을 권장하기 위한 삽화(揷話)로서 '용재총화'(慵齋叢話)에 수록된 내용이다.

위의 이야기를 들려준 후 박문수는 다시 이렇게 덧붙였다.

"요즈음 인심이 사나워 남정네들이 멋대로 여자들의 정조를 유린하거나 횡포가 심한 편이오. 여자들도 윤리기강이 문란해져 문제를 자주 일으키고 있소. 사람이 짐승과 다른 점은 윤리강상을 지키는 것이라고 생각하오. 연약한 아녀자로서 자기를 지키려다가 살인까지 저질렀지만 그 원인을 유발시킨 자는 김취홍 자신이오. 살인은 분명 크나큰 죄요. 그러나 연약한 여자에게 강제로 욕보이려 한데 대한 경계로서 김자근연의 정당방위가 인정 받아야 하오. 이 문제에 대해 내가 각별히 전하께 상주할 것이니 너무 염려 마시오."

 박문수의 구명운동에 힘입어 김자근연은 정당방위로 인정받고 무죄가 되었다.

 그후 자신을 구해준 선도인을 따라 입산수도의 길을 택하였다.

 당시의 윤리기준이나 남성 절대 우월주의 사회에서 힘없이 피해를 당하고도 매사에 불리했던 여성 문제에 대해 매우 획기적인 판결이기에 큰 화제꺼리가 되었다.

 억울하게 당하고도 오히려 범법자로 몰리던 사례가 빈번했던 여성에게 매우 고무적인 일이었다.

박문수와 소녕능(昭寧陵)의 능참봉

　영조는 모계(母系)에 대한 열등감 탓인지 이따금 이해하기 어려운 행동을 할 때가 많았다.
　그런데 돌아가신 생모에 대해 남다르게 효성이 지극했다.
　영조의 생모 최씨는 천한 서민의 딸로서 생전에는 빈(嬪)의 예우도 못받았다. 죽은 후에는 양주(楊州)의 고령산(高靈山) 기슭에 묻혔다.
　웬만한 벼슬아치들의 묘(墓)에 비해서도 너무나 초라하였다.
　최씨는 숙종보다 앞서 세상을 떠났다.
　숙종이 임금으로 있을 때도 궁중 예법에 따른 능호(陵號)는 고사하고 원호(園號)조차 주어지지 않았던 것이다.
　영조는 그것이 늘 한스러웠고 한탄하기가 일쑤였다.
　"과인이 일국의 임금으로서 생모의 묘소를 능으로 봉하지 못하다니, 이것이 크나큰 한이로다. 기어코 반대하는 신하들의 뜻을 꺾고 능호(陵號)를 봉하리라."

영조가 자신의 뜻을 비칠 때마다 신하들은 번번히 반대하였다.

그중에서도 박문수가 대표로 나서서 임금의 아픈 곳을 사정없이 찔렀다.

"전하, 선대왕께서 원이나 능으로 봉하지 않은 것은 궁중예법에 의한 것입니다. 또한 성려(聖慮)가 계셨기 때문입니다. 전하께서 효심과 사정(私情)으로 능으로 봉하려는 심정은 이해할 수 있습니다. 그러나 부왕의 뜻과 위배되는 능호를 봉하는 것은 삼가하심이 옳사옵니다. 모후(母后)에 대한 그릇된 효심(孝心)은 자칫하면 부왕(父王)에 대한 불효가 될 수도 있는 까닭입니다."

당시의 예의범절, 궁중의 법도에서 보자면 반대하는 신하들의 말이 그릇된 점은 없었다.

그러나 타고난 핏줄에 대한 열등감으로 인하여 심히 번민하였다.

여러날 고민하던 끝에 영조는 은밀히 사람을 시켜 외가의 혈통을 알아오게 하였다.

영조의 외할아버지는 최효일(崔孝一)이라는 미천한 농부에 불과했다.

이미 세상을 떠났지만 허위(虛位) 벼슬이라도 추증(追贈)하기로 했다.

생모의 묘를 능으로 봉하지 못할 바에야 차라리 외가쪽에 벼슬이라도 추증하기로 작정했다.

그러나 이번에는 노론과 소론이 이구동성으로 반대하고 나섰다.

"전하, 나라에 공을 세운 적도 없는 일개 농사꾼에게 무슨 명분으로 벼슬을 추증하려는 것인지요? 전례가 없어 심히 난처합니다."

"전하, 어명을 거두어 주소서."
이번에는 노론, 소론이 한데 뭉쳐 반대하고 나섰다.
'으음, 이것들이 은근히 나의 생모가 천하다고 비웃는구나. 임금을 능멸하려들다니……'
그러나 입밖으로 발설하지는 않았다.
자기 얼굴에 스스로 침뱉는 격이 될 것이기에 애써 참았다.
영조는 숱한 신하들의 반대를 무릅쓰고 이렇게 자신이 뜻한 바를 표명했다.
"과인의 외조부(崔孝一)께는 영의정으로 추증하고 외고조(崔末貞)께는 이조판서로 추증하라. 누구도 반대하지 말라."
영조는 강압적으로 어명을 내렸다.
그리고 얼마 후 영조는 다시 생모의 묘를 능으로 봉하고자 했다.
그러자 영의정이 이렇게 말했다.
"전하, 능으로 봉하는 문제는 왕실의 예법과 전례에도 없던 일입니다. 사헌부(司憲府)와 협의하여 결정해야 하겠습니다."
그후 사헌부에서 토의가 시작되었다.
대사헌 박문수가 어전에 나타나서 이렇게 아뢰었다.
"전하, 아무리 임금의 사친(私親)이라도 이러한 경우에는 능으로 봉해서는 아니된다는 것이 신을 비롯한 대부분 신하들의 유권적(有權的) 해석이니 통촉하소서."
"허허, 이번에두 또 경이 반대를 하오? 광해군(光海君)도 친모를 봉릉하였고, 연산군(燕山君)도 폐비(廢妃)된 생모의 묘를 능으로 봉하지 않았소. 더 이상 고집 피우지 마오."
"전하, 황공하오나 무리하게 불법을 강행했던 그 말로가 어떠하였습니까. 그런 좋지않은 예를 거론하지 않으셨으면 하옵니다."
"허허, 저런, 과인은 경을 누구보다도 총애하건만 어쩌면 그렇게

도 아픈 곳만 찌르고 사사건건 반대만 하오? 친모의 묘를 초라하게 방치하면 과인의 심사가 어떻겠소?"
 "전하, 법은 누구에게나 공정히 적용되어야 합니다. 전하의 생모께서는 숙종대왕의 후궁이니 거기에 합당한 예법을 적용시킨 것입니다. 하온데 지나치게 특례를 적용해서는 아니됩니다."
 박문수의 말에 임금은 위협하듯 사정하듯 계속 능으로 봉하고자 주장했다.
 임금과 신하는 계속 팽팽하게 맞서다가 적당히 타협을 하기로 했다.
 그냥 묘에서 비록 능은 못되지만 원(園)으로 봉하기로 했다. 원호는 소녕원(昭寧園)으로 정해졌다.
 영조는 얼마후 소녕원으로 거동하였다.
 그에 앞서 소녕원에는 묘문(墓門)과 정자각(丁字閣)도 세워졌다.
 비록 원이지만 능이나 다름없는 규모로 석물(石物)도 세워지고 비문이 각자(刻字)된 큰 비석도 세웠다.
 영조는 소녕원으로 거동할 때 박문수를 대동하였다.
 모처럼 손수 제문을 짓고 절을 올린 후 눈물을 흘렸다.
 그 모습을 지켜본 박문수는 매우 보기에 안쓰러웠다.
 "전하, 절실한 심경은 이해하겠으나 군왕은 만백성의 어버이시니 낙루하시는 것을 삼가하소서."
 그제서야 영조는 눈물을 닦은 후 제사를 마치었다.
 소녕원 주위에는 나무를 많이 심었다.
 그중에서도 향나무를 많이 심었다.
 그리고 그 주위를 엄하게 단속했다.
 주위의 산에 나무가 울창해지니 생활이 곤궁한 백성들이 몰래 도벌하거나 관상목을 캐어다가 정원수로 팔기도 했다.

그래서 영조는 엄명을 내렸다.
"누구나 소녕원 주위의 나무를 베거나 경관을 훼손 시키면 엄벌에 처하리라."
그러한 후에 도벌하는 예가 거의 없었다.
소녕원 나무를 베거나 캐어 팔다가 목이 달아나는 사례가 여러차례 있은 후 그 주위는 점점 울창해졌다.
소녕원은 격은 능보다 낮았지만 오히려 웬만한 능보다 관리가 잘 되고 있었다.
소녕원 주위는 입산금지 구역이었다.
그래서 백성들의 원성도 높았다.
어느날 박문수는 평복 차림으로 소녕원 쪽으로 걸음을 옮겨놓고 있었다.
그러던 중에 능 주위에 쓰러져 있는 어느 총각을 발견했다. 총각 옆에는 지게에 향나무가 얹혀져 있었다.
늘 휴대하고 다니는 침을 꺼내어 경혈을 찾아 침을 놓은 후 박문수가 사지를 주무르가 총각은 곧 깨어났다.
"뉘시옵니까? 생명의 은인이 뉘신지 알고 싶습니다."
"나는 그냥 지나가는 나그네일세. 어쩌다가 여기에 쓰러져 누웠는가?"
"예, 소인의 어미는 70이 넘었는데 지금 병석에 누워 운신을 못하십니다. 원래는 양반의 후예이나 당파싸움에 화를 당하고 이곳으로 숨어들어 살았습니다. 그런데 집안이 워낙 가난한 데다 장기간 앓아 누워서 약을 구할 도리가 없었습니다. 듣자니 무덤가에 있는 향나무 뿌리를 달여서 복용하면 효험이 있다기에 향나무 한 그루를 몰래 캐었습니다. 그것을 운반하던 중에 허기가 져서 정신을 잃었었나 봅니다."

"너는 듣거라. 소녕원의 주위에 있는 산림을 훼손하면 처벌 받는다는 것을 모르느냐?"

"알고 있습니다. 하오나 늙고 병든 어머니의 약을 구하고자 국법을 어겼습니다. 어머니만 살릴 수 있다면 무슨 벌이라도 달게 받겠습니다."

"알겠다. 너는 향나무를 지게에 지고 집으로 돌아가거라."

"고맙습니다. 정말 고맙습니다."

총각이 지게를 지고 갈 때 박문수는 멀찍이서 몰래 그 뒤를 미행하였다.

총각은 마당에 지게를 내려 놓더니 다 쓰러져 가는 초가로 들어갔다.

"어머니, 어머니……!"

박문수가 뒤따라 가서 큰 나무뒤에서 지켜 보았다. 어머니를 거듭부르는 소리가 들리더니 다급하게 뛰쳐 나왔다. 총각의 손에는 시퍼런 낫이 들려 있었다.

총각이 다시 급히 방안으로 들어간 후 박문수가 문틈으로 엿보았다.

총각은 낫으로 자기의 손가락을 베어 피가 뚝뚝 흐르자 피를 어머니의 입에 흘려 넣었다.

"으으음…… 현수(賢洙)야……"

"엄니, 정신이 드셔유 엄니……"

"그래…… 어디갔다 왔느냐. 너도 못보고 갈뻔 했구나……!"

"엄니, 부디 오래 사셔유, 지가 효도할 테니까……"

"니가 언제는 효자가 아니였냐, 아이구 귀한 내 새끼……"

박문수는 그들 모자의 광경을 보고 가슴이 뭉클 하였다.

방안으로 들어가서 주머니에 든 엽전을 모두 꺼내 놓으며 말했다.
 "우선 이것으로 어머니 약을 짓고 쌀이나 조금 사게."
 "아이구, 몇번씩이나 은혜를 베푸시니 이 은혜 어찌 갚아야 할지 ……!"
 "자네는 앞으로 무엇을 하고 싶은가?"
 "저같이 무식헌 놈이 언감생심 무엇을 하겠습니까? 다만 노모를 잘 봉양할 수만 있다면 소원이 없겠습니다."
 "어머니를 잘 모시려면 장가도 들어야지?"
 "두 식구도 먹고 살 재간이 없는데 누가 시집 오겠습니까?"
 "자네는 잠시 밖으로 나가서 얘기하세."
 박문수는 총각을 보고 이렇게 말했다.
 "지금부터 내가 시키는대로 하면 자네는 걱정없이 노모를 봉양할 수가 있네. 그리고 내가 장가도 들여주지."
 박문수는 한동안 총각에게 무어라고 귓속말을 계속하자 총각이 고개를 끄덕거렸다.
 그무렵 영조는 박문수의 요청을 받아들여 혼자 미행하는 버릇이 있었다.
 박문수가 영조에게 은밀히 주청하였다.
 "전하, 요즈음 듣자니 소녕원(영조의 생모 최씨의 무덤)을 남몰래 정성껏 가꾸는 백성이 있다고 합니다. 신과 함께 그곳으로 은밀히 미행(微行)하심이 어떨런지요?"
 "그거 참 좋은 생각이오."
 그무렵 영조는 새문안에 있는 경희궁(慶熙宮)에서 지냈는데, 민간인 차림으로 소녕원을 찾았다.
 소녕원을 찾기 전날 박문수는 미리 오현수 총각에게 시켜둔 일이 있다.

무덤 주위를 손질하고 향나무를 잘 다듬던 중에 총각이 영조의 눈에 띄었다.

"저기 저 사람이 누군지 데려오라."

박문수는 총각에게 다가가서 눈짓을 했다. 총각이 영조 앞으로 왔다.

"너는 어디 사는 누구냐? 지금 무엇을 하고 있었느냐?"

"예예, 천한 놈은 원래 소녕능 주위에 삽니다요. 능 주위를 다듬고 가꾸는 것이 취미입니다……"

"무엇이라? 소녕능이라고?"

영조는 귀가 번쩍 띄였다.

자신의 생모의 무덤을 평생에 한 번이라도 '능'으로 호칭되기가 소원이었다.

그런데 미천한 백성이 능으로 호칭해 주니 뛸듯이 기뻤다.

"너는 앞으로 하고 싶은 일이 무엇이냐?"

"예, 소인은 소녕능을 가꾸며 지낼 수 있었으면 합니다."

"오냐, 너는 우선 돌아가거라."

총각이 돌아간 후 영조는 박문수의 자문을 얻어 능참봉을 시키기로 했다.

총각은 박문수의 기지와 배려에 힘입어 능참봉이 되었다.

마음씨 고운 총각은 아무런 걱정없이 살 수가 있었고 복이 겹쳐 좋은 배필을 만나 결혼한 후 더욱 어머니에게 효도하였다.

그리고 박문수의 은혜를 고마와 했다.

국방상태를 정비하는 과정에서

영조는 어려운 일에 처할 때마다 하루에 3번씩 박문수를 불러 단둘이 만나서 그 의견을 들었다.
그런데 박문수는 그무렵 왕이 불러도 계속 어전에 나오지를 않았다.
영조는 박문수에게 특진관(特進官) 자격까지 부여하고 그를 입시케 했다.
그러나 박문수는 성밖으로 나가서 이러한 내용의 글을 올렸다.

전하, 신은 근래에 와서 참을 수 없는 비방과 수모를 당했습니다. 그런데 어찌 조정에 드나들 수 있겠습니까…… 굳이 신의 벼슬을 거두시지 않겠다면 차라리 신의 벼슬을 깎아 외직으로 보내 주소서……

결국 박문수는 자의반 타의반으로 황해도 해주에 있는 수군 절도사 감영으로 떠나게 되었다.

그때 황해도 일대에는 중국의 상선들이 밀무역을 하러 다니는 경우가 많았다. 박문수는 감영에 저축된 돈 2천 냥, 등을 풀어서 비선(飛船)을 만들게 하고 직접 감독하였다.

유사시에 달아나는 밀수 상선을 나포하고자 속도가 빠른 비선을 만들 것을 명하고 직접 감독하였다.

그러나 흡족할 정도의 배가 빨리 만들어지지 않았다.

그리고 무엇보다도 가장 절박한 것은 밀무역 하러 다니는 중국의 상선들이 물건을 훔쳐가거나 부녀자를 욕보이는 사례가 종종 발생하였다.

우리 수군이 보고를 받고 쫓아가서 잡으려고 하면 그들의 배는 크고 속도가 빨랐다.

그들의 행패가 점점 심해져 우리 어부들이 잡은 고기를 해적질을 하고 달아나기도 했다.

그들을 잡자면 20여척의 빠른배, 즉 비선(飛船)을 만들어야 했다.

고심하던 박문수는 조정에 재정을 후원해 달라는 내용의 장계를 올렸다.

장계를 받아본 영조는 조정 중신들과 어전 회의를 열었다.

그러자 박문수의 반대파들이 일제히 박문수를 비난하였다.

형조참판 이주진(李周鎭)이 이렇게 영조에게 주청하였다.

"전하, 황해수사 박문수가 이런 장계를 올렸는데 사실은 그렇지 않습니다. 황해도 연안은 물산이 풍부하여 1년에 어업에서 얻는 수익이 4~5천 냥이 넘어 호남에 비길 바가 아닙니다. 그런데도 재정을 지원해 달라니 그 저의가 불순합니다."

거기에 부화뇌동하는 자들이 저마다 악마구리처럼 떠들었다.

영조는 그말들을 듣고 성을 내었다.

"충무공 이순신은 싸움 중에도 전함을 만들었지 않은가. 황해도 옹진이 비록 피폐하여 돈이 부족 하더라도 자체 내에서 부족한 재정을 마련하지 못하고 이런 청을 하다니…… 황해도 수사는 좋은 자리에 있으면서 물자가 풍부한 데도 무엇 때문에 부족 하다고 지원을 요청하는가? 이것은 필경 옳지 못한 처사이다."

형조참판 김주진이 다시 아뢰었다.

"전하, 황해수사 박문수는 임금을 기망했으니 잡아다가 죄를 다스리소서."

일제히 박문수를 비난하며 떠들었다.

한편 박문수가 장계를 올린 직후 또다시 무장한 중국 상선들이 우리 어민들에게 피해를 입혔다는 신고를 받았다. 즉시 출동했으나 그들의 배가 빨라서 놓치고 말았다.

"저런 못된 놈들, 도저히 그냥 둘 수가 없구나. 어서 튼튼하고 빠른 배를 만들어야지. 그런데 무엇보다도 재정이 문제로구나. 이곳 백성들에게 세금을 거둘 수도 없고…… 다시 조정에 재정을 지원해 달라고 장계를 올려야겠다!"

박문수는 조정의 기류가 어떻게 돌아가는지도 모르고 오로지 빠른 배를 만들겠다는 일념으로 다시 장계를 띄웠다.

당시의 실록에는 이런 기록이 나온다.

「4월 병오일에 황해수사 박문수가 상소하여 중국배 쫓아낼 일을 의논하고 다시 물자를 지원해 주면 빠른 배를 만들겠다고 요청하였다.」

영조는 박문수가 보낸 장계에 대해 주위 신하들의 의견을 듣고 이렇게 비답을 내렸다.
 "황해수사가 왕의 지시에 응하지 않고 상소만 한다는 것은 체모에 관계되는 일이다. 곧 보낸 글을 되돌려 보내라."
 모두들 박문수를 비난했지만 조현명은 박문수에 대해 이렇게 임금에게 주청하였다.
 "전하, 박문수를 어서 내직으로 불러 올리소서. 국가의 공신이 외직에 오래 나가 있는 것은 나라에 이익이 못됩니다."
 조현명이 거듭 간청하자 영조는 곧 박문수를 서울로 불러 올렸다.
 박문수는 약 4개월간 황해도 수사 자리에 있는 동안 건강이 몹시 나빠졌다.
 몹시 심신이 시달렸던 탓인지 현지의 풍토가 안맞는 탓인지 건강이 매우 상하였다.
 영조는 우의정 조현명의 말을 듣고 박문수를 다시 곁으로 불렀다.
 어명을 받고 상경한 박문수는 영조 임금을 배알하였다.
 "경은 그간 얼마나 고생이 많았소? 듣자니 건강이 안좋다기에 가까이 불렀으니 전보다 더 열심히 나를 보필해 주오."
 "전하, 신이 곤욕을 당한 이후 건강이 매우 좋지 아니합니다. 이제 신은 고향으로 돌아가 죽기를 원합니다."
 영조는 계속 박문수를 만류하였다.

 그무렵 다시 관직에 돌아온 홍계희가 박문수를 물고 늘어졌다.
 홍계희의 아버지 홍우득(洪禹得)이 전에 영남의 관찰사로 있을 때 박문수가 그 비리를 고발하여 죄를 받은 적이 있다.
 홍계희는 묵은 감정 때문에 윤학동(尹學東) 등과 합세하여 계속 박문수를 공격하였다.
 박문수가 그해 11월 계속 벼슬에서 물러나고자 했으나 영조는 그에게 어영대장(御營大將)을 제수하면서 이렇게 당부했다.
 "대장의 임무는 매우 중요하오. 과인의 곁에서 항시 보필해주오."
 "전하, 신은 이만 물러 가고자 하니 윤허해 주소서"
 "경이 곁에 있으면 과인은 베개를 편히 베고 편히 잘 수가 있소. 그러니 이 뜻을 양지하고 자기 주장을 그만 그치도록 하오."
 "전하, 신이 오래도록 어명을 거절하는 것은 군왕에 대한 잘못인 줄 압니다. 그러니 더 이상 강권치 마시고 신이 원하는 바를 들어 주소서. 신의 가문은 충성과 청렴을 신조로 삼고 있는데 신이 오명을 덮어쓰고 조상을 욕되게 했으니 어찌 관직에 남을 수 있겠습니까?"
 박문수와 영조는 계속 실랑이를 했다.
 그해 12월 박문수는 우참찬(右參贊)이 되었다.

어영대장의 직책을 맡고

　박문수에게는 참으로 영욕과 우여곡절이 많았다.
　'명예가 올라가면 반드시 헐뜯음이 따른다'고 옛 성현들이 말했었다.
　박문수의 경우도 예외가 아니었다. 해가 바뀌어 박문수는 어영대장이 되었다.
　당파싸움, 권력싸움의 와중에서도 박문수는 그동안 화려하게 각광을 받아왔다.
　그러한 반면에 그의 명성과 지위가 올라 갈수록 시기하고 질투하며 모함하는 무리들이 늘어났다.
　박문수는 조정의 논의가 무너져 그 폐해가 날로 심해지자 어전에 나아가 이렇게 진언하였다.
　"전하, 지금까지 비록 전하께서 탕평(蕩平)에 힘썼지만 그 결과는 만족스럽지 못한 것입니다. 동서남북(사색당파)만 논하시는 것은 나무만 보고 숲을 못보시는 격입니다. 오로지 공정한 판단으로 어진 자, 재주 있는 자의 경우 신분에 관계없이 고르게 등용해야 합니다. 지금 탕평정책은 형식 뿐이지 실효가 없으니 과감한 개혁을 추진해야 하겠습니다."

기회만 있으면 이렇게 서슴지 않고 직언하던 끝에 다시 한동안 벼슬에서 물러나 지냈었다.

영조 24년(1748) 다시 품계(品階)가 정헌(正憲)에 올랐다.

영조 25년에는 다시 숭정(崇政)에 오르고 판의금부사(判義禁府事)를 겸직, 다시 어영대장에 오른 것이다.

그무렵 정월에 백홍(白虹)이 황백(黃白)하는 현상이 나타났다.

흰 무지개가 태양을 중심으로 감싸는 것을 일컫는 것이다.

영조는 박문수를 불러 이렇게 하문하였다.

"영성군, 백홍이 황백하는 데 대해 어찌 생각하는지 의견을 말해 보오."

"전하, 하늘이 재앙을 내릴 징조를 보이면 무엇보다도 임금께서 먼저 분발하여 덕을 닦아 매사에 솔선수범을 해야 합니다. 잘못을 고쳐 사사로운 뜻을 없애시고 호사스러운 풍조를 배척하고 검소한 생활을 해야 합니다. 충직한 사람을 등용하고 공사(公私)가 분명해야 합니다. 지방의 수령이나 방백(方伯)들의 행적을 낱낱이 조사하고 경계하여 백성들에게 폐가 없도록 해야 하겠습니다. 대간과 옥당에서는 언론(言論)과 계차(啓次=바른말)를 잘해야 합니다. 이러한 것을 잘 선용하면 재앙이 없어지고 나라가 잘 다스려집니다. 그렇지 못한 경우 반대 현상이 파급될 것입니다. 아첨하는 무리들을 기쁘게 하며 바른말 하는 자를 싫어하면 나라는 점점 피폐해집니다. 사람을 쓸 때 공정하고 정확한 판단으로 선발해야지 그렇지 못하면 나라가 점점 허약해지기 쉽습니다. 그러면 결국 전하께서는 국세를 약화시키는 용렬한 군주(君主)로 전락할 것입니다. 이번의 기상 이변은 그러한 경계심을 일깨우는 것으로 사료됩니다."

당시에는 자연 현상조차도 사람의 양심과 도덕 기준에 관련된 것으로 보았다.

오늘날 혹자는 비과학적이라고 비판할지도 모르지만 위정자로서 선정(善政)을 베풀려는 마음을 엿볼 수 있다.

박문수의 말을 듣고난 영조는 불쾌한 표정이 역력하였다.

"허허, 영성군은 정말 지나칠 정도로 신랄하게 비판하고 있구려."

그때 유신(儒臣) 윤광소(尹光紹)가 이렇게 아뢰었다.

"전하, 영성군의 말에 대해 노여워 마시고 수용하시면 쓴약처럼 이로울 것입니다."

윤광소의 말에 주위의 신하들마저 얼굴색이 바뀌었다.

그때 영조가 이렇게 옥음을 내린다.

"생각해보니 영성군의 말이 옳소. 과인에게 직언할 사람은 역시 영성군 뿐이오."

영조는 박문수의 직언을 받아들였다.

3월이 되었다.

어느날 영조는 희정당(熙政堂)에서 박문수를 맞이했다.

그무렵 강화도의 성벽을 보수하는 일에 대해 논의하고 있었다.

영조가 박문수에게 하문했다.

"강도(江都)는 예로부터 외침을 당할 때마다 중요한 요새지였소. 그러나 지난 병자호란 때 국방 경비가 소홀하여 성벽이 많이 훼손되었소. 성을 보수하고 굳건히 지키는 일에 대해 좋은 의견이 있으면 들려주오."

 박문수는 잠시 침묵하다가 이렇게 입을 열었다.

 "전하, 성을 보수하는데 있어서는 옛날 윤택(尹澤)처럼 보장(保障)하여 일반 백성들에게 무리한 세역이나 부역을 지워 주어서는 아니 됩니다. 근래에 해당 관리들은 벼슬아치로서 이름이 나거나 승진하는데만 급급합니다. 늙은 고관들은 일신의 안일만 도모하며 태만에 빠져 있습니다. 이렇게 해서는 유사시에 성을 굳건히 지키기 어렵습니다. 성을 제대로 보존하려면 적임자를 잘 선정하여 적어도 5~6 번 정도 여유를 두고 총책을 맡기고 임무를 수행케 해야 합니다."

 "알겠소. 그러면 어영대장인 영성군이 직접 현지로 가서 답사한 후 상황을 자세히 알아서 보고하오."

 "전하, 성지를 받들어 즉각 봉행하겠나이다."

 박문수는 곧 어명을 받들고 현지로 떠날 준비를 했다.

 박문수는 어전에서 물러나 곧 강도로 향했다.

 박문수는 어영대장으로서 호위 무사나, 군신을 이끌지 않고 사공만 데리고 갔다.

 바다를 건너 강도에 거의 닿을 때이다.

 갑자기 이상한 무리들이 맞은편에서 배를 타고 나타나 일제히 활을 쏘았다.

 "으앗!"
 "아앗!"

 노젓던 사공이 각각 팔과 다리에 화살을 맞고 비명을 질렀다.

 화살은 무서운 기세로 계속 날아들었다.

 박문수는 본능적으로 몸을 굽혔다.

 "쉬잉"

"슈숙"

사공이 다친 데다가 계속 화살이 날아드니 앞으로 그대로 갈 수도 없고 배를 돌려 달아날 수도 없었다.

상황은 몹시 긴박하였다.

조그만 배는 거센 풍랑에 방향을 잃고 심하게 뒤뚱거렸다.

화살을 쏘던 자들이 배를 급히 몰아오며 소리쳤다.

"다들 꼼짝말라 해. 반항하면 죽인다!"

배를 몰고온 자들 중에서 털보가 소리 질렀다.

박문수가 탄 배는 상대편에 비해 매우 작았다.

인원은 사공이 셋, 그리고 박문수, 전부 4명이었다.

저쪽에서 공격하는 자들은 십여 명 되었다.

박문수 쪽에는 2명의 사공이 이미 화살에 맞아 중상을 입었다.

박문수와 사공 한 명이 비무장 상태에서 무장한 상대들과 대항하기엔 무리였다.

그들이 가까이 다가오더니 갈쿠리가 달린 밧줄을 휘휘 돌리다가 힘껏 던지니 박문수가 탄 뱃전에 갈쿠리가 날아와 박혔다.

큰배에서 여러명이 힘껏 밧줄을 당기니 배는 금방이라도 뒤집힐 듯 기우뚱거리며 이끌려갔다.

그때 일제히 창칼을 빼든 자들이 소리쳤다.

"이놈들 손들고 어서 이리로 건너와."

박문수가 마주 소리쳤다.

"네놈들은 웬놈들이냐?"

그때 험상궂게 생긴 자 하나가 창을 꼬나들고 성큼 배위로 건너오더니 위협을 했다.

"이놈 당장 무릎을 꿇어라!"

박문수가 방어자세를 취하며 노려보자 그놈은 사나운 기세로 창을 내질렀다.
 그순간 박문수는 번개같은 동작으로 허리를 비틀면서 동시에 시지와 중지로 상대의 두 눈을 찔렀다.
 "으아악!"
 처참한 비명을 저지르면서 눈을 감싸고 주저앉자 건너편 배에서 갑자기 박문수의 배쪽으로 달려들었다.
 "휘익!"
 바로 그때에 갈쿠리에 매인 밧줄이 끊어지고 서로 맞닿았던 배가 떨어지면서 거리가 생겼다.
 배에 오르려던 자들은 성이 나서 씩씩거리며 다시 일제히 창이나 활을 들고 공격하려고 했다.
 바로 그때이다. 어디서 언제 나타났는지 일엽편주 하나가 큰배 옆으로 다가오더니 삿갓을 쓴 이인이 비조처럼 훌쩍 몸을 날려 배위로 올랐다.
 "이놈들, 왜 무고한 인명을 해치려 드느냐. 내가 네놈들 버릇을 고쳐주마."
 "우헤헤!"
 "정말 웃긴다 해."
 "이놈이 우리가 누군 줄 알고."
 그들은 성난 맹수가 먹이감을 발견하고 덮치기 직전의 자세로 으르렁거리다가 일시에 집중공격을 퍼부었다.
 배위에서는 한바탕 싸움이 벌어지고 있었다.
 그러나 돛폭에 가려 싸움이 어느 쪽에 유리한지 짐작하기 어려웠다.
 얼마나 시간이 지났을까, 이인이 뱃전에 나타나서 크게 박문수에게 소리쳤다.

"자아, 이제 이놈들은 모두 물리쳤으니 안심하고 임무를 수행하시지요. 이놈들은 장사치로 가장한 오랑캐 첩자들입니다. 뒷일은 소생이 남아서 처리할 테니 어서 서둘러 가십시오."

"고맙소. 참으로 감사하오."

박문수는 자신이 직접 노를 잡고 성한 사공을 도와 뭍으로 향했다.

강도에 내린 박문수는 우선 병자호란 때 섬을 지키다가 장렬하게 순국한 수많은 영령들을 위해 제사를 지냈다.

그리고 여러날 걸쳐 강도의 곳곳을 답사하고 군사시설 및 성벽의 보수, 적재적소에 초소가 있는지의 여부, 무기 보유 현황에 대해 샅샅이 살폈다.

나름대로 임금께 제안하고 싶은 사항이나 군사 시설에 대한 제반 문제점에 대해 일일이 기록하였다.

안용복(安龍福)의 제사를 지내다

 강화도의 경계 태세와 성곽 상태를 여러날 살펴보고 서울로 돌아오려는 전날 밤이었다.
 박문수는 나라일을 근심하면서 깊은 밤에 혼자서 술을 마시다가 잠시 졸았다.
 그때 비몽사몽간에 죄수의 몰골로 어떤 사람이 박문수에게 다가와 주먹으로 가슴을 치면서 그저 울기만 했다.
 박문수가 먼저 그에게 물었다.
 "뉘시오? 무슨 연유로 나를 찾아와 그렇게 울고만 있소?"
 "대감, 너무나 통탄스럽고 억장이 무너져 저승으로도 못가고 혼백이 구천을 헤메고 있는 안용복(安龍福)이옵니다. 답답한 이 심사를 어디에 하소연할 길 없었는데 마침 대감께서 이곳에 오셨기에 사나운 몰골을 무릅쓰고 이렇게 찾아온 것이오니 과히 허물치 마소서."

"안용복이라고 하셨소? 그렇다면 우리의 우산국(于山國)과 우산도(芋山島)를 왜국으로부터 사수하신 분이 아니시오?"
"그러하옵니다. 대감, 하오나 소인은 애국자로서의 정당한 예우를 받기는 커녕 죄인아닌 죄인이 되어 섬에서 귀양살이를 했던 원한이 구천에 사무칩니다."
"암, 그렇고 말고요. 나는 그일에 너무나 잘 알고 있고 또한 공감하고 있소. 무슨 하실 말씀이라도……?"
"섬나라 왜국은 침략근성이 강하여 소인이 평생동안 목숨을 걸고 사수했던 우산국(울릉도)과 우산도(독도)를 앞으로도 두고두고 넘보거나 영토권을 주장할 것이니 이몸은 죽어서도 마음을 놓을 수가 없습니다."
"그것이 참으로 걱정이요. 이곳 강화도 군사 요새만 하여도 본관이 문제점을 점검하여 상감께 상주해도 제대로 시행될지 의문이요. 권력싸움에 눈이 어두워 국방 문제는 뒷전으로 밀려나는 실정이요……. 진정한 애국자를 귀양 보내고 죄인 취급했으니 그 원한이 얼마나 뼈에 사무치겠소. 내가 기회를 봐서 임금께 주달하겠소. 그리고 제문을 지어 술을 붓고 제사를 지낼 터이니 이젠 혼백이나마 구천에 떠돌지 말고 편히 돌아가 쉬시오……."
"고맙소이다. 대감의 덕분에 쌓인 원한이 풀리는 것 같소이다. 마지막으로 다시 한 번 부탁 드립니다. 왜인들이 우산국과 우산도를 호시탐탐 노릴 것이니 한시도 경계를 늦추지 말아야 할 것입니다."
"알겠소이다."
박문수의 말이 끝나자 안용복의 자취는 홀연히 사라졌다.
졸다가 깨어보니 꿈이었다.
그러나 생시처럼 너무나 선명했다.

박문수는 깨달은 바 있어 의관을 정제한 후 군졸 몇명에게 간단히 제사에 쓰일 제물을 갖추게 한 후 자정이 가까운 시간에 함께 배를 타고 바다로 나갔다.

바다 중간에 이르자 손수 제문을 지어 읽고 소지를 올리고 안용복의 명복을 빌며 술을 그의 영전에 부었다.

안용복이 어떤 인물인가를 알자면 무엇보다도 울릉도와 독도를 빼놓을 수 없다.

여기에서는 그의 성장 과정에 대해서는 생략하고 다만 그의 업적만 간추려 소개하기로 한다.

울릉도는 우리나라 동해에 위치한 섬이다. 면적은 그다지 넓다고 할 수 없으나 토지가 비옥하고 예로부터 어업에 적합한 곳이다. 삼한 때는 우산국(于山國)이라고 했는데 신라 때 우리의 영역권에 속하게 되었다.

일본의 대마도와 울릉도는 지리적으로 서로 근접한 곳이기에 예로부터 서로 분쟁이 자주 일어났다.

섬나라 일본은 물산이 풍부한 우리의 울릉도가 우리 조정의 군사권이 제대로 미치지 못하는 틈을 타서 해적질을 하기가 일쑤였다.

조선조에 이르러 선조 때 임진왜란이 일어나자 대마도 사람들은 일본 막부(幕府)의 앞잡이가 되어 울릉도에서 온갖 분탕질을 자행하였다.

수난을 당한 울릉도 사람들은 뿔뿔이 흩어졌다가 난리가 끝난 후 다시 들어가 살려고 했으나 여의치 않았다.

그러한 기회를 틈타서 대마도의 왜인들이 잠입하여 벌채를 하거나 해적질을 했다.

임진왜란이 지난지 오랜 후에 숙종때 이르러 왜인들은 우리의 동래 부사에게 울릉도는 자기네 땅이라고 생떼를 썼다.

동래부사는 왜인들의 강압적인 태도에 그냥 우물쭈물 넘어갔다.
　당시 우리 조정에서는 당파싸움을 하느라고 울릉도 영토 경비는 관심 밖이었다.
　그무렵 경상도 동래에서 태어나 그곳에 살던 안용복이란 호걸이 있었는데 직업은 어부였다.
　그는 뜻한 바 있어 자원하여 수군(水軍)이 되었다.
　그는 어려서부터 왜관에 드나들며 왜말을 익혔다.
　우리나라 관원이 왜인과 교섭할 일이 생기면 안용복이 도맡아 통역을 했다.
　왜인들이 해적질을 하거나 만행을 저지를 때면 준열하게 논죄하니 왜인들은 눈에 가시처럼 여겼다.
　그러던 어느날 그들은 안용복을 여러 놈이 강제로 체포하여 오랑도(五浪島)에 가두고 위협하고 회유했다.
　"너는 무엇 때문에 우리 일에 사사건건 반대 하느냐? 우리에게 밉보이면 당장 죽일 것이다. 그러나 우리에게 협조하면 너에게 온갖 부귀영화를 누리게 하겠다."
　"그런 말에 넘어갈 내가 아니다. 울릉도와 우산도(芋山島)는 예로부터 우리나라 땅이다. 너희들이 무엇 때문에 남의 땅을 함부로 드나들며 이래라, 저래라 간섭하려 드느냐?"
　그말을 듣고난 대마도의 호오끼(伯耆) 도주(島主)는 그의 호협한 기개에 감복하였다.
　"듣고보니 참으로 의기남아이다. 내가 귀빈으로 예우하고 노자와 의폐(衣幣)를 후하게 드릴 터이니 귀국으로 돌아가시오."
　"나는 그런 것들은 원하지 않소. 다만 바라건데 우리의 우산국과 우산도에 왜인들이 다시는 소요를 일으키지 않겠다는 서약서(書約書)를 작성하여 내게 주고 이웃나라로서의 예의를 준수하게 바라오."

"알겠소. 그렇게 하겠소."

안용복이 그것을 받아 배를 타고 조선으로 돌아오는 길이었다.

나가사끼(長崎) 근해를 지날 때이다.

갑자기 맞은 편에서 무장한 군사와 사무라이들이 조총과 화살을 빗발같이 쏘면서 몰려 오더니 안용복을 배에서 끌어내어 자기네 배에 강제로 태웠다.

그자들은 안용복을 나가사끼 도주에게 데리고 가서 몸을 수색하여 대마도 도주가 작성해 준 서약서를 강제로 빼앗았다.

나가사끼 도주는 안용복 주위에 무사들을 삼엄하게 배치하고 심문하기 시작했다.

"이놈, 너는 조선의 첩자지? 어찌하여 감히 막부(幕府)의 문서를 위조해 갖고 가느냐? 바른말 않으면 극형으로 다스릴 것이니라."

안용복은 그러한 상황에서도 조금도 위축되지 않고 당당하게 대응했다.

"나는 조선인으로서 왜인들의 부당한 침범을 항의하러 온 것이다. 나의 말이 타당하니 호오끼 도주가 에도(江戶)에 상신하여 그 서약서가 내게 전해진 것이다."

"정말 그렇다면 내가 막부에 확인할 것이다. 여봐라. 이 자를 우선 옥에 가두어라."

그늘은 막부를 핑계대고 50일 가까이 안용복을 회유하고 협박했으나 여전히 굴복하지 않고 논리정연하게 항변하였다.

나가사끼 도주는 안용복을 부산 동래의 왜관으로 보냈다.

왜관(倭館)은 조선시대에 왜인들과 통상하기 위해 부산에 두었던 관사(館舍)이다.

동래부사는 왜국과 분쟁이 일어나는 것이 꺼리끼고 골치아플 것 같아 회피하고자 했다.
왜관에서는 울릉도와 독도를 쟁탈하고자 본국의 막부 핑계를 대고 위협하면서 협박을 가했다.
동래부사는 경상감사에게 이렇게 보고하였다.

지금 왜인들이 울릉도와 독도를 내주지 않으면 쳐들어 오겠다고 합니다……. 어찌해야 좋겠습니까?

경상감사는 곧 조정에 장계를 올렸다. 당시 우리 조정에서는 당파 싸움에 치우쳐 그런 문제는 관심 밖이었다.
우리 조정에서는 두가지 의견이 맞섰다.
조그만 섬에 불과한 울릉도나 독도를 왜국에 내어주고 편히 지내자는 주장, 거기에 맞서 절대로 왜국의 요구를 들어줄 수 없으니 강경하게 맞서 최악의 경우 일전을 결하자는 반대 의견이 팽팽하게 맞섰다.
왜관에서는 왜국의 내막을 잘 알기에 40여 일간 감금 시켰다가 동래부사에게 이렇게 요구했다.

안용복을 제멋대로 일본으로 돌아다니며 분쟁을 야기시킨 장본인이라서 부득이 조사를 하게 된 것이다. 이제 그를 내보내니 그의 죄를 다스려 일본과 조선의 친선을 도모하기 바란다…….

동래부사에게 이첩된 안용복은 그간의 사정을 모두 아뢰었다.
"사또, 소인이 왜국의 대마도도주와 담판을 하였습니다. 그리고 다시는 왜인들이 우리 영토에 얼씬거리지 않겠다는 서약서를 받아

오던 중……"
 안용복이 그간의 사정을 상세히 털어 놓았다. 그러나 당시 동래부사는 왜관에서 적당히 뇌물을 보낸 것을 받았거니와 안용복의 신분이 보잘 것 없는 것을 얕잡아 보고 오히려 안용복을 죄인 취급했다.
 "이놈, 네놈은 천한 신분으로서 함부로 국경을 넘나들었고 분쟁을 일으켰으니 그 죄를 용서할 수 없다. 네 죄가 이미 명백하게 드러났는데도 형벌을 모면하고자 관부를 기회하고 변명하려 드느냐……"
 안용복이 아무리 자신의 진심을 밝혀도 동래부사는 막무가내였다.
 안용복은 억울하게 태형 30도를 맞고 옥에 갇히게 되었다.
 동래부사는 안용복을 옥에 넣고 일신의 안일만 꾀하고자 하였다.
 "아아, 원통하고 분통이 터져 못살겠다. 내나라 내땅을 지키고 주권을 행사하는 것도 죄가 된단 말이냐? 어서 날 풀어다오. 나는 다시 나가사끼로 가서 빼앗긴 서약서를 다시 찾아와야 해. 어서 날 내보내라."
 안용복은 매일 주먹으로 철창을 치고 머리로 감옥 벽을 들이받아 피가 낭자하였다.
 그러나 누구도 그의 우국충정을 몰라주었다.
 "저놈은 왜국으로 갔다가 정신이 돌아버린 것이야 쯧쯧……"
 모두가 이렇게 정신병자 취급을 하면서 상대하려 들지 않았다.
 하루가 천추같이 한으로 얼룩진 억울한 옥살이를 계속하는 중에도 안용복은 오로지 울릉도와 독도의 주권을 되찾아야 한다는 사명감에 불타 올랐다.
 2년후 안용복은 병든 몸으로 겨우 옥에서 풀려났다.

그는 가슴에 울분을 품고 어떻게 하면 일본에 다시 건너가서 자신의 목적을 달성할 수 있을까, 궁리를 거듭했다.
　어느날 안용복은 울산 부근을 지나다가 은하사(銀河寺)에 머물던 나이 지긋한 객승과 만나 동행하게 되었다.
　그 객승의 법호는 뇌헌(雷憲)인데 전부터 안면이 있는 사이었다.
　"스님, 참으로 오랜만이요."
　"아니, 이게 누구요? 안용복 처사로구먼!"
　두 사람은 오랜만에 만나 반갑게 인사한 후 이런저런 이야기를 나누었다.
　"스님은 지금 어디로 가는 길이요?"
　"으응, 돈을 벌러 나섰다네."
　"스님이 무엇하러 돈을 벌려고 하십니까?"
　"그것이 궁금하겠지, 나처럼 떠돌이 중 대여섯명이 뜻을 합쳐 장사하여 그럴듯한 절을 짓자는 것일세."
　"아아, 그렇군요. 그러면 어떤 방법으로 돈을 벌 것인지요?"
　"진도(珍島)로 가서 해초를 잔뜩 사서 배에 싣고 장사를 할 것이네."
　"그래, 배는 구했습니까?"
　"우리 일행 몇명이 먼저 가서 배를 구해 놓고 기다리기로 했다네."
　"듣고보니 나도 가고 싶소. 나는 그동안 일본해안을 오랫동안 항해한 경험이 있소. 뿐만 아니라 경상도 전라도의 거의 모든 섬을 돌아보았소."
　"그렇다면 안치사가 장사하기 좋은 섬을 알면 우리를 안내해 주시게. 우리는 배에 필요한 옷감이나 식량, 등을 넉넉히 실어놓았네."

"뇌헌스님, 내가 가자고 하는 곳으로 간다면 큰 이득을 얻을 것이요. 다만 위험이 따르는 것은 각오해야 하오."

"우리는 죽고 사는 것을 부처님 뜻에 맡긴 몸일세. 이득만 크게 얻을 수 있다면 기꺼이 따를 것이네. 어디라도 좋으니 어서 우리를 그곳으로 안내하시게."

"내가 지금 가려는 곳은 울릉도요. 그 섬의 주위엔 해초와 어류, 섬 가운데는 좋은 목재들이 무진장으로 있소. 그런데 왜인들이 그곳에 자주 나타나니 우리도 무장을 하고 해초 채취, 고기잡이, 벌목하는 데 필요한 연장을 갖고 가야 합니다. 우리는 그곳에 가서 많은 물산을 실어올 배가 더 필요합니다. 그리고 인원도 더 필요합니다. 만약의 경우에는 왜인들과 싸워야 하니 만반의 준비를 갖추어야 합니다."

안용복의 제의를 받아들여 뇌헌스님 일행 다섯 명, 그밖에 뜻을 같이하는 상선 3척, 거기에 탄 인원 11명, 이렇게 모두 합쳐 배 4척, 인원 17명이 울릉도로 향해 떠났다.

그들은 총과 칼, 활까지 갖추고 있었다. 그리고 조선 관리들의 관복 등도 준비하였다.

유사시에 대비하여 단단히 각오를 했다.

그들은 3주야를 꼬박 뱃길을 강행한 끝에 마침내 울릉도에 닿았다.

그동안 안용복은 은근히 우리 조선의 주권과 겨레로서의 애국심을 고취 시키니 모두들 호응하였다.

안용복 일행이 울릉도에 닿으니 섬은 텅빈 상태였다.

우선 그들은 군대처럼 진지를 구축하고 왜인들을 퇴치할 방법을 의논했다.

섬은 천연자원, 물산이 풍부하고 풍광이 매우 수려하였다.

일행은 모두가 감탄을 거듭하면서 안용복의 지휘에 따르기로 했다.

고기를 잡고 해초를 채취하고 소금을 굽고 좋은 재목을 벌채하면서 모두들 희망에 부풀어 있을 때이다.

왜인들이 탄 배가 울릉도에 닿더니 왜인 십여 명이 배에서 내려서고 있었다.

그때 안용복이 큰소리로 꾸짖었다.

"이 못된 왜놈들아, 어찌하여 감히 조선 영토를 침범하느냐?"

그때 왜인의 대장인 듯한 자가 왜말로 응수하였다.

"이섬은 우리 것이다. 그런데 웬 수작이냐?"

안용복은 기다렸다는 듯이 발을 구르며 꾸짖었다.

"이놈들, 남의 땅을 함부로 넘보다니, 어디 맛좀 보아라."

안용복이 신호를 보내니 일제히 활과 총을 쏘아댔다.

왜인들은 혼비백산, 달아나기에 급급했다. 안용복을 비롯하여 우리 일행은 상선을 타고 일제히 그 뒤를 쫓았다.

적선은 이끼도(壹岐島)를 지나 호오끼(伯耆州) 쪽으로 달아났다.

안용복은 뜻한 바 있어 조선 관리의 관복을 준비했던 것을 꺼내 입고 사공들에게도 새옷을 갈아입도록 했다.

그리고 먹을 갈아서 이런 내용의 글을 써서 왜국의 수장(水長)에게 건네 주었다.

나는 조선국에 속한 울릉도의 감세관(監稅官)으로서 귀국에 따질 사항이 있어 왔다······.

울릉도와 독도는 예로부터 조선 영토에 속했다는 것을 천하가 아는 바이다. 그런데 왜인들이 함부로 침범하여 해초나 어류를 훔쳐가고 함부로 도벌하기에 응징하고자 뒤쫓다가 귀국의 경계를 넘게 되었다. 이 사실을 도주에게 알려 나와 만날 수 있도록 주선하라······.

결국 안용복은 조선 울릉도 감세관이란 편법을 써서 도주를 만나게 되었다.

도주는 안용복을 정중히 맞이하여 주안상을 들이게 하고 서로 술을 나누면서 담판을 했다.

우여곡절을 겪은 끝에 안용복은 호오끼 도주를 움직여서 대마도 사람들이 다시는 울릉도나 우산도(독도)에 가지 않겠다는 서약서를 받아냈다.

목숨을 내건 안용복의 당당한 배포와 논리정연한 요구를 물리칠 수 없었던 것이다.

안용복은 한낱 어부에서 수졸, 감옥살이를 했던 죄수의 신분으로서 과감하게 우리 조정에서도 해내기 어려운 일을 편법을 써서 훌륭하게 완수하였다.

안용복은 임무 수행에 나선 사람들에게도 해초, 어류, 재목 등을 가득 실어 보내어 큰 이익을 챙기게 했다.

안용복이 임무를 완수하고 서약서를 동래부에 제시한 후 다시 왜인들이 울릉도나 독도에 얼씬거리면 가차없이 응징하겠다고 경고하였다.

그러나 왜관의 왜인들은 뇌물을 써서 동래부사를 사주했다.

동래부사는 또다시 안용복을 잡아들여 감옥에 가두고 조정에 이렇게 장계를 올렸다.

본 동래부에 속한 안용복이란 자는 국법을 어기고 왜국으로 잠출(潛出)하여 온갖 협잡질을 했고 감세관이라고 사칭하여 대마도주를 협박하여 사신(私信)을 받고 돌아왔습니다……. 이런 자를 그냥 둔다면 장차 조선과 왜국과 분쟁을 야기시킬 우려가 있사옵니다. 어떻게 처리해야 하올지 처분을 기다립니다…….

안용복은 크나큰 공을 세웠건만 당쟁에 눈멀고 고루한 당시의 실권자들의 그릇된 판단에 의해 서울의 형조(刑曹)로 압송되었다.

서울로 압송된 다음날 형조 3당상(판서, 참판, 참의)이 둘러앉고 좌랑(佐郞)이 붓을 들고 모로앉은 뒤에 사령이 안용복을 형틀에 묶고 문초하기 시작했다.

"듣거라, 너는 일개 수병으로서 함부로 국경을 넘어 일본으로 돌아다니며 감세관이라고 사칭하였다……. 조선과 왜국과 평화를 깰 못된 짓을 자행한 그 까닭이 무엇인지 이실직고 하렸다. 만약 조금이라도 기망하면 살아남지 못하리라."

좌랑이 엄포를 놓았다.

안용복은 기가 막히고 눈알이 캄캄하였지만 자신의 심경을 사실대로 털어놓고 당당하게 항변하였다.

"나라의 주권을 되찾자는 우국충정을 헤아리지 못하신다면 차라리 소인을 죽여 주소서……."

안용복의 태도를 대하고 죽이자, 아니다 살리자, 의논이 분분하였다.

당시 안용복을 두고 논란하던 중에 우의정 영돈녕부사 윤지완(尹趾完)과 전 영의정 영중추부사 남구만(南九萬)이 안용복을 두둔하면서 변호하였다.

그중에서 남구만의 논조는 이러하였다.

"대마도가 조선을 기망하던 것을 안용복이 과감히 폭로하고 담판하였다. 이번 기회에 대마도 놈들에게 우리의 확고한 의지와 경고를 보내야 한다. 안용복을 죽이자는 것은 옳지 않으니 그 죄의 유무는 우선 보류시키기로 하자. 안용복을 죽이면 그놈들이 기뻐하며 더욱 날뛸 것이다. 그러다가는 그놈들에게 울릉도를 내주게 될 것이다. 안용복을 당장 죽이자는 주장은 옳지 않다. 차제에 왜인들에게 우리의 확고한 의지를 보여주자······."

이리하여 죽게 되었던 안용복은 섬으로 귀양살이를 떠나게 되었다.

안용복은 나라를 위해 애국했건만 한스럽게 먼 절해고도로 떠났다.

극형을 겨우 면했을 뿐이었다.

당시 숙종의 어명을 받아 승문원(承文院=외교 문서를 맡은 관청)에서 자문(咨文=國書)을 지어 대마도 도주에게 보냈다.

안용복은 애국자로서 상을 받기는 커녕 벌을 받고 귀양을 가서 평생을 한스럽게 살다가 갔다.

그러나 그의 불굴의 개척정신으로 인해 우리의 울릉도나 우산도(독도)에 대마도 사람들이 다시 침범하지 못하게 되었고 그후 전에 울릉도에 살던 후손들이 안심하고 다시 들어가 살았다.

그들에게 있어서 안용복의 공로는 지대한 것이었다.

안용복이 대마도 도주에게서 받아온 문계(文契=서약서)로 인해 다시는 일본이 자기네 영토라고 주장하지 못했다.

박문수는 경건한 마음으로 안용복의 제사를 지낸 후 그의 뜻을 추모하고자 영조에게 주청하기로 결심했다.

안용복의 공은 그토록 지대하건만 죄인으로 몰려 세인들의 기억에서 잊혀져 쓸쓸히 생애를 마감하였다.

훗날 정조 때 대제학 윤행임(尹行恁)은 이렇게 말했다.

당시 조정에서는 울릉도와 독도를 내주자는 의견도 있었다.
그러나 안용복은 신분이 낮은 수병으로서 스스로 대마도의 간한 자들을 굴복시켜 울릉도를 왜국에 뺏기지 않은 공로가 매우 크다.

성호(星湖)는 안용복에 대해 이렇게 평하였다.

안용복은 참으로 영웅이다. 일개 천한 수졸(守卒)로 만사를 무릅쓰고 나라를 위해 강적과 싸워 국토의 일주(一州)를 회복하였다.
그러나 조정에서 큰 상은 못줄지언정 오히려 죽이려 하거나, 귀양을 보냈으니 참으로 안타까운 일이다.

그해 4월에 서울로 돌아온 박문수는 임금을 배알하였다.
"경은 그동안 고생이 많았소. 그래 강도의 사정이 어떠한지 말해 보오."
"예, 전하…… 신이 보건데 우선 통진(通津)에 문수산성이 있는데 그곳은 중요한 군사 요새지입니다. 그곳에 독진(獨鎭)을 두고 지키게 하면 안팎이 서로 응하는 형세가 되어 큰 성과가 따를 것입니다."
"잘 알겠소. 그밖에 강도의 특성은 어떠하오?"
"예, 강도의 주위는 220리 정도나 되어 산장(山嶂)이 많습니다. 그 산장은 7~8 리 마다 있기도 하고 혹은 10여 리나 되는 평지도 있어 적들이 일시에 몰려들 때는 남한산성 쪽이 유리할 것입니다. 그러나 지구전을 쓸려면 강도가 가장 적당합니다. 그런데 남한산성은 땅이 좁고 곡식이 부족합니다. 강도는 땅이 넓고 사람이 많으며 연료도 풍부합니다. 그리고 서남(西南) 쪽으로 해운 통로를 이용하기에 편리합니다. 그러나 그곳은 수비하는데 취약점이 있습니다."

"경의 말을 잘 들었소. 그렇다면 거기에 따른 좋은 방안이 있으면 말하오."

"전하, 천시(天時)는 지리(地利)만 못하고 지리(地利)는 인화(人和)만 못하다고 하였습니다. 옛날 조나라의 양자(襄子)가 진양(晋陽)으로 달아날 때 물이 가득찬 부엌에서 개구리가 생겨나도 백성들이 배반하지 않아 적과의 싸움에서 이길 수 있었습니다. 전하, 강도는 서울에서 가까운 섬이지만 그곳 백성들이 차별 당하는 사례가 있는데 그런 점을 개선해야 하겠습니다. 무엇보다도 민심을 얻고 신뢰를 받는 것이 무엇보다도 중요합니다. 우선 강도의 어선들에게서 세를 줄이시면 어선들이 사방에서 몰려들 것입니다. 그러면 만약의 경우에 대비해서도 유리한 점이 많겠습니다. 어부들이 빈번히 왕래하면 저절로 강도는 충실해질 것으로 사료됩니다."

"어영대장, 도성(서울)과 강도의 수비 상태가 어떤지 궁금하오."

영조의 물음에 박문수는 이렇게 대답했다.

"도성과 강도의 경비 상태를 비교하자면 강도가 훨씬 낫다고 봅니다. 중국의 경우 성곽(城廓)들이 견고하여 도적떼들이 침입하기 어려운데 비해 우리의 도성은 부실한 편이고 비상시에 군량도 넉넉하지 못하니 그런 점을 보완해야 하겠습니다. 신은 나라의 은혜를 많이 입었으나 그동안 충성을 다하지 못했습니다. 개선하고자 해도 반대하는 세력이 워낙 강하여 훗날을 걱정하여 잠을 제대로 못이룰 정도입니다. 지난날 이순신(李舜臣)은 나라와 민족을 위하여 신명을 바쳐 충성하였습니다. 신은 그분의 뜻을 모두 본받아 분발하여 유비무환에 힘써야 한다고 생각합니다."

"알겠소. 영성군에게서 새로운 용기를 얻었오. 반대파들이 거슬리더라도 소신대로 일하기 바라오."
"전하, 넓으신 도량에 그저 감읍할 뿐입니다."
박문수는 문제점을 개선하는데 더욱 적극적으로 나서서 추진하기로 결심했다.

그무렵 충청수사 윤광화(尹光華)가 미친 행동을 하여 백성들의 비웃음, 원성을 사고 있다는 상소가 들어왔다.
영조는 박문수에게 그 문제를 어떻게 처리하면 좋겠느냐고 하문하였다.
박문수가 이렇게 응답하였다.
"전하, 소문만 듣고 무조건 사람을 보내 잡아올리면 무리가 생기고 부작용이 따를 것입니다. 먼저 은밀히 사람을 보내어 그의 병이 사실인가 아닌가를 자세히 알아보는 것이 좋겠습니다. 만약 거짓으로 미친 척 했으면 즉시 효시(梟示)토록 하고 미친 것이 사실이라면 즉시 그의 관직을 거두는 것이 좋겠습니다."
영조는 박문수의 의견을 따라서 사람을 보내어 사실 여부를 확인하라는 어명을 내렸다.
영조는 어려운 문제가 생기면 제일 먼저 박문수와 의논하고 일을 처리했다.
박문수에 내한 영조의 신임이 지극한 것을 대할 때마다 반대파들은 사사건건 헐뜯고 모함하였다.
영조는 주위의 간사한 말에 빠져서 신임하는 신하들조차 의심하는 경향이 더러 있었다.
박문수는 왕의 그러한 점에 대해 이렇게 과감히 직언하였다.
"전하, 근자에 이르러 전하께서는 성총이 흐려지셔서 예전만 못하옵니다. 간사한 무리들을 배척해야 하겠습니다. 우선 무엇보다도 호남지방의 탐관오리들이 지나치게 선량한 백성들의 피와 기름을 짜고 있다고 하니 엄중히 단속하도록 하소서. 그냥 방관만 하시면 민심이 떠나고 원성만 높아갈 것입니다. 요즈음 전하께 간언하는 자들로 인해 전하께서 사리 판단을 그리치는 경우가 더러 있사옵니다. 간사한 무리들을 과감히 물리쳐야만 국사에 폐단이 줄어들 것입니다. 신의 충정을 살펴 통촉하소서."

영조는 잠시 침묵하던 끝에 이렇게 옥음을 내린다.

"지금 영성군이 직언한 것을 우선 듣기에는 귀에 거슬리지만 과인에게는 쓴약과 같다는 것을 알겠소. 경은 과인이 춘방(春坊) 때부터 섬기었소. 지금은 이미 군(君=영조)과 신(臣=박문수)이 모두 늙었소. 과인에게 거슬리는 말을 한다고 어찌 경을 내칠 수 있겠는가…… 다만 경이 같은 말을 하더라도 지나치게 강직하여 듣는 사람의 마음을 상하게 하는 것은 학덕(學德)이 부족한 탓이라고 여겨지오."

박문수는 즉시 이렇게 대답했다.

"전하, 신은 목에 도끼가 날아들어도 할 말은 반드시 하고야 마는 성격입니다. 전하에게 고언(苦言)하기를 피하여 어리석은 군주가 되게 하고 일신의 안일을 도모하기 보다 신명을 바쳐서 전하를 현명한 군주가 되도록 직언하는 것이 신의 임무라고 여겨지기에 앞으로도 계속 그럴 것이옵니다."

그말을 듣고 주위의 반대파들이 임금을 대하는 태도가 오만불손하나고 또 다시 벌집을 건드린 것처럼 소동을 떨었다.

그해 7월이었다.

정언(正言)들이 이렇게 상소하였다.

전하, 강도의 축성은 성을 보강하기 위한 것이옵니다.

하온데 일을 맡은 책임자가 충실치 못하면 많은 인력을 소비하고도 둘이 한번만 넘쳐도 무너지기 쉽습니다. 그리고 성에 관한 임무를 띈 사람이 여러 대상에게 원한을 사게 되면 아무리 성을 쌓더라도 사람끼리 불화(不和)하면 무너지기 쉽습니다……. 듣자하니 강도의 축성 상태가 매우 허술하다고 합니다…….

이것은 임금의 성총을 가린 것입니다. 그러니 그곳으로 찾아가 조사한 사람도 죄를 주시고 강화유수 김시섭(金始燮)도 죄를 주어야 하겠습니다…….

상소한 자들은 박문수가 강도의 축성 상태를 조사한 것을 빌미삼아 모함하려 들었다.

영조는 사실 여부를 확인하기를 전에 이렇게 비답(批答)을 내렸다.

"성(城)을 잘못 관리한 사람은 응당 죄로 다스릴 것이니라."

계속 상소가 올라오자 영조는 다시 대신들을 인견하고 그들의 의견을 물었다.

대부분의 신하들은 박문수에게는 잘못이 없다고 아뢰었다.

박문수는 이렇게 아뢰었다.

"전하, 성을 쌓는 데는 무엇보다도 지세가 험한가, 그렇지 않은가 하는 것을 먼저 보고 성을 쌓는 위치도 살펴서 판단해야 합니다. 신은 현지를 살펴본 후 사실대로 유감없이 문제점을 상주하였습니다. 임금을 기망했는지에 대한 사실 여부는 현장 상태를 확인한 후 전하께서 판단하실 사항입니다. 신이 어찌 여러 말을 하겠습니까? 차제에 전하께 신이 한 말씀 주청하겠습니다. 우리 조정은 불행하게도 당파 싸움에 휘말려 협잡과 모략이 심하옵니다. 군주(君主)로서 사실 진위를 제대로 판별할 줄 알아야 합니다. 세상을 다스리는 근본이 공평하면 협잡하는 말이 기승을 떨칠 수 없습니다. 그러니 전하께서는 오로지 감언이설을 과감히 물리치시고 '입에 쓴 약'과 같은 바른 말을 기꺼이 수용할 줄 알아야 현명한 군주가 되실 수 있습니다."
박문수의 직언을 듣고 영조는 이렇게 대답했다.
"영성군의 말이 과연 옳소."
박문수의 반대파들은 계속 공격의 화살을 멈추지 않았다.
신익성(申益聖)이란 자가 또다시 박문수를 탄핵하는 상소를 올렸다.
영조는 어명을 내려 사실여부를 알아 보았다.
그런데 상소한 자의 모함으로 밝혀졌다.
박문수는 열심히 성을 증수하는 임무를 수행하던 중 자신이 또 모함을 받은 줄 알고 상소를 올렸다.

전하, 신은 임무를 수행하기에 앞서 이렇게 상주한 바 있사옵니다.
성을 쌓는 데는 지세를 잘 살펴야 한다고…… 그런데 이제와서 신이 임금을 기망했다고 모함 받으니 참으로 어처구니가 없사옵니다…….
우리 조정은 불행하게도 당파에 휩쓸려 협잡이 난무합니다.
…… 임금이 신하의 말을 들으려면 그 사실여부를 가려 판단을 내려야 하옵니다. …… 모든 처분이 공평하면 협잡과 모함이 발을 붙일 수 없습니다. 그러나 간악한 모함에 귀를 기울이면 기강이 바로 서지 않고 충신은 줄어들고 간신배들이 판치게 됩니다.

박문수의 상소를 대하고 영조는 내심 가슴이 뜨끔 하였다.
그래서 박문수는 위무하고자 했다.
그러나 박문수는 계속 영조에게 비판이 곁들인 뼈있는 항변을 계속했다.
"전하, 전에는 국사를 매우 잘 처리했지만 지금은 전만 못하옵니다. 과감히 주위의 간신배들을 물리치고 새로운 각오로 국사에 임해야 하옵니다. 신의 말이 귀찮고 거슬린다면 신은 이만 물러갈까 합니다."
영조는 박문수를 다시 위안시키려고 조용히 비답을 내린다.
"경은 전부터 충성을 다했소. 그런데 군(君)과 신(臣)이 같이 늙어가는 지금 어떻게 경을 내칠 수 있겠소. 다만 상주할 때 지나치게 과격한 면이 있는데 그것은 학덕을 더 닦으면 될 것이오."
박문수는 즉석에서 반론을 제기한다.
"전하, 신이 참을성 없이 말을 대놓고 하는 것은 사실입니다. 그러나 전하는 신이 듣기 싫은 소리를 올리기에 어두운 임금으로 빠져들지 않을 수 있다는 것을 유념해 주소서."
"알겠소. 좌우간 경의 고집은 예나 지금이나 변한 게 없구려."
"전하, 늘 심기를 상하게 하는 불충을 헤아려 주소서."
그말을 남기고 어전을 물러났다.
박문수는 시로가 끝없이 헐뜯고 모함하는 풍조를 개탄하면서 이런 내용의 상소를 올렸다.

전하, 정말로 통탄스럽습니다.
인심과 세도가 어쩌다가 이 지경에 이르렀는지, 당파싸움이 불길처럼 번지고 윤리와 기강이 무너지고 있습니다. 당파가 다른 사람끼리 '서로가 너는 역적이다' 또는 '역적을 보호한다' 이렇게 근거없이 몰아치니 장차 이대로 가다가는 나라의 앞날이 지극히 염려스럽습니다. 임금과 신하의 인륜도 이대로 가다가는 훼손되고 말것입니다. ……
저 간사한 무리들이 근거없이 신을 모함하고 헐뜯으니 이러한 상황에서 나랏일을 제대로 해낼 수가 없습니다.
신은 이만 초야로 돌아가고자 합니다. 엎드려 바라옵건데 전하께서는 신이 물러가도록 윤허해 주소서.

벼슬에서 물러나겠다는 박문수의 상소를 읽고 영조는 윤허하지 않았다.

대립과 갈등은 거듭되고……

그무렵 전에 박문수와 싸움을 벌이다 쫓겨났던 홍계희가 다시 조정에 들어와 승지(承旨)가 되었다.
전에 박문수와 묵은 감정이 있었는데 더욱 악화 되었다.
서로가 반목하고 비난하는 내용의 상소를 올렸다.
그러던 터에 평안도 가산(嘉山)의 교생(校生) 이용발(李龍發)이 역모 혐의로 의금부에 잡혀와 문초를 받게 되었다.
그 과정에서 고문을 받고 정신이 오락가락한 자들이 엉뚱하게도 박문수를 걸고 넘어졌다.
박문수의 명성이 나날이 높아지는 데다가 전날 이인좌의 난 때 친척을 잃었던 이 용발은 앙심을 품었다.
"기왕 죽을 바에야 박문수를 걸고 넘어지자…… 그게 복수하는 길이니까……"

박문수는 무고하게 그일로 인해 시달림을 받게 되었다.
그러나 아무리 조사해도 아무런 혐의가 없었다.
영조는 한동안 문초를 당한 박문수를 불러 그를 위로하였다.
"경은 들으시오. 엉뚱한 일로 그동안 얼마나 고초가 컸소. 처음부터 과인은 경을 의심하지 않았으나 고변이 들어오니 어쩔 수 없이 조사하게 된 것이오. 너무 섭섭하게 생각 마시오."
박문수는 어전에서 눈물을 흘리면서 이렇게 아뢰었다.
"전하, 모두가 신이 불충한 탓입니다. 누구를 원망 하겠습니까?"
"경은 공연히 모함을 받아 심려가 크리라 짐작되오. 소원이 있으면 말해보오."
영조는 총애하는 신하가 고초를 당한데 대해 매우 미안스러웠다.
박문수는 다시 이렇게 아뢰었다.
"전하, 신은 밤낮으로 소원하는 것이 세 가지 있사옵니다. 첫째 신은 빨리 죽어서 육신이 없어지길 소원합니다. 둘째, 그것이 여의치 못하면 고향으로 내려가길 소원합니다. 셋째 제게 명하신 장군(將軍)의 임무를 거두어 주소서."
"경은 들으시오. 얼마나 속이 상했으면 그런 말을 하겠소. 저 요사스러운 무리들이 전에 이인좌의 난 때 경이 공신(功臣)이 된 것과 관련하여 시기하고 모함하고 있다는 것을 과인도 아는 바이오. 그렇다고 경이 조정에서 물러난다면 나라에 크나큰 손실이오. 그동안의 일은 잊어버리고 계속 과인을 보필해 주시오."
"전하, 제발 신이 물러가도록 윤허해 주소서. 국가의 장상(將相)으로서 임무를 제대로 못하니 물러갈까 합니다. 전하, 전에 당나라 충신 이성(李晟)이 남에게 참소를 당하는 것이 두려워 후원에 있는 대나무를 전부 베내었습니다. 그 정경이야 말로 천고(千古)에 슬픈 일이옵니다. 이성이 그때 대나무를 베지 않으면 자신의 충직함을 밝힐 수 없었기 때문입니다. 지난날 역적들의 잔당들과 신이 어찌 불쾌한 짓을 꾸미겠습니까……"
 "경은 진정 하시오. 비록 백 사람이 경을 무고 하여도 과인은 경을 의심하지 않겠소. 경이 나라를 위하는 그 뜨거운 성심을 잘 알고 있소."
 "전하, 늦었으니 신은 이만 물러갈까 합니다."
 박문수는 곧 허리를 굽혀 예를 표하고 어전을 물러났다.
 한없이 쓰라린 심사를 애써 누르면서 터벅터벅 걸어서 집으로 향했다.

 영조 22년. 박문수의 나이 56세.
 박문수는 집안에서 두문불출 하면서 임금에게 자신의 괴로운 심사를 적어 거듭 상소를 올렸다.

> 전하, 신이 무고한 모함을 거듭 당하니 이만 물러나도록 윤허하소서. 군자(君子)는 비록 물러나도 비겁하게 나가지는 않습니다. 신은 비록 오명(汚名)을 덮어썼지만 신하로서의 도리를 알고 있사옵니다……
> 아직도 홍계희 등은 계속 신을 비난하니 거듭 엎드려 바라옵건데 시골로 돌아가도록 허락하소서……

 그러나 임금은 허락하지 않았다.
 홍계희는 다시 박문수를 비난하는 상소를 거듭 올렸다.
 박문수는 계속 홍계희의 상소에 맞서 논쟁을 거듭 하였다. 영조가 두 사람을 불러 화해 시키고자 했다.
 그러나 두 사람은 조금도 굽히지 않고 계속 팽팽하게 맞섰다.

그해 6월에 접어들면서 이조판서 박필주(朴弼周)가 산림학자(山林學者)들의 상소를 보낸 것이 문제꺼리가 되었다.
　산림의 학자들은 선왕(景宗)의 사인(死因)에 대해 다시 거론하였다.
　당시 당파 싸움의 기류에서 자칫하면 다칠세라 조정의 신하들이 서로 눈치만 살피고 있었다.
　그때 우의정 조현명과 박문수가 나서서 상소의 내용에 대해 논리적으로 비판하였다.
　"내가 국가의 중임을 맡은 신하로서 일신의 안일만을 도모하여 입을 다물 수 있겠는가. 상소를 올려야지."
　박문수는 집안 사람들의 만류에도 기어이 상소를 올리기로 했다.

　　전하…… 신이 최근 듣자니 선왕의 사인에 대해 다시 왈가왈부, 평지풍파가 일어나니 참으로 뼈아픈 일입니다…….
　　그들 중에서 부제학(副提學) 이덕중(李德重) 등이 분란을 일으키니 참으로 통탄스럽습니다.
　　전하, 엄중히 왕과 신하의 도리를 밝혀 난신적자들이 발호하는 것을 예방하시기 바랍니다. …….

　박문수의 상소가 올라가자 이조판서 박필주는 성밖에서 대죄하였다.
　그러나 이번에는 지사(知事) 윤양래(尹陽來)등 57명이 연합하여 박문수를 집중 비난하는 상소를 올렸다.
　박문수는 혼자서 그들을 상대하기엔 세가 불리하였다.
　영조는 그들이 집중 성토하는 데 기울어져 판단력이 흐려졌다.
　대립과 갈등이 거듭되던 끝에 영조는 이러한 내용의 교서(教書)를 내렸다.

이번 상소를 인해 문제가 매우 확대되니 우선 영성군(박문수)
의 관직을 거두고 그를 조정에서 내보내기로 한다……

그때 이조판서 박필주가 정원(政院)에 들어와 다시 박문수를 탄
핵했다.
"이번 영성군이 올린 상소 내용 중에 '왕으로서 왕의 도리를 다
하고 신하로서 신하된 도리를 밝히라'는 데는 언중유골로서 매우
위험스럽습니다."
박필주는 비롯하여 그 추종자들은 박문수, 우의정 조현명, 봉조
하(奉朝賀) 김유경(金有慶)도 싸잡아서 비난의 화살을 집중적으로
퍼부어댔다.

영조 23년.
비난과 탄핵을 받던 끝에 박문수가 벼슬에서 물러나게 되자 지난
날 부곡(部曲) 출신(出身)들이 찾아와서 위로를 했다.
부곡은 당시 신분이 천한 백성들이 모여 사는 특수 부락이다.
벼슬에서 물러난 박문수는 틈틈이 책을 읽거나 활쏘기를 즐기기
도 했다.
그무렵 조현명과 자주 어울렸고 해동촌(海東村)에 있는 김상성
(金尙星)의 별장에서 자주 어울렸다.
별장은 동부(東部)에 있었는데 풍광이 좋은 곳이었다.
그곳에 나가 시국담을 얘기 하거나 시를 읊기도 했다.
모처럼 홀가분한 기분으로 술을 마시고 풍류를 즐기면서 이런 시
도 지었다.

푸른 언덕에 가지 않은 버드나무는

범범이 시냇가의 붉은 꽃속에 널려 있구나.

垂垂岸綠千條柳
泛泛溪溪萬點花

"허허허, 영성군…… 거 시가 정말 좋구려. 우리 내친 김에 포의한사 차림으로 팔도유람이나 다녀봄이 어떻겠소?"
"하하하…… 우상 대감께서는 아직 한창입니다. 몸은 늙어도 마음은 늙지 않는다(身老心不老)더니……"
"허허허……"
"하하하……"
영성군 박문수가 말했다.
"우상대감, 술을 좋아하고 풍류를 즐기는 사람들의 심사를 이제 조금 알것 같습니다."
"허허허…… 술을 좋아하기로는 유영(柳玲)이란 분이있었소. 그는 언제나 삽과 술병을 하인에게 들려 뒤따라 다니게 했다오. '내가 술을 먹다가 죽거든 그 자리에 삽으로 구덩이를 파고 묻어달라' 늘 이렇게 입버릇처럼 말했다고 하오."
"하하하…… 우상대감, 멋을 아는 술꾼은 우리나라에도 많지요. 그중에서 신숙주(申叔舟)의 손자 되는 신용개(申用漑)라는 사람에 대해 들으신 적이 있는지요?"
박문수가 묻사 조현명이 대답했다.
"글쎄, 나는 듣지 못했소. 어디 얘기를 좀 하시구려."
박문수가 신용개에 대해 이러한 이야기를 꺼내놓았다.
"신용개는 신숙주의 손자이지요. 성종 19년에 문과에 급제한 후 연산군 때 영광으로 쫓겨나기도 했지요. 중종이 반정한 이후 형조참판으로 제수되었지요. 그후 중종 11년에 기묘사화가 나기전 57세의 나이로 세상을 떠났지요. 신용개는 기묘사화가 일어나기 전 이미 예견했다고 합니다. 그는 술을 너무 좋아하여 때로는 자기 집의 노비(老婢)를 불러 함께 마시기도 했고 주종을 가리지 않았답니다. 문장이 빼어난 그는 운치 있는 생활을 즐겼으며 집에 국화를 기르며 완상하는, 멋을 아는 사람이었습니다. 어느해 그는 국화분 여덟 개를 잘 가꾸었는데 가을이 되자 집사람에게 이렇게 말했다고 합니다. '오늘 손님이 여덟 분 올 터이니 술상을 잘 준비해 놓도록 하오.' 그렇게 일러놓은 후 대궐로 갔답니다. 집에서는 가장의 명령을 받들고 온갖 정성을 쏟아 진수성찬을 장만 했는데 저녁 때 신용개가 혼자 돌아 왔더랍니다. 집안 사람들이 이상하게 생각하고, '대감, 오신다는 손님들은 어찌 되었습니까?' '아, 염려 마시오. 곧 올 테니까……' 그러나 동천에 달이 뜰 때까지 손님은 오지 않았습니다. 신용개는 하인들에게 국화분 여덟 개를 모두 바라보기 좋은 곳으로 옮겨 놓으라고 하고, 다시 이렇게 명령 했답니다. '이제 술상을 차려 오느라' 술상이 들어오자 신용개는 국화분을 가리키며 이렇게 말했습니다. '보아라. 이 국화들이 나의 여덟 명 친구이다. 이 국화들이 오늘밤 나와 함께 대작 하리라.' 신용개는 술을 따라 국화분에 끼얹고 자기 잔에 술을 붓고 친한 벗을 대하듯 밤새도록 주거니 받거니 취하고 마셨다고 하니 참으로 풍류를 아는 사람이라고 생각됩니다."

"허허허, 거 듣고 보니 과연 멋을 아는 사람이구려."

그들은 다시 한바탕 유쾌하게 웃으며 서로 술잔을 나누었다.

박문수는 모처럼 친한 벗들과 자연속에서 즐거운 한 때를 보냈다.

박문수는 벼슬길에서 물러난 후 공주(公州)에 내려가 성묘(省墓)를 하고 독서도 하면서 소일하였다.
그러던 중에 그해 9월 영조는 주위의 반대를 무릅쓰고 박문수를 다시 소명하였다.
그 과정에서도 반대하는 파가 많았다.
영조가 박문수에게 교지를 내리기에 앞서 부수찬(副修撰) 김양택(金陽澤)이 이렇게 상소하였다.

전하, 사람을 쓸 때 잘못 등용하는 경우가 많사옵니다……

영조는 상소문을 올린 김양택을 불러 들려 직접 그에게 하문하였다.
"과인이 네게 물어볼 것이 있도다. 상소 중에 신임을 받고 임금의 대우를 받아 나쁜 짓을 자주 한다는 자는 누구를 지칭하는 것인지 말하라."
김양택은 박문수의 반대파, 그 세력의 대변인 노릇을 하고 있었다.
영조의 하문에 김양택이 대답했다.
"전하, 전하께서 하문하시니 아뢰겠나이다. 인재를 잘못 등용하신 경우는 원경하(元景夏) 박문수입니다."
"무엇이야? 사람을 현혹하고 선동한다는 자는 누구를 지칭하느냐?"
"예, 유엄(柳儼), 심성진(沈星鎭), 이주진(李周鎭)입니다."
영조는 언성을 높여 다시 하문했다.
"듣거라. 너는 전에 좌상(左相)을 배척할 때 신임(辛壬)이 흉계를 꾸몄다고 했었지……? 이제 다시 또 무고하게 평지풍파를 일으키려는 저의가 무엇이냐?"
 "전하, 이번에 신이 상소를 올린 것은 오로지 우국우세(憂國憂世)의 뜻임을 유념해 주소서."
 "말은 그럴듯하게 잘 둘러 대는구나. 이제 광성국구(光城國舅)의 집에는 너만 남은 상태이다. 그런데 어찌하여 당습(黨習)을 들추어 문제를 일으키느냐? 소행으로 봐서는 당장 쫓아내도 시원치 않겠다. 너는 우선 밖으로 나가서 불순한 마음을 씻어낸 후 다시 들어오너라……"
 그일로 인해 김양택은 산음(山陰) 현감으로 내려가게 되었다.
 그는 영조의 장인 세력권에 속한 사람이었다.
 그러나 영조는 당파 싸움의 폐습을 막고자 단호한 조치를 취하였다.
 영조는 초야에 묻혀 지내는 박문수를 다시 부르고자 이러한 내용의 하교(下敎)를 내렸다.

> 지금 급선무는 무엇보다도 인재를 구하는 것이다. 박문수는 전날에 있었던 일 때문에 마음을 상했겠지만 나라를 위하는 마음은 일순간이라도 변함이 없으리라 믿는다……
> 지금 장군이 될만한 사람은 경이 아니면 담당할 인물이 없다. 즉시 서울로 올라오기 바란다.

 교서를 받은 박문수는 이러한 내용의 상소를 올렸다.

 전하, 일월같은 전하의 은혜는 신이 죽어도 잊지 못할 것입니다……. 하오나 신에게 내리신 장군의 임무는 신의 본업(本業)이 아니라서 첫째로 불가(不可)한 이유라고 생각합니다. 하오니 신에게 내리신 벼슬을 거두어 주소서……

영조는 다시 이런 교지를 내렸다.

경이 나라를 위하는 혈성(血誠)을 과인은 잘 알고 있소. 그러니 어서 서울로 올라오시오.

박문수는 거듭 몇차례 엄중한 하교를 받고서도 응하지를 않았다.
그러자 반대파들이 일제히 박문수를 죄주자고 떠들어댔다.
장령(掌令) 심익성(沈益聖)이 박문수를 엄벌에 처하고자 했고 정언(正言) 이형만(李衡萬)도 계속 박문수를 탄핵하였다.
박필주(朴弼周)도 공격하였다.
박문수는 다시 상소를 올렸다.

전하, 신이 장신(將臣)으로서 병부(兵符)를 반납하지 못하고 성밖으로 나아가 두문불출 하였습니다.
전하께서 거듭 부르셨으나 응하지 못하고 상소만 했으니 무거운 벌을 내려 주시옵소서.

영조는 다시 이렇게 비답(批答)을 내렸다.

지금 경을 배척하는 신하들이 있긴 하지만 과인이 어찌 경의 충성심을 모르리오. 어서 상경하여 과인을 보필하시오…… 임금의 뜻을 지나치게 거부하는 것도 불충이오……

그동안 박문수의 반대파들은 강직한 성품의 박문수가 눈에 거슬렸기에 그를 영구히 내몰고자 했다.

그들은 호시탐탐 기회를 노리면서 악착같이 물고 늘어졌다.

당파싸움의 폐단은 정치 본래의 사명감을 망각하고 당리당략에 치우쳐 오로지 반대파를 제거하는 데만 혈안이 되어 있었다.

그러한 가운데서도 영조는 기어이 박문수를 다시 곁에 두고자 했다.

사도세자와 혜경궁 홍씨

영조 25년 1월.
세자와 세자빈 홍씨는 5년만에 첫날밤을 맞았다.
세자빈을 맞기 위한 초간택은 영조19년 9월 28일에 있었다.
수많은 후보, 그중에서 군계일학으로 영조와 중전 서씨의 눈에 든 규수는 홍봉한(洪鳳漢)의 따님 홍규수이다.
일차 간택 물망에 오른 후 다음달 10월 28일 재간택이 있었는데 결국 홍규수가 세자빈으로 정해졌다.
외모도 단연 빼어났거니와 언행이 단정하고 총명하였다.
홍규수는 세자와 동갑으로서 을묘년(乙卯年) 6월 18일 생이다.
훗날 혜빈(惠嬪), 혜경궁 홍씨라고 불리우게 된다.
그리고 부왕이 세자를 뒤주에 가두어 죽임으로서, 남편인 사도세자를 잃고 비운의 주인공으로서 '한중록'(恨中錄)을 남긴다.

홍씨는 후일 정조의 생모가 된다.

홍규수의 조부는 영의정을 지낸 바 있고 부친 홍봉한은 장래가 촉망되는 한창 나이였다.

광해군 시절 비운의 인목대비 소생인 정명공주(貞明公主)의 후손이기도 하다.

홍규수는 평소에 부친 홍봉한의 가르침, 현모양처인 어머니에게서 여자로서의 예절을 철저하게 배웠다.

홍규수는 자라면서 외모가 남보다 빼어나게 수려하고 품행도 타의 모범이 되어 주위의 칭송이 자자하였다.

영조 20년 1월 20일.

영조와 중전 서씨를 비롯하여 모든 사람의 축복 속에 홍규수는 책빈(册嬪) 의례식을 맞이했다.

홍규수는 그동안 부모의 엄격한 교육을 받은 데다가 50여 일간 미리 별궁에 거처하면서 궁중의 법도와 예절을 익히고 배웠다.

초례를 끝낸 후 대례를 곧 이어서 마쳤다.

그날부터 바람잘날 없는 궁중에서 지내게 되었다.

사도세자는 그동안 이런저런 일로 부왕의 눈에 벗어나는 경우가 자주 있었다.

영조는 성장 과정의 특수한 영향 탓인지 다정다감한 면이 있는 반면에 지나치게 고집이 세고 독선적이며 성정이 과격한 편이었다.

편견을 지니고 자신의 기준에서 벗어나면 가차없이 질책하고 비난하였다.

그러한 과정에서 감성을 다친 세자는 주눅이 들었고 부왕을 기피하려 들면서 이따금 이해하기 힘든 행동도 했다.

그런 점이 문제가 되어 부자간에 점점 거리가 생기었고 세자는 부왕을 기피하려고 했다.

세자는 그러한 중에 빈을 맞아들이게 된 것이다.
세자와 세자빈은 비록 혼례를 올렸다고는 하지만 성인 부부처럼 관계를 갖지 못했다.
궁중의 법도는 번거로우면서도 엄격하였다.
세자빈은 생활에 적응 했지만 세자는 그무렵 성격이 괴팍하게 변해갔다.
밤마다 악몽에 시달리면서 헛소리를 했고 잠자리에서 일어나면 온몸이 물에 빠진 것처럼 땀에 흠뻑 젖었다.
꿈을 꾸면 머리를 산발하고 입에서 피를 흘리며 요귀가 매발톱 같은 손톱을 세우고 세자에게 나타났다.
"거……거기 누……누구냐?"
"이히히……내가 누군지 모르겠느냐? 이히히……"
"으흐흑……귀……귀신이닷!"
세자는 뒷걸음질 쳤으나 더이상 달아날 곳이 없었다.
"이놈아, 네놈이 무엇 때문에 나의 영역을 침범하느냐. 저주받을 놈아……어흐허……"
세자는 몸서리를 치면서 비명을 질렀다.
"으아악! 사……살려줘!"
"이놈, 나는 원통하게 죽은 장희빈이다. 네놈이 어찌 나의 처소를 침범하느냐. 내가 그냥 두지 않겠다."
"나……나는 잘못이 없어요. 아바마마가 날 이곳에 보냈어요. 닌 이곳이 싫어요."
"듣기싫다 이놈, 나는 죽어서 원귀가 되어 이곳을 떠나지 못한다. 나의 처소를 침범하는 자는 모조리 저주 받는다."
"으아악, 사……사람 살려어!"
세자는 원귀가 된 장희빈이 갑자기 달려들어 목을 조르자 기절하였다.
"으흐헉……사……사람살려!"
그러나 그말조차도 겉으로 나오지 않았다.
얼마후 세자는 깨어났으나 온몸이 흠뻑 땀에 젖었고 심한 매를 맞은 것처럼 온몸이 욱신거리고 저렸다.
악귀가 씌인 것 같았고 정신이 혼란스러웠고 헛소리가 나왔다.
"아아, 나는 이곳이 싫다. 이러다가는 제명에 못죽겠구나!"
세자는 고민하던 끝에 자신의 처소를 옮겨 달라고 부왕에게 조심스럽게 부탁했다.
"아바마마…… 소자, 부탁이 있사옵니다."
"부탁이라니? 그래 무엇인지 말해라"
"예, 요즈음 머리가 산란하고 꿈자리가 사납습니다. 그러니 소자의 거처를 옮겨주소서."
"무엇이야? 세자는 지금 제정신으로 하는 소리냐? 정신을 딴곳에 두니 그렇지. 세자가 동궁을 떠나겠다면 내 자식이 아니라는 뜻이로구나."
"아니옵니다. 그게 아니오라……"
"듣기 싫다 이놈, 당장 물러가라."
그날 이후로 영조는 까닭없이 세자를 더욱 미워하였다.
세자는 부왕을 대하면 공연히 주눅이 들었고 묻는 말에도 더듬거리며 겨우 대답을 하였다.

영조 21년 9월.
그동안 계속 악몽에 시달리던 세자는 마침내 병석에 눕게 되었다.
매사가 귀찮았고 부왕에게 문안 인사도 제대로 가지 못했다.

그러다보니 영조와 세자는 점점 틈이 벌어지게 되었다.
전의들이 온갖 약을 썼으나 별다른 효험이 없었다.
세자는 은밀히 노상궁을 불러 영험하다는 무당을 불러 굿을 하도록 했다.
굿의 효험 때문인지 세자빈 홍씨의 지극한 간호 탓인지 얼마 후 세자는 병석에서 일어났다.
그러나 이상하게도 성격이 변해하고 있었다.

영조 23년. 겨울이었다.
그해에는 가뭄으로 인해 흉년이 들었다.
그런 탓으로 인해 조세(租稅)가 잘 거두어지지 않았다.
당시의 형조판서 이종성(李宗城)이 세금을 내지못한 백성들을 잡아들였다.
본보기로 죄를 다스리고 옥방(獄房)에 쳐넣었다.
일반 백성들도 가혹한 처사라고 불평, 불만, 원성을 터뜨렸다.
인정이 많은 세자는 그 소리를 전해 듣고 부왕에게 나아가 이렇게 호소했다.
"아바마마, 듣자니 금년에는 심한 가뭄으로 인해 흉년이 들어 굶어죽는 백성들이 많다고 하옵니다. 이런 어려운 사정을 감안하셔서 그들을 가엾이 여기고 풀어주셨으면 하옵니다. 그옛날 요순 임금의 고사를 생각하시와 덕을 베풀어주소서."
"무엇이야, 너는 상관할 게 아니다. 국법을 어긴 자들을 너무 관대하게 다스리면 혼란이 오는 법이다. 국법은 어떤 경우라도 엄히 지켜져야 한다."
"하오나 아바마마……"
"닥쳐라 이놈, 이놈이 보자하니 나를 덕을 갖추지 못한 암군(暗

君)으로 여기는구나."
 "황공하옵니다. 소자는 다만 덕으로 백성을 다스려야 한다는 것과 백성들을 덕으로 다스렸으면 바랄 뿐이옵니다."
 "네 말에는 뼈가 있구나. 벌써 저렇게 반항하니 장차 큰일이로다. 물러가라. 꼴보기 싫다!"
 영조는 용안에 노기를 가득 띄운채 세자를 노려보며 호통을 쳤다.
 "이놈, 어서 물러가라지 않았느냐. 될성부른 나무는 떡잎부터 알아 본다는데…… 사사건건 반항하다니…… 신하들 보기가 부끄럽다. 냉큼 내눈 앞에서 없어져라."
 영조는 용상을 치면서 노성을 터뜨렸다.
 그러는 사품에 심약한 세자가 그자리에서 기함하였다.
 급히 무감이 부축하고 전의가 달려오고, 한바탕 소동이 일어났다.
 "으허, 고얀것 같으니……"
 영조는 용상에서 일어서다가 잠시 휘청거렸다.
 급히 내시들이 부액하여 내전으로 모시었다.
 영조 24년 6월.
 영조가 애지중지 하던 화평옹주가 급병으로 세상을 떠났다.
 영조는 정실 서씨(徐氏)에게서는 자식을 얻지 못했다.
 후궁인 정빈 이씨가 왕자를 낳아 세자로 봉했으나 일찍 세상을 떠났다.
 그후 영빈 이씨가 왕자를 낳았고 세자로 책봉, 그가 바로 사도세자이다.
 영조는 더이상 아들을 얻지 못했다.
 그러나 후궁의 몸에서 12명의 옹주를 낳았다.

그중에서도 화평옹주를 가장 각별히 사랑하였다.

그런데 갑작스럽게 세상을 떠나자 영조는 크게 상심하고 허탈감에 빠졌다.

그무렵 세자는 병정놀이, 칼이나 창쓰기, 활쏘기를 즐기고 있었다.

제왕학을 배우는 세자에게 당시로서는 그것은 금기사항이었다.

세자는 복술(卜術)에 뛰어난 김명기(金明基)가 당상관이 되자 그와 자주 접촉하여 복술을 배우기도 했다.

세자는 누이인 화평옹주가 죽은데 대해서 주위 사람에게 이런투로 말했다.

"참으로 애석하다. 그러나 그 아이는 명운이 짧았던 것이니 슬퍼한들 무엇하랴."

세자는 엉뚱한 잡기에 깊이 빠져들었다.

세자는 엉뚱한 행동으로 인해 더욱 부왕의 눈에 거슬리게 되었다.

박문수는 그러한 상황에 대해 누구보다도 앞날에 대해 염려하다가 영조에게 나아가 이렇게 아뢰었다.

"전하, 어릴 때 영특하던 세자가 요즈음 마음을 다스리지 못하는 것은 안타까운 일입니다. 전하께서는 지나치게 엄격하게만 다스리지 마시고 오로지 이해와 사랑으로 따뜻하게 대하시면 다시 옛날의 영민함이 되살아날 것이옵니다. 통촉하소서."

"영성군, 그놈에 대해서는 누가 뭐래도 듣지 않겠소. 그놈은 이미 바로 되기는 글렀소."

"전하, 아직 보령이 유충한 탓이옵니다. 부디 너그럽게 대하소서."

"그놈에 대해선 더 이상 말하지 마오."

영조는 용상에서 일어나 내전으로 향했다.
박문수는 어전을 물러나오면서 하늘을 보면서 탄식하였다.
"아하, 이대로 가다가는 장차 큰일나겠구나!"
박문수의 예측은 훗날 그대로 사실로 나타난다.

영조 25년.
세자부부는 5년전 부부가 되었으나 워낙 보령이 유충했기에 형식적인 부부로 지냈다.
그런데 15세가 되자 마침내 부부로서의 합례(合禮)를 올리고 첫밤을 맞이하게 되었다.
그들은 서툰대로 이미 음양의 이치에 대해 알고 있었다.
세자빈 홍씨는 그동안 갈등을 거듭하는 영조와 세자 사이에서 처신하는 데 고충이 매우 컸다.
그러나 워낙 심성이 곱고 예절을 제대로 익힌 터이라 슬기롭게 참고 견뎌왔다.
세자는 빈궁의 손을 살며시 잡고 자신의 품으로 끌어들인 후 빈궁의 속옷을 하나씩 벗기기 시작했다.
옷을 벗기는 세자, 알몸이 드러나는 세자빈도 긴장되기는 마찬가지였다.
한창 탐스럽게 부풀어오르기 시작하는 세자빈의 봉긋한 젖무덤을 조심스럽게 더듬는 세자, 두 사람의 숨결이 점차 고조되고 있었다.
"빈궁, 도대체 왜 이리 떨리는지……"
"세자 저하…… 부끄럽사옵니다…… 불을 끄소서."
희디흰 속살, 알몸이 드러나자 빈궁은 얼굴이 빨갛게 상기 되면서 고개를 외로 꼬았다.
세자는 비록 어렸으나 그런대로 어엿한 지아비 구실을 하고 있었다.

  15년간 고이 지켜온 빈궁의 신비에 싸인 처녀의 성(城)을 조심스럽게 침범하기 시작했다.

  빈궁도 야릇한 설레임과 기대 속에 세자의 애무, 빳빳하게 성난 남성을 조심스럽게 받아들이고 있었다.

  고이 지켜온 자신의 속살을 열고 아랫도리에 느껴지는 통증과 야릇한 환희를 아울러 경험하였다.

  그들은 부부로서의 첫행위, 비로소 지아비와 지어미의 구실을 치러내면서 새로운 세계로 깊숙히 빠져 들었다.

탁지정례(度支定例)와 정례공물(定例貢物)

영조 25년 정월이었다.
그동안 당파를 지어 세력다툼을 벌이느라고 혈안이 된 무리들이 영조와 세자의 사이를 점점 악화시켰다.
영조는 나름대로의 정치적 술수로서 세자에게 선위(禪位) 하겠다는 뜻을 내비쳤다.
영조는 이미 쉰의 중반에 접어들었으나 세자에게 실권을 넘겨주는 선위는 아예 생각지도 않았다.
영조는 세자 주위를 싸고도는 세력들을 시험하려는 마음이었다.
영조가 그러한 형식을 취하려는 심중에는 이런 사건도 있었다.
노론과 소론, 사색당파의 암투가 극에 달한 그무렵 누군가 해괴한 내용의 벽서(壁書)를 세자가 거처하는 경덕궁 벽에 붙여둔 것이 사건의 발단이었다.

그무렵 세자는 부왕 영조의 눈밖에 나서 동궁에서 경덕궁으로 쫓겨나 지냈다.
벽서의 내용을 직접 읽어본 영조는 심한 충격을 받았다.
'영조는 빨리 승하하고 세자가 속히 보위에 올라야 한다'는 것이 요지였다.
영조는 틀림없이 불순한 세력들이 부자지간을 이간시키려는 소행이라고 짐작은 하면서도 세자에게 몹시 불쾌감을 느꼈다.
그일로 인해 세자를 의심하고 더욱 미워할 때 박문수가 어전에 나아가 이렇게 아뢰었다.
"전하, 지금 사색당파의 폐해, 부정부패가 곳곳에 만연되어 있습니다. 이대로 가다가는 장차 나라가 망하게 될 것입니다. 지금 사대부의 자제들이 시험관과 짜고 뇌물을 건넨 후 대리과거자(代理科擧者)를 내세워 매관매직을 일삼고 있습니다. 어서 그들의 죄상을 밝히고 관련자를 모두 엄벌에 처해야 마땅할 것입니다."
"영성군! 그말이 사실이오?"
"그러하옵니다. 전하, 신은 분명한 증거를 갖고 있사옵니다. 그리고……"
"어서 말을 계속하시오."
"전하, 이번에 벽서사건은 틀림없이 불순한 자들이 전하와 세자 저하를 이간시키고자 저지른 것입니다. 전하께서 아직 기력이 왕성하시고 세자저하의 보령이 유충한데 무엇 때문에 선위 하겠다는 것이온지요. 속히 어명을 거두어 주소서. 선위를 하신다면 당파싸움이 더욱 심해져 얻는 것보다 잃는 것이 많사옵니다. 통촉하소서."
"영성군은 그만 물러가오. 과거에 부정이 심하다는 문제에 대해서는 과인이 확인한 후 적절히 처리하겠소. 그러나 세자에게 선위하는 문제에 대해서는 취소할 수 없소."

"전하, 신의 충정을 가납하지 못하신다면 신은 이만 초야로 돌아갈까 합니다."
"영성군, 도대체 왜 이러는 게요?"
영조는 용상에서 일어나 내전으로 어보를 옮겼다.
박문수는 물러나오면서 이렇게 탄식하였다.
"아아, 장차 크나큰 문제가 생기겠구나!"
박문수의 폭로는 엄청난 파문을 몰아왔다.
부패한 세력들이 결탁하여 자신들의 방해물인 박문수를 몰아내고자 호시탐탐 기회를 엿보던 때이다.
그들은 더욱 박문수를 미워하고 모함하고자 이를 갈았다.

영조는 세자에게 계속 대리 기무(機務)를 시키겠다고 하더니 그 문제를 논하고자 다시 어전 회의를 소집했다.
"과인이 동궁에게 대리 기무를 시키고자 하니 경들은 의향이 어떠한지 말해보오."
박문수가 이렇게 상주하였다.
"전하, 동궁(세자)은 떠오르는 해와 같사옵니다. 그런데 지금은 학문에만 전념해야 할 때입니다. 대리기무를 시킨다는 어의를 거두셔야 합니다. 만약 전하께서 계속 대리기무를 주장하시면 신은 대왕대비께 어의를 거두어 달라고 청하겠습니다."
"경들은 들으시오. 과인은 어떠한 반대가 있더라도 동궁에게 반드시 대리기무시킬 것이니 그리 알고 물러들 가시오."
영조는 속셈이 따로 있었기에 어전회의 형식만 취했을 뿐, 이미 작정을 했던 것이다.
박문수는 스스로 벼슬에서 물러났으나 영조는 박문수를 그냥 쉬도록 놓아두지 않고 호조판서를 제수하였다.

박문수는 거듭 사양하다가 결국 맡게 되었다.
영조는 호조판서 박문수에게 명하여 여러 낭관(郎官)들을 인솔하고 입시하라는 명을 내렸다.
호조의 재정이 부족하여 그 비용을 절감하는 문제를 협의하려는 것이었다.
"호조판서는 들으시오. 호조의 부족한 재정을 어찌하면 만회할 수 있는지 방법이 있으면 말해보오."
"전하, 국가가 위급할 때면 재상을 불러 의논해야 합니다. 민심이 이탈하면 후일에 국정에 혼란이 옵니다. 우선 각사(各司)에서 헛되이 쓰는 것을 세밀히 점검하고 줄여야 합니다. 무엇보다도 우선 서울의 민심을 안정시켜야 합니다."
그무렵 물가가 올라 민심이 흩어지는 데 대해 아뢰는 것이었다.
"과인이 그동안 이 전각에서 살아온지가 40년이 되도록 재정에 관해 고친 것이 없소. 그런데도 각사의 낭비가 점점 증가되고 있는 실정이오."
"전하, 지금 백성들의 혈세(血稅)가 여러 곳에서 낭비되고 있습니다. 옛날에는 대신들이 청렴결백하고 모두 자중했기에 국민들이 본받아서 사치하지 않고 검소하였습니다. 그러나 오늘날은 그렇지 못해 국가를 운영하는데 어려운 실정입니다. 신은 헛되이 지출되는 경비를 막겠습니다. 그러니 전하와 모든 관리들이 앞장서서 검소한 모범을 보여야 하겠습니다."
박문수는 임금 앞에서도 언제나 강직한 성품을 굽히지 않았다.
얼마후 다시 어전에 입시하여 도성(都城)에 관한 문제에 대해 진언하였다.
"전하, 우리나라의 도성은 만약의 사태를 당할 때 안팎으로 방비하기 어렵습니다. 홍인문에서 광희문에 이르기까지 지세가 낮아 적이 침범할 경우 함락되기 쉽습니다. 성벽의 담을 더 높이 쌓아야 합니다. 신이 확인한 결과 그동안 어영(御營)의 재력이 풍부해 졌으니 어영대장에게 위임하여 더 높이 쌓도록 하고 그 주위에 나무를 많이 심도록 명하소서."

"옳은 말이오. 그일은 즉각 시행토록 하겠소."

"전하, 서울의 개천들은 흙이 쌓여 홍수가 나거나 가뭄 때 큰 피해를 입게 되니 서둘러 준설작업을 해야 하겠습니다. 그리고 백악산(白岳山)과 인왕산이 모두 헐벗은 상태라서 비가 오면 사태가 흘러내리니 나무를 많이 심도록 힘써야 하겠습니다."

"경이 그 문제를 앞장서 진두지휘 해주길 바라오."

박문수는 인사를 하고 어전을 물러 나왔다.

그해 1월 27일.

영조는 속셈이 따로 있어 선위는 하지 않고 주위의 반대를 물리치고 세자에게 대리 기무 시킨다는 뜻을 전국에 반포하였다.

영조는 세자의 본심을 떠보고자 시험삼아 미리 국사를 맡기려는 것이었다.

영조와 세자가 함께 국사를 처리하게 되니 사람들은 '대조'(大祖)와 '소조'(小祖)라고 일컬었다.

큰임금, 작은임금이란 뜻이었다.

영조는 세자에게 일부러 처리하기 어려운 일을 맡기고 제대로 못한다고 사사건건 트집을 잡고 면박하였다.

15세의 어린 세자는 나름대로 불만이 점점 쌓여갔다.

어쩌다가 혼잣말처럼 투덜거리면 그것이 수십 배로 살이 붙고 보태져서 영도의 귀에 들어가니 점점 부자지간의 사이가 벌어지게 되었다.

세자빈 홍씨는 그러한 와중에서 시아버지와 남편 사이에서 처신하기에 고충이 많았다.

그러한 가운데서도 세자빈 홍씨에게 때기가 있었다.

5월이 되자 반대파들의 모함과 탄핵이 점점 심해져 박문수는 스스로 어영대장(御營大將)의 벼슬에서 물러났다.

어영대장은 종2품의 벼슬로서 어영청의 총수이다.

그해 8월 27일.

세자빈 홍씨는 진통을 거듭하던 끝에 옥동자를 낳았다.

모처럼 왕실 전체가 기쁨에 휩싸였다.

그동안 마음 고생을 많이 겪었었다.

영조는 크게 기뻐하면서 죄인들을 특별 사면하는 대사령(大辭令)을 내렸다.

모두들 크게 경축했으나 그무렵 세자는 더욱 이상한 행동, 광증(狂症)이 이따금 발작하였다. 태어난 원손은 이름을 정(誔)이라고 지었다.

그무렵 박문수는 공주에 내려가서 성묘(省墓)를 한 후 이런 상소를 올렸다.

영조가 사직을 윤허하지 않은 상태에서 낙향했던 것이다.

> 전하…… 신이 죽는다 해도 그동안 베풀어주신 임금의 은혜를 잊지 못할 것입니다. 부디 만수무강하옵고, 주위의 간사하고 부패한 무리들을 배척하소서. 신은 오로지 나라의 장래가 걱정되어 편한 잠을 이룰 수가 없습니다…….

박문수의 상소를 읽고 영조는 이렇게 비답(批答)을 내렸다.

과인은 영성군의 진정한 충성심과 혈성(血誠)을 잘 알고 있노라.
속히 상경하여 과인을 보필하기 바라노라.

박문수는 여러차례 영조의 엄중한 하교(下敎)를 받았으나 계속 응하지 않았다.
그러자 이번에는 장령(掌令)심익성(沈益聖)이 박문수를 탄핵했다.
정언(正言) 이형만(李衡萬)도 박문수를 공격하였다.
영조는 그들을 불러 심히 꾸짖었다.
"너희들은 듣거라. 누가 뭐라해도 영성군은 국가에 공이 큰 장신(將臣)이다. 누구도 그의 충성심을 따르기 어렵다. 그런데 너희들은 어찌하여 영성군을 함부로 배척하느냐?"
영조가 그들을 꾸짖어 물리쳤으나 계속 상소가 그치지 않았다.
그무렵 박필주(朴弼周)도 박문수를 비난하고 공격하였다.
영조는 그들을 모조리 쫓아냈다.
영조는 계속 박문수를 소명하였다.
박문수는 더이상 어명을 거역할 수 없었다.
다시 서울로 돌아온 박문수는 중수도감당상(重修都監堂上)을 차출해 보내는 한편 영희전에 숙종(肅宗)의 어안(御顏)을 모사하여 봉안(奉安)하고 전각을 더 짓는 일을 맡았다.
영조에게 개천을 복개하여 홍수나 가뭄에 대비해야 한다고 거듭 품달하였다.
그무렵 원손이 태어나서 영조와 세자의 감정이 조금 누그러지는 듯 했다.
그러나 이상하게도 또다시 반목하기 시작했다.
영조는 세자만 대하면 두통이 나고 가슴이 답답해졌다.

"에이, 꼴보기 싫다!"

공연히 호통을 치면 세자는 나름대로 울분이 치밀었고, 주위 나인들이 보는 앞에서도 옷투정을 하거나 옷을 벗어 던지며 고래고래 소리지르기 일쑤였다.

영조는 선조임금, 경종임금이 독살되었다는 암암리에 떠도는 소문 탓인지, 자신이 빨리 죽기를 세자가 바란다는 벽서 탓인지 세자를 의심했고 주위를 의심하였다.

그래서 두통이 난다고 도제조에서 진어(進御)하시라고 올리는 탕제조차 마시기를 거부하고 의심했다.

주위에 대한 불신으로 가득찼다.

세자가 이런저런 말썽을 일으킬 때마다 지나치게 과잉 반응을 나타냈다.

용상을 치면서 진노하던 끝에 기함하는 사례도 있었다.

그동안 박문수는 숭정(崇政)에 이어서 판의금(判義禁), 다시 호조판서로 제수되기에 이른 것이다.

호조판서 박문수가 호조의 실정을 살펴보니 재정이 바닥났다.

영조에게 실정을 상세히 보고하니 영조는 한숨을 내쉰 후 이렇게 명하였다.

"재정이 바닥났다니 정말 큰일이오. 이제 이 어려운 문제를 푸는 데는 영성군이 아니면 해결하기 어렵소. 최선을 다하여 호조의 재정을 개선하고 잘못된 곳을 고쳐나가시오."

"선하, 과히 심려치 마소서. 근본부터 개선시키고 호조의 재정을 넉넉히 채워 놓겠습니다."

박문수는 어전에서 물러나온 후 즉시 낭료(郎僚＝六曹正郎)들을 일일이 만나 그들의 애로사항과 맡은 직책, 제안을 소상히 파악하고 참조하였다.

그리고 옛 문헌을 상고하고 법안을 고칠 것은 고치고 나름대로 새로운 정책도 가감시켰다.

박문수는 침식을 잃을 정도로 새로운 법안(法案)을 만들기에 골몰하였다.

그해 6월, 마침내 박문수는 조선조 5백년에 있어서 그 유례가 없는 '탁지정례'를 완성시키게 된다.

탁지정례는 박문수의 많은 업적 중에 빼놓을 수 없는 것으로서 나라의 경비를 절약하기 위해 만든 국가 지출에 관한 법규이다.

민정(民情)의 실태를 살펴 세금을 줄이고, 임금에게 직접 백성을 위하는 정책을 보고하는 제도로서 당시로서는 엄청난 개혁이었다.

조정의 벼슬아치나 지방의 수령 방백들이 세금을 빙자하고 백성들에게 가렴주구 하여 착복하는 폐단을 막게 되었다.

오늘날에도 세금 도둑이 있어 떠들썩 했지만 당시에는 상당수의 관리들이 백성들을 쥐어짜거나 뇌물을 받아서 착복하는 사례가 빈번하였다.

그런 가운데서 백성들의 부담과 고충은 점점 가중되고 나라의 재정은 한없이 부족한 실정이었다.

박문수에 의해 제정된 '탁지정례'의 완성과 시행은 당시로서는 엄청난 '경제혁명'이었고 충격적인 개혁이었다.

박문수가 심혈을 기울여 완성시켜 올린 내용을 세심히 훑어본 영조는 희색이 만연하여 이렇게 옥음을 내렸다.

"영성군, 참으로 수고가 많았소. 이 '탁지정례'를 규범으로 삼아 시행하면 반드시 나라의 살림이 윤택해지고 백성들의 부담도 덜어질 것이오. 이 법안을 시행하는데 있어서 누구든지 방해하거나 어기는 자가 있으면 벼슬의 고하를 막론하고 엄중히 다스릴 것이오. 즉시 시행하오."

"전하, 성지를 받자워 봉행하겠나이다."

박문수가 '탁지정례'를 완성시킨 때는 영조 25년 9월 19일이다.
그후 탁지정례가 시행되니 기득권층들이 불평불만을 터뜨리면서 방해했으나 과감하게 일관되게 추진하였다.
얼마후 나라의 재정이 점점 나아지고 상당한 저축이 쌓여갔다.
백성들도 세금 부담이 덜어지니 박문수에 대한 칭송이 자자하였다.
탁지정례가 크나큰 실효를 거두자 박문수는 다시 외사(外司=外官職)에 관한 '정례공물'(定例貢物=세금에 관한 규범)에 필요한 '어린책자'(魚鱗册子=지금의 현금 출납부처럼 줄이 쳐진 책자)를 만들어 영조에게 올렸다.
영조는 또다시 크게 만족해 하면서 이렇게 옥음을 내렸다.
"이일은 영성군만이 해낼 수 있소. 다만 염려스러운 것은 훗날에라도 당파에 휩쓸린 자들이 영성군을 헐뜯을 수도 있을 것이오. 그때 만약에 이책이 부병(付丙)되지 않도록 방안을 강구하시오."
'부병'은 '불에 태우는 것'을 뜻한다.
영조는 손수 '탁지정례'와 '어린 책자'에 대해 책 표지에 '영구준행'(永久遵行)이라고 썼다.
영조는 박문수에게 '좌빈객수어사'(左賓客守御使)에 겸직 시켰으나 박문수가 받아들이지 않았다.
변덕이 심한 영조는 그일로 인해 박문수를 의심하고 미워하기 시작했다.
영조는 사랑과 미움에 대한 감정의 기폭이 심한 이중성격의 소유자였다. 그러기에 자신의 자식인 세자에게도 애증에 대한 양가감정이 여실히 나타나 훗날 끔찍한 비극을 초래하게 된다.

양역(良役)의 폐단을 없앤후

영조 26년(1750) 박문수의 나이 어느덧 60세.

어느날 우연히 가난한 백성들이 사는 외딴 곳을 지나치다가 목매어 죽으려는 새댁을 발견했다.

목을 매고 땅을 박차는 순간 즉시 달려가 밧줄을 풀었다.

기절한 새댁의 혈도를 풀어주자 곧 정신이 깨어났다.

박문수가 새댁에게 물었다.

"너는 무슨 일로 자살하려 했느냐?"

"으흐흑…… 쇤내를 차라리 죽게 내버려 두시지…… 으흐흑……"

"어허……, 어른이 물으면 냉큼 고할 것이지 무얼 망설이느냐?"

박문수가 호통을 치자 울음을 그친 새댁이 자신의 사정을 이렇게 말했다.

"쇤내는 곱단이라고 합니다요. 혼례를 올린지 석 달 되었구먼요. 쇤내의 아비는 이웃집 순식(順植) 아버지와 절친한 친구였습니다. 두 분은 서로 이다음에 사돈을 맺자고 단단히 약조하였습니다. 그 후 우리는 자라서 올봄에 성례를 하기로 정해졌습니다. 그런데 갑자기 쇤내의 약혼자가 혼례식 며칠을 앞두고 병정으로 징발되어 나가게 되었습니다. 쇤내의 약혼자는 5대 독자입니다. 그래서 양가 부모님은 서로 의논한 후 양역(良役)의 비용을 물고 대리로 병정을 내보내고 약혼자와 쇤내를 혼인 시켰습니다. 그런데 양역으로 대리 병정을 주선한 관리들이 처음 약조한 것과는 다르게 자꾸만 무리하게 쌀이나 재물을 바치라고 다그칩니다. 양쪽 집안에는 어려운 살림에 '울며 겨자 먹는 꼴'로 응하다가 파산 지경에 이르렀습니다. 그런 판국에 다시 원하는 재물을 바치지 않으면 제 남편을 잡아간다고 합니다. 이젠 더 바칠 것도 없고 앞으로 살아갈 길이 없습니다. 그래서 목을 매려고 했습니다. 지금 제 뱃속에는 새로운 생명이 자라고 있습니다…… 으흐흑……"

"듣고보니 네 정 사정이 딱하구나. 그렇다고 산 목숨을 버려서야 되겠느냐?"

"힘없는 촌백성이 무얼 압니까요. 도저히 살 수 있는 길이 없사와……"

"네 남편이 누구라고 했느냐?"

"예 박성식(朴成植)이라고 하옵니다……"

"나는 박문수란 사람이다. 내가 너를 구제할 것이니 안심하고 돌아가거라."

"아이고…… 고…… 고맙습니다요."

여인이 돌아간 후 박문수는 무엇인가 심각하게 생각했다.

박문수는 전부터 양역의 폐단을 없애고자 여러번 건의했던 터이다.
 그러던 터에 그 사건을 계기로 더욱 결심을 굳히게 되었다.
 다음날 박문수는 부당하게 최성식 일가를 괴롭힌 악질관리들을 잡아 그 죄상을 논하고 강제로 뺏은 전답을 돌려주게 하였다.
 일을 원만하게 법대로 처리한 후 임금에게 상주하려고 어전으로 향했다.
 양역(良役)이란 제도는 임진왜란 이후 병제(兵制)가 변하여 양병이 어렵게 되자 쌀과 포목을 징수하기로 했던 것이다.
 일가구에 처음에는 군포 1필(匹) 쌀 여섯 말, 나중에는 열두 말로 늘어났다.
 그런데 영조 당시에는 돈 5전(5錢)씩 바치게 되었다. 그것은 조정에서 정한 것이고 실제로는 지방의 관속들이 서로 짜고 몇배, 또는 수십 배씩 늘여서 징수하여 횡령 하였다.
 병정으로 징발되는 사람 중에는 사정에 의해 양역을 떠맡기로 하고 대리자를 내세워 복무하는 경우도 있었다.
 지방의 관리들이 그런 일들을 갖고 중간에서 농간을 부리는 사례가 많았다.
 이것이 바로 양역법에 따르는 폐단이 유발된 원인이었다.
 양역의 피해자들은 나날이 가중되는 무리한 징수에 견디다 못해 물에 빠져 죽거나 목매어 죽는 사례가 많았다.
 실록에 의하면 양역 제도는 효종(孝宗)이후 병비(兵備)가 해이해져 각도에서 군대가 출동하는 것이 중지되었다.
 양역 문제로 인해 군대에서 달아나는 자들도 많았다.
 벼슬아치의 자제나 양반의 자제는 양역의 의무가 없었다.
 그러니 돈으로 양반이 되도록 조작하는 경우도 많아 많은 부작용이 따랐다.

그 와중에서 죽어나는 것은 힘없는 백성들이었다.

부패한 관리들이 죽은 사람에게도 양역의 의무를 떠안겨 무리하게 징수하니 백성들의 원성이 점점 높아갔다. 양역의 폐단에 대해 숙종 때 이르러 그것을 개선하고자 했으나 고쳐지지 않았다.

박문수는 탁상공론으로 국사에 임하지 않고 항시 전에 암행어사 시절처럼 몸소 백성의 고충을 살피고자 애썼다.

그무렵 조선 8도의 전역에 몹쓸 전염병이 떠돌았다.

염병(장티푸스)으로 인해 수많은 사람들이 죽어갔다.

박문수는 전염병에 대한 대비책을 강구하는 한편 어전에 나아가 이렇게 아뢰었다.

"전하, 지금 몹쓸 전염병으로 인해 사망하는 백성들이 난리판에 죽는 숫자보다 많은 실정입니다. 우선 그들을 위해 국가에서 저축한 곡식을 나누어 주시고 세금을 일정기간 거두지 마소서."

"영성군, 그말이 사실이라면 그렇게 하겠소…… 그건 그렇고…… 세자가 자꾸만 빗나가니 영성군이 잘 타일러 주시오. 아직도 정신을 못차리고 있으니……"

"전하, 과히 심려치 마소서."

박문수는 얼마후 비변사에 들러 세자 앞에서 이렇게 청원하였다.

"저하, 하늘을 대신하여 백성을 바르게 다스리는 것이 인군(人君)의 도리입니다. 금년은 운기(運氣)가 좋지않아 전염병이 창궐하고 그로 인해 사망자가 계속 늘어나고 있습니다. 저하께서는 구중궁궐에 깊이 계시니 아첨과들의 감언이설에 빠져 백성들의 질고와 애로사항을 모르고 계십니다. 지금 염병으로 인해 백성들이 자꾸만 죽어가고 있어 대조(大朝=王)께서도 밤낮으로 근심하고 계십니다. 그러니 매사에 근신하고 효성(孝誠)이 지극해야 될 것입니다."

"영성군의 뜻을 난들 모르는 게 아니요. 하지만 아바마마께서 공연히 나를 미워하시니 낸들 어쩌겠소. 될대로 되라지……"
 "저하, 수신제가치국평천하라고 하지 않습니까. 부자지간은 천륜이니 대조의 뜻을 거슬리지 마소서."
 박문수는 간절히 세자를 타일렀다.
 영조는 특별히 박문수에게 세자의 좌빈객(左賓客)이 되어 달라고 당부했다.

 양역제도의 관해 시초는 임진왜란 때 선조가 훈련도감을 만들어 군대를 증병시켰다.
 정규군 외에 농민들도 징발하였다.
 그들 중에는 대부분 사정이 딱하였다.
 그들은 군수품을 내는 것으로 병역의무를 대신하는 경향이 있었다.
 그런데 지방의 관속들 대부분 무리하게 중간에서 착복하는 경향이 많았다.
 가난한 백성들은 점점 늘어나는 세금에 견디다 못해 자살하거나 달아나는 사례가 흔히 있었다.
 부패한 관속들은 온갖 수단 방법을 가리지 않고 악랄하게 백성들의 고혈을 빨아대니 원성이 하늘에 닿았다.
 박문수는 전부터 양역 제도를 아예 없애던가 과감히 개혁해야 한다고 절감하던 터이다.
 박문수는 그동안 양역의 폐단을 개혁해야 한다고 수없이 주청하였다.
 영조는 마침내 그 의견을 받아들여 어전 회의를 열었다.
 "지금 양역의 폐단이 극심하여 이대로 가다가는 나라가 망하겠소. 이것을 개선하는 데 대해 좋은 의견을 들려주오."

양역의 폐단을 없앤후

그러나 제각각 중구난방으로 떠들었으나 취할만한 의견이 없었다.

박문수가 이렇게 아뢰었다.

"전하, 양역 제도는 문제가 많습니다. 양포(良布) 24필(匹)을 전부 폐지하거나, 선후책이 없으면 최소한으로 줄여야 하겠습니다. 호전(戶錢)을 행하여 실정에 맞게 징수하고 헛된데 낭비되는 것을 막아야 합니다. 대동법(大同法)이 처음 시행될 때도 논란이 많았으나 시일이 지나면서 개선되어 좋은 결과가 있었습니다. 양역을 개혁하자면 먼저 각 읍의 군정(軍丁)과 전함의 수효를 완전히 점검한 후 비변당사국에 이첩하여 대신들과 상의하는 것이 좋겠습니다. 신의 생각으로는 사대부는 양역 의무에서 제외되고 힘없는 백성들만 내게 한다면 점점 폐단이 크게 생길 것입니다."

박문수의 말에 대해 반대파들이 일제히 비난하기 시작했다.

그중에서 판윤(判尹) 조재호(趙載浩)가 가장 심하게 박문수를 비난하였다.

박문수와 조재호는 격렬한 논쟁을 했다.

어전에서 고함치고 싸우니 모두들 두 사람을 징계하자고 영조에게 상언했다.

영조는 박문수와 조재호에게 이렇게 유시하였다.

"두 사람은 들으시오. 국사를 의논하는데 서로의 의사가 다르다고 그렇게 극단으로 부딪쳐서야 되겠소? 서로 화해하고 다시는 그런 일이 없도록 하오."

영조의 말씀에 박문수가 답했다.

"전하, 개국한지 3백년 이래 조정에서 신하로서 어전에서 심히 다투었으니 면목이 없사옵니다. 신은 넓으신 왕의(王意)에 따라 승명(承命)할 뿐이옵니다."

이번에는 조재호가 아뢰었다.
"전하, 막중한 정사를 논하는 자리에서 불충스러운 행동을 했으니 부끄럽기 한량 없아옵니다."
"경들은 서로 화해하고 사이좋게 힘써 국사에 임하시오."
"황공하옵니다. 전하."
"전하, 성은이 망극하옵니다."
두 사람은 예를 표한 후 어전을 물러났다.
박문수는 다시 회의에 참석했으나 조재호는 감정이 풀리지 않아 자리를 떠났다.
그러자 조재호의 태도가 불손하다고 영조가 죄주려 하니 박문수에게도 함께 죄를 주자고 반대파들이 떠들었다.
박문수는 조정에 나가지 않고 근신하면서 이렇게 상소를 올렸다.

......

옛날 광무제(光武帝)는 성사(省司=관청을 줄이는 것) 명령을 내려 백성의 세액을 많이 덜었습니다. 지금 우리의 실정을 살펴보면 호구(戶口)가 많이 감소된 실정인데 관리들의 숫자는 여전합니다. 필요없는 관리의 수를 줄이고 작은 주와 현을 합병시켜야 합니다. 400여현(縣)을 줄이고 관리의 수도 10분의 1로 줄여야 합니다……. 이것은 나라의 중흥을 위해 임금이 해야할 당면 과제입니다. 그리고 쓸모 없는 진보(鎭堡)도 줄여야 합니다. 3남(三南)에서는 10리 20리 사이에도 소소한 진보가 지나치게 많습니다.
그중에서 불필요한 곳 4~50 개를 없애고 긴요한 곳에 대진(大鎭)을 두어 방비하면 됩니다…….
지금 서울의 군문(軍門)을 보면 영호(營號)가 지나치게 많아 헛된 비용이 많이 소모됩니다.
군사제도를 근본적으로 개혁하는 어영(御營)과 2영(二營)의 군대를 논의해야 하겠습니다…….

박문수는 조정에 나가지 않고 두문불출 하면서 거듭 이렇게 상소를 올렸다.

전하, 양역의 폐단을 하루 속히 개혁 하소서. 신이 전에도 말씀 드린바 있거니와 양역을 아예 없애는 게 좋겠습니다. 그러나 사정이 그렇지 못하니 최소한으로 줄여야 합니다…….
또 쓸데 없는 관직은 정치하기에 크게 번잡하니 필요없는 인원을 줄이도록 하소서.
작은 고을의 백성들은 부역과 납세를 감당하기 어렵습니다.
일찍이 신은 묘당에 호소하여 읍을 개혁하도록 청한 적이 있는데 실로 그 실정이 딱합니다.
6도 안에서 작은 현 50~60을 없애고 큰 읍에 합병하면 백성들의 부담이 크게 줄어들 것입니다…….
지금 진보가 지나치게 많아 관리에 비용이 많이 들고 결과적으로 민폐만 끼칠 뿐입니다.
원래 진보를 창설한 뜻은 임진왜란 때 적병이 침입하는 것을 방비하자는 것이었습니다. 그러나 적의 출몰은 정해진 형이 없습니다.
신라나 고려 때는 왜구들이 주로 관동지방 쪽으로 많이 침범했습니다.
이제 관동 9군에는 다만 월송에 하나 남은 진이 있으나 방비에 소홀하고 저쪽(호남)에는 밀집해 있으니 그것은 마치 화살을 따라서 표적을 세우는 격이나 다름없습니다. 또 적을 막는 길은 온전한 장수를 얻느냐, 못얻느냐에 달렸습니다. 예를 들자면 원균이 장수가 되었을 때는 전군이 다 멸망한 데 비해 이순신이 장수가 되었을 때는 가는 곳마다 적이 없으니 통영이 이와 같았습니다. 그러니 소소한 진보는 크게 도움이 못되고 경비에 허실만 있을 뿐입니다. 이순신 때는 진보가 많았지만 크게 중요한 역할을 하지 못했습니다…….

지금 우리나라의 실정을 보자면 쓸데 없이 국방비를 지출하는 경우가 많습니다. 서울의 군문을 보아도 영문의 이름만 많으니 이것도 시급히 개혁, 정리해야 하겠습니다.

이와같이 양역의 폐단이 극심한데 수수방관 하신다면 장차 나라가 망하게 될 것입니다.

……

전하, 그리고 수군(水軍)의 경우 전선을 연해에 배치시켜 병력의 편중을 막고 세력을 고르게 분포 시켜야 하겠습니다.

박문수가 상소한 내용 중에는 개혁이 되면 기득권을 읽게 되는 자들이 있었다.

말단 사병이나 일반 백성들에게는 이롭게 되는 것이다.

개혁을 하자면 그 과정에서 불이익을 당하는 기득권층의 반발이 심한 것은 예나 지금이나 크게 다를 바 없다.

박문수는 자신에게 숱한 적이 생기고 불이익이 따를지라도 오로지 개혁에 앞장을 서기로 했다.

박문수를 미워하는 무리들이 박문수가 어전에 싸운 일에 대해 죄주자라고 떠들어댔다.

영조는 조재호를 먼저 파직시켰다.

그러니 박문수도 아울러 쫓아내라고 아우성이었다.
박문수는 도의적인 책임을 지고 사직서를 제출하였다.
영조 26년 6월이었다.

초야에 묻히고자 했으나

영조 27년. 박문수의 나이 61세.
벼슬에서 물러난 박문수는 두문불출하고 지냈다.
영조는 또다시 그를 불렀다.
그러나 몇차례 불러도 움직이지 않았다.
"영성군에게 이르노라. 과인이 비록 용렬한 임금이나 여러번 불러도 신하로서 응하지 않으니 그것은 불충(不忠)이로다. 근신하라는 뜻에서 충주목사(忠州牧使)로 제수하여 외직(外職)으로 보내니 어명을 따르기 바라노라."
판서를 지낸 박문수에게는 명백한 좌천이었다.
그러나 더 이상 어명을 거역할 수 없었다.
영조는 박문수에게 충주목사, 삼도균세사(三道均稅使) 직책을 겸직시켰다.

조정에서 반대파에게 시달리다가 외직으로 나가니 오히려 마음이 편했다.
균세사 임무를 수행하느라고 4천여 리를 돌아다니며 세금 납부에 관해 잘못된 점을 개혁시켰다.
세금을 줄이니 가는 곳마다 백성들이 기뻐하였다.
곳곳마다 잘못된 제도를 혁파하고 백성들을 위해 납세법을 개선시켰다.
박문수는 여러곳을 순찰하며 아름다운 풍광을 대할 때마다 이렇게 말했다.
"아아, 나는 이렇게 산천이나 구경하다가 여생을 마치고 싶구나!"
그러나 세상은 뜻대로 되지 않는 것이다.
영조는 가장 신임하고 유능한 박문수가 곁에 없으니 허전하고 불안했다.
곧 교지를 내려 곁으로 불렀다.

영성군에게 이르노라. 이제 과인과 경이 모두 흰머리가 되어 황혼녘을 맞았다. 과인의 근력도 나날이 쇠약해가니 어서 가까이 와서 보필하기 바란다.
지금 과인은 경이 곁에 없으니 한없이 허전하고 슬프도다.

박문수가 사직을 표하면서 응하지 않으니 영조는 다시 이렇게 간곡하게 당부하였다.

영성군은 국가의 공신으로서 과인과 끝까지 있어야지 물러 간다는 말을 가볍게 하지 마시오. 옛날 제갈량은 선제(先帝)를

성심껏 도왔소. 경은 우리의 원량(元良=세자)을 생각 해서라
도 어서 조정으로 오시오. 지난날 연경(燕京)에 갈 때도 과인
의 마음을 흐뭇하게 했듯이 어서 다시 조정으로 돌아 오시오.
경이 만약 끝내 오지 않는다면 과인도 눈을 감지 못할 것이오.
제발 물러간다는 말은 마시오. 과인은 민군(民軍)의 고충을 덜
기 위해 경의 도움이 필요하오. 어찌하여 일신의 안일만 추구
하여 임금의 간곡한 소명을 거절하려는 것이오……

영조의 교지를 대하고 박문수는 목이 메인채 성은에 감격하여 눈
물을 흘렸다.
약 6개월간 균세사로서 곳곳을 순찰하던 박문수는 영조의 교지를
받고 영조 27년 2월 다시 조정으로 돌아왔다.
그해 2월 22일 영조실록을 보면 이런 기록이 나온다.
"전하, 신이 전함(戰船) 및 거북선 제도를 자세히 살펴보니 전선
을 개조할 때 그 배길이가 길어지고 있습니다. 이것은 유사시에 적
절하게 운용(運用)되기 어렵습니다. 거북선은 당초에 체재가 좁고
깊어 그 위에 두꺼운 널판지를 덮어 돌과 화살을 막도록 제조 되었
습니다. 이순신이 기록한 거북선은 좌우에 각각 6개의 총구멍이 열
리고 닫히게 되었습니다. 그런데 지금은 6개가 8개로 늘었고 거북
선이 전보다 지나치게 커졌습니다. 예전대로 다시 개조(改造)해야
하겠습니다."
서울로 돌아온 박문수는 그동안 균세사로서의 직무수행에 관해
세세히 보고하였다.
먼저 선세(船稅)에 관해 이렇게 아뢰었다.
"전하, 영남의 선세는 큰배가 4냥, 중간배는 3냥, 작은배는 2냥
인데 각각 1냥씩 줄이도록 하였습니다. 호남에서 장사하는 배는 큰

이익을 취하고 있습니다. 거기에 비해 영남의 장삿배는 그 지역 안에서 행상하는데 지나지 많습니다. 왼쪽 연안에는 동해가 있어 소산이 좀 낫다고 하겠지만 호남만 못하옵니다."
 "영성군 관동지방의 상선세는 어떠하오?"
 "예, 관동지방의 상선세는 모두 합하여 4,700여 냥입니다. 호남의 상선은 소득이 높기에 20냥씩 세를 거두기로 했습니다."
 박문수는 그간 곳곳으로 돌아다니며 자신이 겪고 보았던 사례를 보고하고 거기에 대한 대책도 제안하였다.
 박문수가 조정으로 돌아온 다음날 영조는 세자와 박문수를 한자리에 불렀다.
 "세자는 듣거라. 영성군은 나라의 충신이다. 국가의 일을 처리할 때 영성군이 없다면 해결하기 어렵다. 지금 연로하다는 이유로 물러가고자 한다. 그러나 지금 보니 아직도 젊은 장수처럼 보인다. 세자는 만약의 경우 영성군을 70세까지 중용해도 될 것이다. 아직 10년은 더 일할 수 있다. 알겠느냐?"
 "예예……"
 세자는 무슨 생각을 하던 중인지 화들짝 놀라면서 엉겁결에 대답했다.
 "에이, 시원치 못한 것 같으니라구……"
 영조는 마땅치 않은 눈초리로 세자를 바라보았다.
 이해 7월 박문수는 세손부(世孫簿)에 이어서 다시 세손사(世孫師) 직책을 맡았다. 세손은 훗날의 정조이다. 세손의 스승이었던 박문수, 그 직계 후손들에게 지금도 정조가 어려서 썼던 글씨가 전해온다.

영조27년 11월.
영조는 박문수에게 한성부판윤(漢城府判尹)을 제수하였다.
한성부 판윤은 조선조의 제일 명상 황희(黃喜)를 비롯하여 여러 요인들이 맡았던 자리다.
지금의 서울시장 직책에 해당된다.
박문수는 여러번 사양했다.
그무렵 또 다시 박문수를 헐뜯는 무리들이 늘어나자 그해 12월 다시 고향으로 돌아가기로 했다.
영조가 한사코 말렸으나 듣지 않았다.
벼슬길에서 물러나 낙향하면서 박문수는 시 한수를 외웠다.
선조임금이 동서 분당의 당파싸움 와중에 임진왜란을 당하고 국토의 끝인 의주까지 몽진가서 읊었던 시다.
박문수는 당시 선조의 쓰라린 심정을 상상하며 자신의 간접적인 심사를 담아 시를 외웠다.

國事蒼黃日
誰能李郭忠
去邠存大計
恢復仗諸公
痛器關山月
傷心鴨水風
朝臣今日後
忍臣各西東

나라일은 창황한데
충신은 어느 누군가?

큰계획으로 성을 두고
회복을 바랐는데
관산 달에 통곡하고
압록강 물에 마음 상하노라.
조정의 신하들아 이후에도
또 동서로 파당지워 싸울것인가?

  박문수는 선조 임금이 왜적들의 침입에 쫓기어 국토의 끝인 의주에 이르러 쓰라린 심사를 토로했던 그와 비슷한 심사였다.
  그래서 그러한 시를 외웠던 것이다.

가야산에 올라서

 영조 27년에 낙향하여 28년의 새해를 맞은 박문수에게 그동안 영조는 서울로 오라고 거듭 독촉하였다.
 그때까지 박문수에게 제수된 한성 판윤 벼슬은 그대로 유지되고 있었다.
 박문수는 왕명을 거역할 수 없어 조정에 돌아오긴 했으나 낙향하게 윤허해 주십사, 거듭 청원했다.
 "전하, 이제 신은 초야로 돌아가서 자연 풍광을 벗하며 여생을 보내고 싶습니다. 윤허해 주소서."
 "영성군, 또 돌아가겠다는 것이오. '달이 한나라 영문에 비쳤다'는 시구(詩句)처럼 과인도 그런 생각이 간절할 때가 있소. 그러나 경은 끝까지 과인의 곁을 떠나서는 아니되오."
 "전하, 신은 전야(田野)로 돌아가더라도 신하로서의 신의(信義)

를 다할 것이오니 윤허해 주소서. 조정에서 신이 필요하여 부르실 때는 언제라도 즉시 달려올 것입니다."

"그럼 오라고 초청하면 언제라도 오겠소?"

"예, 벼슬을 하라고 부르시면 신은 아니오겠습니다. 그러나 그냥 부르시면 언제라도 오겠습니다."

영조는 무엇인가 잠시 생각하다가 좌의정 조현명을 불러들였다.

"좌상은 들으시오. 영성군이 너무 과로하여 쉬고 싶은가 보오. 초야로 돌아가길 원하나 그것은 아니되오. 서울에서 당분간 쉬도록 하는 것이 좋겠소. 그래야만 필요할 때 국사를 의논할 수 있을 게 아니오."

조현명이 이렇게 아뢰었다.

"전하, 영성군과 신은 오랜 세월을 보냈습니다. 그는 다만 성품이 너무 강직하여 소인배들의 미움을 받는 것입니다. 우선 너무 지쳤으니 쉬도록 배려 하소서."

박문수가 영조에게 이렇게 품달했다.

"전하, 신이 물러가기 전에 한말씀 고언(苦言)하겠습니다. 요즈음 당쟁이 더욱 극심해지고 있습니다. 신은 본래 명목만 지켰지 그동안 당파에 휩쓸리지 않았습니다. 요즈음 전하의 주위 신하들이 눈치를 살피며 아첨만 할 뿐 참된 직언을 아니합니다. 그리고 전하께서도 겉으로는 탕평책을 표방하면서도 어질고 참된 자는 피하시고 아첨하고 교활한 자들을 쓰시는 사례가 있습니다. 이점을 유의하여 사람을 쓰시는 게 좋겠습니다."

"영성군의 말이 옳소. 과인이 이따금 판단이 흐려 그럴 때가 있다는 것을 인정하오. 그러나 영성군은 지나치게 강직하여 임금인 나의 마음을 너무 아프게 질타할 때가 있소."

"전하, 신은 일단 돌아가겠습니다."

박문수는 어전에서 물러나와 곧 소천(苕川)으로 돌아갔다.
세자는 매사에 부왕에게 반항하였다.
부왕 영조가 싫어하는 것을 골라가며 일부러 하는 것 같았다.
영조도 세자를 원수 대하듯 했다.
그러던 때 그해 3월 4일이었다.
어린원손이 갑자기 급병이 나서 명재경각이라는 급보를 받았다.
충격을 받은 영조는 내시들의 부액을 받으며 원손이 있는 창경궁 통명전(通明殿)으로 납시었다.
영조는 세자를 대하기 싫어 평소에 그곳에 가지 않았다.
그러나 워낙 다급한 상황이기에 그곳으로 향했다.
왕비 서씨를 비롯하여 세자빈 홍씨, 늙은 상궁들이 근심스러운 표정으로 원손을 지켜보다가 황급히 자리에서 일어나 영조를 맞이했다.
"어허, 이 무슨 변고란 말이냐. 어째서 이지경이 되도록 그냥 두었느냐?"
그말에 모두들 벌벌 떨기만 했다.
그때 중전 서씨가 나서며 아뢰었다.
"마마, 얼마 전까지 탈이 없었는데 갑자기 경기를 일으키며 이지경이 되었답니다."
"허허, 이거야 원, 그럼 누가 우리 세손을 해치기라도 했단 말이냐?"
"마마, 고정하소서. 그런 것이 아니오라……"
"중전은 나서지 마시오."
영조는 중전 서씨를 욱박지른 후 세자빈 홍씨를 바라보았다.
홍씨는 긴장하여 벌벌 떨기만 했다.
영조는 시선을 돌려 딴전을 부리는 세자를 노려보았다.

세자는 영조와 눈길이 마주치자 외면 하였다.
"너는 세손이 이지경이 되도록 무엇하고 있었느냐?"
세자는 한다는 소리가,
"인명은 재천이라고 하더이다. 제명이 짧으면 죽을 것이오, 길다면 깨어날 것이니 너무 심려치 마소서."
"닥쳐라. 이놈. 지금 네가 그걸 말이라고 하느냐?"
두 사람 사이에 또다시 감정 대립이 시작되니 주위에 사람들이 몸둘 바를 몰랐다.
세자는 슬그머니 자리를 피했다.
그때 중전 서씨가 영조에게 말했다.
"마마, 고정하소서. 지금 세손이 매우 위급하오니 급히 전의를 부르는 게 급선무입니다."
영조는 끓어오르는 노기를 애써 억누르며 전의를 불렀다.
급히 달려온 전의가 진맥을 하고 침을 놓고 탕제를 올렸다.
그러나 열이 불덩어리처럼 달아올라 숨이 간신히 이어지던 세손은 숱한 이들의 지극한 정성에도 보람없이 결국 세상을 떠났다.
세손의 죽음으로 인해 영조와 세자의 관계는 더욱 악화되었다.
박문수는 그점을 염려하다가 영조를 찾아가 이렇게 진언하였다.
"전하, 세자는 장차 이나라의 종묘사직을 이어갈 대통이시니 좀 더 따뜻한 이해로 대하시면 좋겠습니다."
"영성군의 말은 과인이 팥으로 메주를 쑨다고 해도 들을 수 있소. 그러나 세자가 사람노릇 제대로 하기는 애시당초 글렀소. 차라리 삶은 콩에 싹나기를 바라는 것이 낫지……"
박문수는 영조와 세자가 불목하는 데 대해 크게 염려하였다.
영조는 박문수에게 이렇게 부탁했다.
"세손의 죽음은 참으로 애통하고 절통하오. 묘소를 잡는 일 전반에 관해 경이 모든 걸 전담해 주오."
 "전하, 세손을 잃고 상심이 크신 줄 아오나 묘소를 쓰는 데 있어서 민폐가 없어야 하옵니다. 백성들의 부역과 비용이 많아져서는 아니되오니 선능(先陵) 근처 국내(局內)에 쓰는 것이 좋을 것입니다."
 "알겠소. 묘소를 쓸 때 주위의 나무를 너무 많이 베지 마시오."
 "전하, 신이 알아서 하겠습니다."
 박문수는 전에 금강산에서 선도인을 만나 풍수지리에 대해 배운 적이 있다.
 세손의 묘터를 잡으려고 선능으로 찾아가 주위의 지세를 살필 때이다.
 선능 주위에 삿갓을 쓴 어느 이인이 낮잠을 자고 있다가 박문수가 다가가니 부시시 일어났다.
 주위를 살피며 가까이 다가가니 이인은 어느새 자취를 감추고 없었다.
 그가 앉았던 자리에는 종이쪽지가 떨어져 있었다.
 주워서 펼쳐보니 이렇게 적혀 있었다.
 '풍원군 4월거'(風原君四月去)
 "무어라고? 풍원군이 4월에 간다고?"
 그는 박문수와 평생에 절친한 동지이다.
 그가 곧 떠난다니 충격을 받았다.
 "으음, 이인이 앉았던 바로 이자리가 죽은 세손의 묘터구나. 하늘이 도우신 것이다."
 박문수는 그곳에 세손의 체백을 안장하기로 했다.
 세손을 장지에 묻는 날 사소한 일로 영조와 세자간에 또다시 감정 마찰이 있었다.

"아아, 참으로 큰일이로다. 부자간에 저렇게 불목하니 장차 크나큰 화가 닥치겠구나!"

박문수가 우려했던 것처럼 훗날 '사도세자'의 비극은 끝내 터지고야 만다.

영조 28년 4월 26일.

박문수에게 엄청난 충격과 슬픔을 안겨주는 부고가 날아들었다.

삿갓쓴 이인이 미리 예고했던 대로 영돈영(領敦寧) 조현명(趙顯命)이 세상을 떠났다.

조현명은 박문수와 함께 나라에 공을 세웠고 서로가 이해하고 뜻을 같이 하는 동지로서 분신(分身)과도 같았다.

그의 죽음으로 인해 박문수는 흡사 수족이 떨어져나간 것처럼 허전하였다.

박문수는 한없이 애통하게 여기면서 베로 만들어진 상복을 입고 손수 제문까지 지어 그의 무덤에 술을 부었다.

그의 죽음으로 인해 한없는 허탈감에 빠져 들었다.

조현명은 이인좌의 난 때 박문수와 함께 큰 공을 세웠고 벼슬이 영의정에 이르렀고 청렴결백하고 강직한 성품이어서 박문수와 우의를 도타이 다지며 지냈던 것이다.

박문수와 조현명은 문경지교(刎頸之交)의 벗이었다.

서로의 목숨도 기꺼이 바꿀 수 있는 그런 사이었다.

고사의 어원을 상고하면 춘추시대 인상여(藺相如)는 소양왕(昭襄王)을 위협하여 화씨벽(和氏璧)을 잃었던 것을 되찾은 공로는 인정받아 상대부(上大夫)의 지위에 올랐다.

그후 3년이 지나서 왕이 민지(黽池)에서 회동하여 굴욕을 당할 처지에 놓인 조왕을 구하고 진왕을 무색케 한 공로로 다시 상경(上

卿)에 올랐다.
　그러자 장군 염파(廉頗)는 그것을 아니꼽게 보았다.
　"인상여는 고작 세 치 혀를 놀려서 내 윗자리에 올랐으니 참을 수 없다. 내가 기어이 녀석에게 치욕을 안겨줄 것이다."
　그소리를 측근에게서 전해 들은 인상여는 도전하는 염파를 자꾸만 피하려 들었다.
　"상경께서는 어찌하여 아랫 사람에게 수모를 당하면서도 피하려고만 하십니까? 우리는 도저히 이해할 수 없습니다."
　그때 인상여가 이렇게 대답했다.
　"조나라는 지금 진나라의 위협에 직면하고 있다. 그들이 당장 우리를 침범하지 못하는 것은 염파장군과 내가 있기 때문이다. 그런데 우리 둘이 서로 싸운다면 적에게 기회를 안겨준다. 나라의 안보가 우선이지 개인의 굴욕은 그 다음이다. 그래서 내가 정면으로 대응하지 않는 것일세."
　그말은 곧 염파에게 전달되었다.
　염파는 자신의 언행에 대해 부끄럽게 여기고 스스로 잘못을 인정하고 사과하러 왔다.
　그후 두사람은 목숨을 대신 바칠 수 있는 사이가 되었다.
　박문수와 오현명도 오랜 세월 생사를 같이했고 정치적 영욕도 함께 겪은 사이기에 그의 죽음은 박문수에게 매우 충격적이었다.
　박문수는 5월에 오현명의 장례식을 끝낸 후 시골로 낙향하였다.
　낙향한 박문수는 모처럼 산천경계를 구경하러 나섰다.
　젊은종 곰쇠 하나를 데리고 지필묵 등 가장 간단한 행장을 꾸려 가야산(伽倻山)으로 향했다.
　가야산은 지금의 경상남도 합천군(陜川郡) 거창군(居昌郡) 및 성주군(星洲郡)에 걸쳐 있는 국립공원이다.

최고봉의 높이는 1,430m에 이른다.
소백산맥의 명산으로서 일찍이 조선 8경(八景)으로 꼽혀왔다.
곰쇠를 데리고 박문수는 홍류동(紅流洞)에 이르러 바윗가에 앉아 흐르는 계곡물에 발을 씻었다.
곳곳에 빽빽하게 우거진 나무들, 무성한 나뭇잎에 가려져 언뜻언뜻 드러나는 하늘이 아늑하고 신선했다.
박문수는 곰쇠가 지고 간 술 한 병을 마신 후 다시 위쪽으로 올라갔다.
이따금 가파른 절벽이 나타나고 기암괴석이 저마다의 자태를 뽐내고 있다.
시냇물을 따라 약 10 리쯤 올라가니 별유천지(別有天地)의 선경이 펼쳐져 있었다.
가파른 절벽에는 전에 다녀간 수많은 시인묵객들의 이름이나 시가 새겨져 있다.
그중에서 가장 눈에 띄는 것은 신라말의 대 문장가, 당나라에 가서도 그 문명을 널리 떨쳤던 고운(孤雲) 최치원(崔致遠)의 시였다.
오랜 세월의 비바람에 닳아져 매우 희미하여 판독하기 어려웠다.
박문수가 찬찬히 훑어 뜻을 풀어보니 대충 이러하였다.

  높은 폭포수가 떨어져 골짜기에 울리니
  지척 사이에 하는 말소리도
  제대로 듣기 어렵구나.
  아마도 세상의 시비 소리 들려올까
  저어하여
  물소리가 속된 말을 막는가 보다.

시의 내용은 흡사 당쟁의 와중에서 시비곡직에 시달리다 지친 박문수 자신의 심사를 대변하는 듯한 느낌이 들어 나름대로의 감회가 새로왔다.

한동안 쉬었다가 다시 위로 올라가 홍하문(紅霞門)에 도착했다.

절주위를 둘러본 후 해인사(海印寺)에 이르러 하룻밤 유숙하기로 했다.

해인사는 신라의 애장왕 때 세워진 사찰로서 그동안 여러번 중수되었다.

다음날 박문수는 봉천대 등 산봉우리를 향해 올랐다.

멀리 금오산(金烏山)이 희미하게 보였다.

고려말의 충신 길재(吉再)가 중국의 백이(伯夷) 숙제(叔齊)의 절조를 지키고자 숨어 살았던 곳이다.

박문수는 곰쇠가 갖고온 미싯가루와 술을 마시고 바위 위에서 낮잠을 잤다.

그곳 한 켠에는 조그만 암자가 있는데 비어 있었다.

그곳에서 하루를 지내기로 하고 밤에는 달구경을 하였다.

달밤에 천하절경의 달구경을 하면서 술잔을 기울이니 취흥이 도도해졌다.

박문수가 혼자서 시를 읊고 있을 때이다. 삿갓을 쓴 이인이 나타나 이렇게 말했다.

"영성군께서는 그동안 국사에 임하느라고 참으로 노고가 많았습니다. 지금 상감마마께서는 심기가 매우 상하셔서 심한 두통을 앓고 계십니다. 머지 않아 영성군 대감께서 서울로 가실 때 이 선단(仙丹)을 상감마마께 올리시면 깨끗이 나을 것입니다."

"이인께서는 도대체 누구시오 ? 오랜 세월을 두고 여러차례 나를 도우면서도 어째서 자신을 밝히지 않소 ?"

"이몸은 대감께서 하시는 일을 약간이라도 돕는 하늘의 심부름꾼에 불과합니다. 대감께서는 아직 할일이 남았습니다. 일신의 안일만 도모하지 마시고 다시 조정으로 돌아가셔서 상감마마의 병을 치유케 하고 국정에 임하셔야 합니다. 그것이 하늘의 뜻입니다."

삿갓쓴 이인은 선단이 든 조그만 주머니 한 개를 박문수에게 건네준 후 이내 모습을 감추었다.

"아아, 내가 이럴 때가 아니다. 상감께서 용체 불편하시다니 이 약을 꼭 전해야겠구나!"

박문수가 고향집으로 돌아오니 그동안 영조는 거듭 교지를 보내어 박문수를 소명하였다.

영성군은 하루 속히 과인의 곁으로 돌아오시오. 국가의 주석지신이 과인을 항시 가까이서 보필해야 하거늘 어찌하여 낙향하여 책임없이 지내려고 하오. 거듭 간곡히 당부하는 바이니 즉시 상경하오.

그러나 박문수는 응하지 않았다.
이미 여름이 가고 가을로 접어들 무렵 박문수는 영조의 불같은 재촉을 받던 끝에 내키지 않는 마음으로 서울로 향했다.

선단(仙丹)으로 영조의 두통을 낫게하다.

영조 28년

낙향해 지내던 박문수는 영조의 거듭된 독촉을 받고 9월이 되자 서울로 돌아왔다.

영조는 박문수에게 지돈녕(知敦寧)을 제수하였다.

그무렵 궁중에는 모처럼 경사가 있었다.

세자빈 홍씨가 얼마전 다시 옥동자를 낳았다.

이름을 성(祥)이라고 지었다.

세손의 탄생과 관련된 재미있는 태몽이 전해온다.

사도세자는 어느날 밤에 자다가 용꿈을 꾸었다.

여의주를 입에 문 용이 세자의 품으로 날아들었다.

잠에서 깨어났으나 하도 꿈이 생생하여 비단폭에다 용의 모습을 그렸다.

그리고 옆에 잠든 혜빈 홍씨를 깨워 꿈이야기를 들려준 후,
"빈궁, 아무래도 이 꿈은 태몽(胎夢)을 꾼 것이오. 장차 귀자(貴子)를 얻으려나 보오. 그러니 오늘 우리……"
세자가 빈궁의 손을 이끌자 수줍은 미소를 보이며 응하였다.
그후에 태어난 옥동자가 바로 세손이다.
태어난 세손은 과연 왕자답게 잘 생겼다.
그가 훗날 조부인 영조의 뒤를 이어서 24년간 재위에 있으면서 많은 업적을 쌓는 정조임금이 된다.

그해 10월이 되었다.
당시로서는 무서운 전염병이었던 홍역이 곳곳에 번지고 있었다.
'자라보고 놀란 가슴 솥뚜껑 보고도 놀란다'는 말처럼 먼저 세손을 잃었던 영조는 특별히 어명을 내렸다.
전염병이 감염 될까봐 세자빈 홍씨와 세손은 사람들의 왕래가 드문 낙선당(樂善堂)으로 거처를 옮기게 했다.
그리고 세자는 양정합(養正閤)으로 옮겨 따로 지내라고 명을 내렸다.
그만큼 세자를 부정스러운 대상으로 취급했던 것이다.
각별히 배려했으나 세손은 홍역에 걸렸다.
그러나 별탈없이 지나갔다.
그무렵 영조에게는 또 하나의 충격적인 비극이 엄습한다.
영조가 아끼고 사랑하는 화협옹주(和協翁主)가 세상을 떠났다.
화협옹주는 영성위(永城尉) 신광수(申定綏)에게 하가해서 살았었다.
그런데 어린나이에 갑자기 급병으로 세상을 떠난 것이다.
붙임성이 있고 싹싹하여 각별히 영조가 총애하였다.

세자의 친동생으로서 우애가 좋았다.
화협옹주의 죽음으로 인해 영조는 크게 상심하였다.
겨울이 되자 홍준해(洪準海) 이익철(李益哲) 등의 상소로 인해 영조는 크게 격노하였다.
대조와 소조로 분열된 영조와 세자 사이, 그틈을 타서 세력싸움을 벌이는 자들 때문에 부자지간이 더욱 악화되었다.
아직 나이가 어린 세자가 판단을 그르쳐 일을 그릇되게 처리하여 여론이 시끄럽게 들끓었다.
그일로 인해 영조는 더욱 세자를 미워하게 되었다.
문제가 발단한데 대해 세자는 엄동설한인 데도 불구하고 선화문에서 맨땅에 석고대죄(席藁待罪)하고 부왕의 용서를 구했다.
그러나 영조의 진노는 갈아앉지 않았다.
"경들은 들으시오. 이번 당파 싸움의 원인을 유발시킨 당사자들과 일 처리를 잘못한 세자를 중죄로 다스릴 것이니 각자의 의견을 말하오."
"전하, 하교하신 어명을 거두어 주소서."
신하들이 영조의 눈치를 살피면서 간청했으나 완강히 배척하였다.
"전하, 신이 전하를 섬긴지 여러해 되었지만 지금처럼 너무 지나친 명령을 내리신 적이 없습니다. 전하께서 노기(怒氣)에만 치우쳐 무리하게 행하신다면 성덕(聖德)에 누가 될 것이옵니다. 전하께서는 겉으로는 탕평을 내세워 당쟁을 막고자 하지만 매사에 확고부동한 일관성이 없어 분쟁을 일삼는 무리들이 그치질 않습니다. 그런데 전하께서는 간사한 자들의 말에 현혹되어 그런 자들을 충신이라고 여기고 신과 같이 직언하는 사람을 배척하시니 그것이 문제입니다. 이번 일을 거울삼아 간사한 무리들을 과감히 배척 하소서."

박문수의 말끝에 또 한차례 벌집을 쑤신 것처럼 요란스러웠다.
영조는 크게 진노하여 소리쳤다.
"다들 그만 물러가시오. 어서!"
용상을 치면서 일어나 어보를 옮기다가 약간 비틀거리자 곧 내시들이 달려 가서 부액하였다.

유난히도 혹독하게 추운 날씨였다.
살갗을 에이는 듯한 추위, 눈보라 속에 세자는 무릎꿇고 석고대죄 중이었다.
시간이 오래 지날수록 온몸이 얼어들어 뻣뻣해졌다.
추위에 떨다가 이젠 헛소리까지 했다.
세자빈 홍씨는 남편을 그대로 두었다가는 죽을 것 같아 중전 서씨에게로 달려가서 사정을 고하였다.
그무렵 중전은 몸이 불편하여 자리에 누워 지냈다.
"중전마마…… 세자께서 이 엄동설한에 석고대죄 중입니다. 이미 온몸이 얼어 정신을 잃기 직전입니다…… 살려주소서. 중전마마……"
"아아, 이거 큰일났구나…… 내가 이러고 있을 때가 아니다. 상감마마께 가서 여쭈어야지……"
중전 서씨는 세자가 어렸을 때 손수 길렀기에 생모인 영빈 이씨보다 더욱 세자에게 정을 쏟았고 세자 역시 그러하였다.
중진은 불편한 몸으로 영조에게 나아가 울먹이면서 애원하였다.
"전하, 이 추운 날씨에 세자가 석고대죄 중이랍니다. 제발 용서하소서. 그대로 두면 큰일납니다…… 어서 통촉 하소서."
"중전은 왜 나서는 게요. 이번일에 끼어들지 마시오. 그놈이 살든 죽든 알바 아니오."

"상감마마…… 하나 밖에 없는 세자에게 어쩌면 그리로 박정하게 대하십니까? …… 아직 나이가 어린 탓이니 제발 용서하소서."
"허허…… 웬 말이 그리도 많소. 중전은 어서 물러가시오."
영조의 완강한 거부 앞에 중전은 어쩔 수 없이 물러나왔다.
다급한 김에 대왕대비를 찾아가 도움을 요청하기로 했다.

"어서 오시오, 중전."
"대비마마…… 대비마마……"
중전은 다급하여 말끝을 잇지 못한다.
"중전, 왜 그러시오. 도대체……?"
"대비마마, 세자, 세자가 이 추운 날씨에 상감마마의 용서가 있을 때까지 석고대죄 중이랍니다. 지금 온몸이 얼어서 명재경각이랍니다. 살려 주소서."
"무엇이라고요? …… 중전, 어서 갑시다."
대왕대비는 서둘러 중전을 따라 세자가 석고대죄 중인 선화문 쪽으로 향했다.
중전 서씨는 인정이 많고 심성이 고왔다. 세자가 위험한 상태에 처하자 너무나 당황하였다.
심장이 뛰고 다리가 후둘거려 급히 걸음을 옮기다가 발을 헛딛어 계단 아래로 굴러 넘어졌다.
"중전……"
"중전마마……"
대왕대비, 나인들이 급히 쫓아가 팔다리를 주무르고 한바탕 소동을 벌인 후 곧 깨어났다.
정신을 차린 중전은 자신의 몸은 돌보지 않고 그대로 세자에게로 서둘러 갔다.

세자는 눈보라에 묻혀 숨이 멎어지기 직전이었다.
중전 서씨는 급히 달려가 세자를 잡아 일으켰다. 그러나 세자는 온몸이 얼어 운신하기 조차 어려웠다.
"세자, 이 무슨 변고이냐. 어서 일어나거라."
대왕대비의 말에 이어서 중전 서씨도 애원하듯 말했다.
"할마마마…… 어마마마…… 아바마마께서 용서치 아니하는데 이 몸 살아서 무엇하겠습니까……"
이미 말소리조차 분명치 못했다.
대왕대비가 서둘러 어전으로 향했다.
어서 세자를 용서하라고 영조에게 촉구하니 차마 거절할 수가 없었다.
얼어죽기 직전에 중전 서씨와 대왕대비의 도움으로 겨우 목숨을 건진 세자는 정신이 가물가물 하였다.
온몸에 한기(寒氣)가 들어 몸이 얼음장처럼 싸늘하였다.
세자빈 홍씨는 서러웠다. 한없이 서러웠다. 장차 세자가 보위에 오르면 국모가 될 몸이다.
세손까지 낳은 데다가 친정아버지 홍봉한도 그무렵 벼슬이 올라 어영대장 직책에 있었다.
그러나 시아버지와 남편의 불화로 인해 한시도 마음 편할 날이 없었다.
장차 자신에게 닥쳐올 운명에 대해 막연한 불안감을 느꼈다.
세자빈은 어서 남편이 건강을 되찾게 해달라고, 부자지간에 화목하게 지낼 수 있게 해달라고 천지신명에게 빌고 빌었다.
얼어죽기 직전에 놓인 세자의 싸늘한 온몸을 어루만지며 한없이 울었다.
세자빈이 흘리는 뜨거운 눈물이 아직도 정신을 제대로 못차리는 세자의 뺨위에 방울방울 떨어지자 세자가 비로소 눈을 떴다.
"빈궁, 울고 있구려. 정말 미안하오."
세자가 빈궁의 손을 살며시 쥐었다.
"마마, 정신이 드시옵니까? 소첩은 얼마나 애타고 가슴 졸였는지……"
"나같은 놈 살아서 무엇 하겠소. 나는 제명에 못죽을 것 같소."
"마마, 무슨 그런 말씀을 하시오니까? 소첩과 세손은 어찌하라구요……."
"휴우…… 난들 별수가 없소…… 장차 큰 걱정이오. 나는 무섭소. 밤마다 꿈을 꾸면 사약 받고 죽었다는 희빈 장씨가 악귀가 되어 날 저주하고 괴롭히오. 그러면 정신이 산란해져 마음을 걷잡을 수 없소. 낮으로는 또 아바마마가 범처럼 무섭소……"
"마마, 심신이 허약해진 탓입니다. 부디 심기를 편히 지니소서. 의원에게 진맥하여 탕제를 지어 올리게 하겠습니다."
"아서요. 빈궁…… 나는 모두가 겁나오. 아무래도 제명에 못죽을 것이오."
"제발 그런 말씀 마소서. 흑흑……"
"빈궁…… 미안하오."
"마마…… 중전마마께서 마마를 지나치게 걱정하셔서 급히 서둘다가 다치셨고 병세가 나빠졌다고 합니다."
"빈궁, 나는 불효한 놈이오. 사실 아바마마께는 정이 안가오. 그러나 어마마마(중전)께 불효를 끼치니 너무나 가슴 아프오."
세자빈은 남편의 말에 연민의 정을 느꼈다.
세자는 진실로 중전의 사랑에 목이 메었고 불효를 끼친 데 대해 한스러웠다.
빈궁 홍씨는 동사 직전에 겨우 깨어난 세자의 한기 든 몸을 주무르며 억장이 무너지는 듯한 비통한 심사에 젖었다.

그무렵 영조는 심한 두통에 시달리고 있었다.
신하들은 모이기만 하면 파당을 지어 서로 싸우고 세자가 자신의 눈에 거슬리는데 대해 생각만 하면 가슴이 답답하고 머리가 지끈거렸다.
그러나 영조는 약을 진어하기를 회피하였다.
중전 서씨가 병약한 몸으로 어전에 나와 아뢰었다.
"마마, 어서 진의를 불러 진맥케 하시고 탕약을 진어하소서"
"중전 몸도 몸도 불편한데 왜 나오셨소. 어서 가서 몸조리나 하시오."
"마마, 그러다가 용체가 상하시면……"
"듣기 싫소. 중전, 그때 그까짓 놈(세자)도 사람이라고 감싸려다가 중전이 병이 덧쳤다면서요?"
"아니옵니다. 마마. 신첩은 괜찮으니 제발 탕제를 진어하소서."
"어서 가시오. 중전이나 건강에 유의하구려. 아이구……으윽…… 또 머리가 지끈거리는구료."
영조는 용안을 찌푸리면서 두 손으로 마리(머리)를 감싸고 신음하였다.
영조의 두통은 점점 심해졌다.
그러나 영조는 한사코 의원과 약을 거부하였다.
영조가 약을 기피하는 데는 주위에 내한 지나친 불신 탓이었다.
그리고 마음에 안드는 신하들에 대한 일종의 시위 수단이기도 했다.
선조나 소현세자, 경종 등이 독살 되었다는 설(說)을 들은 바 있는 영조는 항상 주위를 의심했다.

영의정 김재로(金在魯)가 어전에 입시하여 전의를 부르라고 간청하였다.

"전하, 어서 전의를 들라하여 두통을 치유하소서."

그러나 영조는 한사코 거절하였다.

김재로는 도제조 김약로(金若魯)에게 일러 영조의 병을 살피게 했다.

그러나 영조는 끝까지 물리쳤다.

그때 박문수는 어전에 나아가 진언하였다.

"전하, 신 박문수 눈물을 머금고 아뢰옵니다. 전하께서 기력이 점차 쇠약해지는데 어찌하여 용체를 돌보지 않사옵니까? 신이 듣자니 그동안 성심(聖心)이 격로하여 탕제를 진어하시지 않으신다고 하니 이 어인 까달입니까?"

"영성군, 경마저 내 심사를 몰라준단 말이오? 나의 뼈아픈 빌미(잘못 일어나는 神의 장난)는 당습(黨習) 때문에 생긴 것이오. 과인은 절대 약을 아니 들겠소."

"전하 제발 신의 충정을 들어주소서. 신은 전하께서 동궁에 계실 때부터 지금까지 모셔 왔사옵니다. 신이 서울로 오기 전에 이인을 만나 선단(仙丹)을 얻어 왔사옵니다. 부디 이 선단을 진어하소서."

박문수의 눈물어린 간청이 거듭되자 영조는 마음의 변화를 보였다.

"영성군이 내놓은 약이 어떤 것인지는 몰라도 냄새가 아주 향기롭구려. 냄새만 맡아도 머리가 맑아지는 것 같소. 과인도 영성군의 주청을 따를 것이니 다시는 벼슬에서 물러난다는 말을 꺼내지 마오."

"전하, 성은이 망극하옵니다."

박문수가 가야산에서 이인으로부터 받은 선단을 복용한 영조는 두통이 씻은 듯이 가셨다.
 참으로 신비하고 효험이 있는 선단이었다.

충신의 눈물

영조 29년.
정월에 판돈녕(判敦寧)으로 제수되었으나 한사코 사직을 표하였다.
그리고 광주(廣州)의 소천으로 내려갔다.
그러나 영조가 거듭 부르니 다시 서울로 올라왔다.
그해 3월.
임진왜란 때 의병을 일으켜 국가에 큰 공을 세운 곽재우(郭再佑) 장군의 후손을 등용시켰다.
박문수가 그동안 청원했던 사항인데 임금이 결정을 내리니 한없이 기뻤다.
그무렵 세자는 일반인들이 이해하기 어려운 행동을 자주 하였다.
사람들이 보는 데서 옷을 벗어 팽개치면서 심통을 자주 부렸다.

충신의 눈물 153

영조 29년 해가 저물어가는 때이다.
세자 때문에 영조는 심기가 매우 뒤틀려 있었다.
그동안 대조(大朝)와 소조(小朝)로 나뉘어져 세자가 대리 기무를 하는 과정에서 국론이 분열되는 조짐이 나타났다.
박문수가 예측했던 그대로였다.
어린 세자에게 너무 일찍 권력이라는 태풍권에 이끌어들인 것이 탈이었다.
그동안 음으로 양으로 크고 작은 문제가 발생하였다.

12월 15일.
영조는 종2품 이상의 대신들을 불러놓고 이렇게 폭탄선언을 했다.
"다들 들으시오. 과인이 오늘 경들을 모이게 한 것은 세자에게 전위(傳位)하려는 것이오. 이제 과인도 60이 되었소. 만약 이 문제에 대해 반대하는 사람이 있다면 누구를 막론하고 중벌에 처할 것이오. 이미 대비께서도 알고 계시니 즉시 거행하오."
영조의 태도가 워낙 강경하니 신하들이 숨도 크게 못쉬고 눈치만 살핀다.
그때 이정당상(釐正堂上) 자리에 있던 박문수가 강경한 어조로 반대하고 나섰다.
"전하, 절대로 아니됩니다. 하교하신 어명은 부당하여 봉행할 수 없으니 어서 어명을 환수 하소서."
영조는 박문수를 노려보면서 격앙된 표정으로 소리를 높였다.
"영성군은 무엇 때문에 어명을 거역하오?"
"전하, 신하된 자는 임금의 처사가 옳지 못할 때는 목에 도끼가 박히더라도 기꺼이 극구 직간하여 막아야 하는 것입니다. 신이 부당하다고 반대하는 까닭을 말씀드리겠습니다. 전하께서는 아직 국사를 다루는데 지장이 생길만큼 건강이 나쁘지 않습니다. 세자 저하의 보령이 아직 유충한데 전위 하시면 경륜이 미숙하고 판단 능력이 부족하여 폐단이 생기고 국론이 분열됩니다. 그러니 신 등은 전하의 어명을 봉승(奉承)할 수 없사옵니다."
　영조는 크게 노하여 용상을 치며 일어났다.
　"지금 과인의 뜻을 꺾겠다는 것은 모두 자신이 속한 당파와 자신의 권력 판도를 쫓을 속셈 때문이 아닌가?"
　박문수도 물러서지 않고 반론을 제기했다.
　"전하, 신 등이 어명을 지금 봉승하면 임금을 위협하는 결과가 따를 것입니다. 그러한 폐단을 사전에 미리 막자는 것입니다."
　"영성군은 임금의 뜻을 강제로 꺾고 임금을 위협하려 드는가?"
　"전하, 전하께서 세자 저하께 전위하시면 반드시 고충과 부담이 가중되어 사이가 이간되고 세력을 쫓아 다니는 것들이 쉬파리처럼 들끓어 나라가 망할 것입니다. 부디 어명을 거두어 주소서."
　박문수의 정곡을 찌르는 강경한 직언을 듣고 영조는 자리에서 발을 구르며 소리쳤다.
　"영성군은 임금의 뜻을 강제로 누르려고 드니 엄벌로 다스릴 것이다. 다들 물러가라. 어서!"
　영조는 이성을 잃은채 체면도 잊고 소리소리 질러댔다.
　영조와 박문수는 영조가 세제로 지낼 때부터 지금까지 지내왔다.
　그동안 바늘과 실처럼 가까우면서도 여러번 강경하게 대립하였다.
　영조가 전위를 하겠다고 했던 원인중에 이런 일들이 크게 작용하였다.
　그무렵 세자는 부왕 영조가 너무 엄하고 무조건 윽박지르는데 기가 죽었다.

부왕이 무서웠고 혼날 때이면 대비전에 나아가 자신의 심사를 하소연했다.

얼마 전에도 영조에게 혼날 때 대비가 나서서 구원해 주었다.

영조는 보위에 오를 때에도 인원황후인 대비의 도움을 받았다.

여러모로 대비를 소홀히 대할 수 없다.

그래서 얼마전 세자 문제를 의논하고자 창의전에 들린 적이 있다.

인사를 주고 받은 후 이런저런 이야기 끝에 대비가 먼저 이렇게 당부했다.

"주상, 세자를 너무 엄하게 다루지 마세요. 그러다가 큰일납니다."

영조는 심기가 매우 뒤틀렸다.

행여 세자가 대비전에 드나들며 그 추종자들과 결탁하여 빨리 나를 몰아내고 보위에 오르려는 것이 아닐까?

부쩍 의심이 생겼다.

영조는 대비의 마음을 떠보기로 했다.

"이제 국사에 지치고 60줄에 접어 들었으니 세자에게 전위하고자 합니다. 어찌 생각하시는지요?"

대비는 귀가 멀어서 무슨 말뜻인지 제대로 알아듣지 못하고 이렇게 대답했다.

"국정에 관한 일은 아녀자가 어찌 알겠습니까. 주상이 알아서 하셔야지요."

영조는 더욱 의심이 생기고 불쾌했다.

창의전에 다녀온 다음날 영조는 곧 세자에게 전위하겠다고 공표

했던 것이다.
 의심 많고 열등감이 심한 영조는 그 일로 인하여 심사가 매우 뒤틀려 있었기에 억하심정이 역으로 폭발하였다.
 한편 부왕 영조가 자신에게 전위하겠다는 교지를 내렸다는 소식을 듣고 세자는 충격을 받았다.
 세자는 영조의 성질을 알고 있었다.
 그 내면에는 분명히 자신에 대한 분노와 불신이 작용했다는 것을 짐작하고 있었다.
 세자는 허둥지둥 춘방관에 들렀다.
 자신은 전혀 전위 받을 의사가 없다는 것을 누누히 밝히고 승지에게 대신 부왕에게 전해 달라고 눈물로 애원했다.
 그러나 노한 영조의 마음을 풀길 없었다.
 세자는 식음을 전폐하고 또다시 엄동설한에 성벽 밑에 거적을 깔고 대죄하였다.
 부왕에게서 아무런 반응이 없으니 식음을 전폐하고 자신이 부왕에게 알게 모르게 저지른 잘못을 빌었다.
 그래도 소용이 없자 세자는 성벽에 머리를 짓찧어 유혈이 낭자하였다.
 "세자 저하……!"
 "저하, 이러지 마옵소서."
 "망극하여이다. 저하……"
 세자빈 홍씨를 비롯하여 상궁, 나인들이 그 참혹한 몰골을 보고 모두들 울면서 만류했으나 세자는 막무가내였다.
 세자의 정경을 전해 듣고 박문수는 비장한 결심을 했다.
 조상 신위에 자신의 뜻을 고하고 집을 나섰다.
 자신이 유배를 가거나 죽음을 당하더라도 기어코 임금에게 나아가 직언을 하기로 했다.
 영조는 창의궁(彰義宮)에 들어가 대문을 닫고 세자에게 전위하는 의식을 거행하라고 거듭 재촉하였다.
 신하들은 두려워 하면서 어명을 거두어 달라고 간청했다.
 영조는 불같이 더욱 노하여 소리쳤다.
 그때 박문수가 나아가 직언하였다.
 "전하, 결코 전하의 어명을 쫓을 수 없습니다. 기어이 강행 하시겠다면 먼저 신을 벌하신 후에 거행하소서."
 영조는 더욱 성이나서 특별한 교(敎)를 내렸다.

   대신들은 멀리 유배보내고 중신들을 모두 성밖으로 내쫓아라.

 박문수는 그날로 성밖으로 나가서 땅바닥에 엎드려 영조의 처분을 기다렸다.
 박문수는 대죄하기에 앞서 이런 내용의 상소를 올렸다.

   전하, 신 박문수는 죽는 한이 있어도 전하의 전위를 막고자 합니다. 듣자니 세자 저하는 이 엄동설한에 식음을 전폐하고 대죄 중이랍니다. 만약 전하께서 전위하랍시는 어명을 환수하지 않으시면 스스로 자진 하겠다고 성벽에 머리를 부딛쳐 상처가 심해 유혈이 낭자하다고 하옵니다.
   이러한 판국에 신이 어찌 일신의 안일을 노모하여 직언을 망설이겠습니까. 어서 어명을 거두어 주소서.

 늙은 충신 박문수가 써 올린 눈물에 얼룩진 상소를 대한 후 영조는 비로소 반응을 나타냈다.

"아아, 어찌하여 영성군은 번번이 과인의 뜻을 꺾고야 마는가. 어명을 거둘 것이니 모든 신하들은 즉시 돌아오고 세자는 동궁으로 돌아가 쉬도록 일러라."

결국 영조가 어명을 거두자 주위 사람들이 이렇게 말했다.

"아아, 충신의 눈물이 요지부동인 임금을 꺾었구나!"

그때 만약 영조가 전위를 했더라면 엄청난 파장, 평지풍파가 일어났을 것이다.

형식으로 전위한 후 영조는 눈에 거슬리는 대상들을 모조리 처단할 속셈이었다.

태풍은 지나갔지만 언제 다시 불어닥칠지 모르는 불안의 요소는 그냥 남아 있었다.

세자는 성벽에 머리를 찧어 심하게 피를 흘린 후부터 행동이 이상해졌다.

밤에 자다가도 벌떡 일어나 허공을 보고 비명을 지르는가 하면 귀신이 나타났다고 소동을 부렸다.

그럴 때마다 세자빈은 가슴이 덜컥 내려앉았고 불안감에 휩싸였다.

남편의 정경이 한없이 가여웠다.

세자는 학질 걸린 사람처럼 덜덜 떨기가 일쑤였다.

세자와 부부가 되어 함께 살면서 어린 나이에 그런 모습을 지켜보아야 하는 세자빈의 마음은 한없이 착잡하였다.

세자의 병세가 발작할 때마다 문득 문득 죽고 싶은 심정이었다.

그러면서도 한없이 측은하여 눈물이 났다.

세자는 무엇이 그리도 무서운지 항시 공포감에 떨었다.

학문을 멀리하면서 미신에 깊이 빠졌다.

점치는 복술서(卜術書)나 옥추경(玉樞經)을 탐독하였다.

엉뚱한 짓들만 했다.
 그런 중에도 다행히 세손이 별탈 없이 자라서 그것만이 유일한 위안이었다.
 영조는 그무렵 박문수에게 다시 탁지정례를 시행하는데 관한 일을 맡겼다.
 박문수는 병조판서 김상성(金尙星) 어영대장 홍봉한(洪鳳漢)과 협조하여 탁지정례 시행에 관해 많은 점을 개선시켰다.
 홍봉한은 세자빈의 아버지이고 세자의 장인이다.
 특히 그는 박문수를 존경하고 따랐다.
 박문수는 주어진 임무를 훌륭히 마친 후 다시 벼슬에서 물러나기를 간청하였다.
 그러나 영조는 받아주지 않았다.
 그무렵 공조판서(工曹判書) 조관빈(趙觀彬)이 영조가 박문수를 지나치게 신임하는 데 대해 반감을 갖고 엉뚱한 트집을 잡고 비방하였다.
 박문수는 그동안 오래 시달리고 지쳤기에 영조가 허락하지 않은 상태에서 시골로 향했다.
 영조가 거듭 불렀다.

  영성군에게 이르오. 지금까지 경이 오랫동안 걸쳐 많은 폐단을 개혁시켜 왔소. 과인은 백성을 위해 경이 절대 필요하니 어서 오시오.

 그러나 박문수가 오지 않으니 병조판서 김상성이 이렇게 아뢰었다.
 "전하, 영성군이 저술한 책자에 전하의 친필을 붙여 보내시면 그가 움직일 것입니다."
 "하하하, 병판의 생각이 그럴 듯 하오."
 결국 영조의 거듭된 소명을 받고 박문수는 상경하여 정원(政院)을 찾았다.
 임금 앞에서 또다시 이렇게 아뢰었다.
 "전하, 이제는 신이 물러가 쉬도록 윤허하소서. 비록 물러난다고 해도 전하께서 백성을 위한 일에 필요하시다면 곧 달려와서 최선을 다할 것입니다."
 "영성군은 들으시오. 우리는 오랜 세월을 두고 이제 같이 늙었소. 국가의 공신으로서 계속 진언을 바라오."
 "전하, 신은 얼마전 세자저하가 세상 떠난 화협옹주(和協翁主)를 위해 제문을 지은 것을 보았습니다. 이제 학문이 크게 진보되었습니다. 꾸준히 학문을 닦고 제왕의 자질을 쌓게 하시면 좋은 결과가 있겠습니다. 전하, 덕망과 학식이 높은 인물에게 세자 저하의 훈육을 맡기시는 게 좋겠습니다. 그리고 아울러 드릴 말씀이 있습니다. 제왕(帝王)의 가법(家法)은 엄격한 것이라고는 하지만 부자지간에 반드시 엄격한 것만 좋은 것이 아닙니다. 전하께서는 앞으로 세자 저하에게 좀더 부드럽게 대해 주시기 바랍니다."
 "세자는 너무 비뚤어져 염려스럽소."
 "아닙니다. 앞으로 너그럽게 대하여 세자저하의 기를 펴도록 하시는 것이 바람직스럽습니다."
 "지금 원량(元良=세자)의 나이 열아홉이 되었소. 그런데 아직 성문 밖을 나가지 못해 세상 물정을 너무 모르고 있소."
 "전하, 이다음에 전하께서 행행(行幸=임금이 궁밖으로 납시는 일) 하실때 세자 저하도 동반케 하심이 좋겠습니다. 전하, 신은 전하와 저하의 사이가 화목하기를 바라고 있습니다. 신이 비록 초야로 가더라도 그점을 꼭 당부 드립니다."
 "알겠소. 과인이 어찌 경의 충언(忠言)을 아니 듣겠소. 다만 시골로 가겠다는 말은 이후엔 꺼내지 마시오."
 "전하, 용체가 전만 못하시오니 각별히 건강에 유념하소서."
 "과인은 당쟁의 와중에서 마음 편할날 없소. 경마저 없었다면 지금까지 버티지도 못했을 것이오."
 "전하, 그동안 너무 강직한 직언으로 진언을 할 때마다 어심을 상하신 줄 아옵니다. 신의 잘못이 크옵니다."
 충신 박문수의 눈에서 뜨거운 눈물이 흐르니 영조도 용안에 낙루가 비치면서 외면하였다.

세자의 비행은 거듭되고……

 이미 부왕 영조의 눈밖에 난지 오래이건만 세자는 점점 성격이 거칠어졌다.
 세자는 그즈음 주색잡기에 재미를 들이고 있었다.
 주방 나인을 겁탈한 후에도 닥치는대로 솔개미가 병아리를 낚아채듯 욕정의 대상을 발견하면 무조건 겁탈하였다.
 어느날 동궁전의 나인이 세자의 옷을 갖다 바쳤다.
 "왜 이따위 옷을 갖고 왔어? 난 이런 것 안 입어."
 세자가 옷을 팽개치자 어린 나인은 겁에 질려 발발 떨었다.
 "애야, 너 곱게 생겼구나. 몇살이냐?"
 "예, 열다섯 살이옵니다."
 울음이 섞인 목소리로 겨우 대답했다.
 "너도 그나이가 되었으면 사내가 그립겠지. 내가 너에게 자선을 베풀겠어."
 세자가 나인을 잡아채니 힘없이 나둥그라진다.
 그 사품에 나인의 넙적다리, 희디흰 속살이 언뜻 드러난다.
 "이년아, 사내맛을 보여주겠다는데 왜 그러고 있느냐. 냉큼 옷을 벗어라."
 "세자 저하……"
 "어서 벗지 못할까?"
 세자가 거칠게 저고리를 잡아채니 옷고름이 뜯어지면서 탐스럽게 부풀어 오른 젖가슴이 그대로 드러났다.
 "이년, 어서 아래도 벗어라."
 "세자 저하…… 제발……"
 "너 오늘 죽고 싶으냐? 엉!"
 세자는 강제로 연약한 나인의 아랫도리를 벗긴 후 무자비하게 짓이기기 시작했다.
 "아아악……"
 나인은 통증을 느끼고 고통스러운 신음을 토하였다.
 나인이 아랫도리를 움츠리며 몸을 비틀자 세자의 주먹이 옆구리로 날아들었다.
 "으아악!"
 나인의 동작이 갑자기 멎어지며 축늘어졌다.
 세자는 욕정을 채운 후 일어나서 허리춤을 추슬렀다.
 바로 그때 김칠싱궁과 나인이 지나시다가 그 광경을 목격했다.
 기절한 상태에서 축 늘어진 나인의 드러난 아랫도리에는 피가 흘러나왔다.
 세자가 휭하니 어디론가 가버린 후 상궁과 나인들이 겁탈당한 나인의 아랫도리를 추슬러 올리고 바닥에 묻은 핏자국을 닦아 내었다.

　세자는 차츰 그런 짓에 재미를 붙였다.
　어느날 저녁 무렵이었다.
　연못가에서 고기에게 모이를 주는 나인의 모습이 눈에 띄었다. 노랑 저고리에 긴 주름치마, 빨간 댕기가 한들거리는 것이 아주 귀엽게 보였다.
　"애야, 이리 오너라."
　세자가 부르자 잘 듣지 못했는지 주위를 두리번거린다.
　"이리 오라고 했다. 어서!"
　세자가 호통을 치자 어린 나인은 겁먹은 표정으로 주춤거리며 다가왔다.
　"너는 내말이 안들리느냐. 감히 거역할 셈이냐?"
　"아, 아니옵니다. 세자 저하……"
　"지금부터 내가 묻는 말에 사실대로 고하여라. 네 성은 무엇이며 몇살이냐?"
　"예, 천한 나이 열다섯이옵고 성은 임가라고 합니다."
　"고것 제법 귀엽고 토실토실 하구나. 너는 사내 맛을 아느냐?"
　"……"
　"어서 대답하지 못할까!"
　"아……아직 모르옵니다."
　"제법 엉덩짝이 퍼진 것으로 봐서 직접 남자는 못겪어도 '맷돌부부나 가시버시 놀음질'은 해보았겠지? 사실대로 고하여라. 내가 조사하면 당장 알 수 있다. 어서……"
　"……세……세자저하…… 쇠…… 쇤내는 다만……"
　"어허, 너 죽고 싶으냐!"

세자가 엄포를 놓자 어리고 순진한 나인은 이렇게 대답했다.
"저어…… 같이 지내는 궁녀 언니들이 이따금 이쁘다면서 장난치느라고 가슴을 만진 적이 있사옵니다."
"그래서 기분이 어땠느냐?"
"부끄러웠고 기분이 이상 했습니다."
"오냐, 내가 너에게 오늘 사내 맛을 가르쳐주마. 이리 오너라."
세자는 나인의 손을 잡아끌면서 맞은 편에 보이는 헛간으로 갔다.
역시 그곳에서 나인 임씨도 세자에게 무참히 정조를 유린당했다.
나인으로서는 세자의 명을 거역할 수 없었다.
그날 이후로 세자는 계속 나인 임씨를 자신의 놀이개로 삼았다.
얼마후 어린 나인은 임신을 하게 되었다.
궁중에서 나인이 임신을 하면 중벌을 면치 못한다.
그러나 상대가 세자이기에 어쩔 수가 없었다.
자꾸만 배가 불러오고 헛구역질이 났다.
어린 나인은 혼자서 고민하다가 자살하려고 연못에 뛰어들었다.
마침 지나치던 상궁에게 발견되어 목숨을 건졌다.
자살하려 했던 원인을 캐묻자 나인 임씨는 울면서 사실을 털어놓았다.
혜경궁 홍씨는 은밀히 그 사실을 확인하고 세자의 소행인 것을 알았다.
이러한 경우 대부분 억울한 혐의를 씌워 멀리 내쫓거나 죽이기도 한다.
그러나 세자빈은 심성이 착했다.
세자빈은 고민하던 끝에 세자의 생모인 영빈 이씨를 찾아갔다.
은밀히 그 사실에 대해 논의했으나 별다른 방법이 없었다.

그무렵 세자는 나인이나 궁녀들에게 걸핏하면 화를 내고 주먹질, 발길질을 하여 모두들 기피하고자 했다.

한편 나인 임씨의 배가 나날이 불러왔다. 결국 다음해 아들을 낳게 되는데 그는 은언군(恩彥君) 인(䄄)이다.

나인 임씨는 다시 아들을 낳게 되는데 그가 바로 은신군(恩信君) 진(禛)이다.

세자는 부왕 영조와 마주치기 싫어서 문안 인사도 빠지고 강연(講筵)에도 자주 빠졌다.

영조에 대한 일종의 반항심리, 간접 시위에서였다.

그러한 와중에서 누구보다도 곤혹스러운 사람은 혜경궁 홍씨였다.

고민을 거듭하던 중 친정 아버지 홍봉한을 만나 세자에 관한 문제를 토로하였다.

홍봉한의 당시 관직은 어영대장이었다.

"빈궁마마…… 이럴 때일수록 은인자중 하소서. 세손이 있으니 의지하고 지내시면 좋은 날이 올 것입니다. 우선 영성군 대감에게 협조를 구할 것이니 너무 심려치 마소서."

홍봉한은 자신이 존경하는 영성군 박문수에게 은밀히 협조를 구했다.

"대감, 전하께서 이 사실을 아시는 날엔 불호령이 내릴 터인데 어찌하면 좋겠습니까?"

"참으로 듣고보니 난감 하구려. 어영대장은 맡은 바 직무에 충실하시오. 대궐을 지키는 대장으로서 자칫하면 상감마마의 오해를 받을 수도 있으니 매사에 신중하게 행동하시오. 만약 무슨 일이 생긴다면 최선을 다해 돕겠소. 나도 세자를 만나 앞으로 부왕의 심기를 해치는 행동을 삼가해 주길 진언하겠소이다."

"고맙소이다. 대감"

홍봉한은 허리를 굽혀 박문수에게 고마움을 표하면서 손을 굳게 잡았다.

세자는 전부터 박문수를 존경하고 따랐다.

박문수는 세자를 찾아가 조용히 훈계하였다.

"세자 저하, 신이 듣자니 요즈음 전하께 문후 올리는 것도 빠지고 헛된 일에 정신을 쏟는다고 합니다. 장차 성군이 되자면 인격 도야에 힘쓰고 학문에 정진하며 성현들의 가르침을 배우고 실행함이 옳을 줄 압니다. 전하께서 세자 저하를 지나치게 억누르시니 섭섭할 때도 계실 것이오나 그것은 오히려 양약이 될 수도 있습니다. 노신(老臣)은 그것이 항시 염려스럽습니다."

"대감의 말씀은 옳으십니다. 그런데 아바마마께서는 왜 그렇게 사사건건 날 미워 하시는지, 대하기가 싫습니다. 한 번씩 마주치고 나면 속에서 심화가 끓어오르고 미칠 것 같습니다. 나도 왜 그러는지, 걷잡을 수가 없습니다."

"그럴수록 마음을 가다듬고 더욱 효도의 근본을 지키셔야 합니다."

"아닙니다. 아니예요. 아바마마께서는 날 자식으로 취급하지 않아요. 아마도 지금이라도 다른 왕자가 태어난다면 나를 폐하실 것입니다. 나는 아바마마가 무섭습니다."

"세자 저하, 망극 하옵니다. 그런 말씀 절대로 하셔서는 아니 됩니다. 설마 그런 일이야 있겠습니까."

"아닙니다. 밤으로 잠자리에 누워 꿈을 꾸면 이따금 호랑이가 나를 덮치는데 아바마마로 변하기도 합니다……. 지금 내가 나이 스무 살이 코 앞에 닥쳤는데도 아직까지 능행(陵行)을 허락하지 않습니다. 이것도 나를 자식으로 여기지 않기 때문입니다. 나도 바깥 세상을 구경하고 싶습니다."
 "그점에 대해서는 신이 전하께 주청할 것입니다. 오로지 심기를 바로 지니고 장차 이나라의 성군이 되시기 바랍니다."
 박문수는 세자에게 간곡하게 당부한 후 돌아서 나오면서 이렇게 탄식했다.
 "아아, 수신제가 치국평천하라는데 저렇게 부자지간에 불신하고 반목하다가는 언젠가는 큰일 나겠구나!"

 그무렵 영조는 전대제학(前大提學)을 지낸 조관빈(趙觀彬)이 책문(册文) 만드는 일에 소홀했다고 극도로 성이났다.
 영조가 친히 나서서 문초하였다.
 임금은 역적, 또는 대역부도한 죄인의 경우에만 국문을 한다.
 그런데도 직접 나서서 어명을 내려 조관빈을 잡아 형틀에 묶어놓고 심문하였다.
 영조는 사랑과 미움에 대한 감정의 변화가 지나치게 심한 편이었다.
 임금이 진노한 것을 보고 대소신료(大小臣僚)들이 겁을 먹고 임금을 바라보지도 못하고 벌벌 떨고만 있었다.
 그때 박문수가 과감히 나서서 직언을 했다.
 "전하, 신 박문수 전하께 아뢰옵니다. 조관빈은 평소에 신과 사이가 좋지 않다는 것을 전하께서도 알고 계실 것입니다. 그러나 조관빈은 대학사(大學士)로서 중임(重任)한 사람입니다. 나라의 중신인 사람을 전하께서 어찌하여 늘 조그만 허물이 있다고 하여 이렇게 흉하게 다루십니까? 신은 차마 바라 볼 수가 없습니다. 임금의 성덕에 누가 되오니 어서 멈추어 주소서."
 영조는 극도로 흥분한 상태에서 박문수가 직언을 하니 숨을 크게 몰아쉬다가 이렇게 소리쳤다.
 "지금 영성군의 말은 타당하다. 그러나 임금에게 대하는 언행이 무엄하니 즉각 내쫓을 것이니라."
 "전하, 신은 쫓겨나거나 죽는 한이 있어도 다만 전하의 성덕(聖德)이 실추되는 것은 막아야 하겠습니다."
 영조는 잠시 생각하다가 결국 친국하는 것을 그치고 조관빈을 형틀에서 풀어주게 하였다.
 박문수를 내쫓겠다던 어명도 다시 환수하였다.
 그리고 박문수에게 좌참찬(左參贊) 벼슬을 제수하였다.
 그러나 박문수는 광주의 소천으로 돌아갔다.
 돌아가면서 박문수는 장만(張晩, 명종 21년 1566~인조 7년 1629)이 지은 시조 한수를 크게 외웠다.

　　풍파(風波)에 놀란 사공(沙工) 배팔아 말을 사니
　　구절양장(九折羊腸)이 물도곤 어려워라
　　이후란 배도 말도 말고 밭갈기만 하리라.

 위의 시조를 지은 장만은 인조 때 이괄의 난을 정충신(鄭忠信)과 평정시켰고 팔도 도원수(八道都元首) 및 병조판서를 지냈으며 죽은 후 영의정에 추증된 인물이다.
 그 역시 당파 싸움의 와중에서 한없이 고초를 겪었기에 위와 같은 시조를 지었던 것이다.
 위의 시조 내용을 풀이하자면 대충 이런 것이다.
 『바다에서 풍파를 한 번 겪고서는 크게 놀란 사공이, 다시는 배를 안타겠다고 마음 먹고 배를 팔아 말을 사서 부렸더니, 한없이 산길이 꼬불꼬불 하여 물길보다 가기 어렵구나. 이후에는 배로 말도 그만두고 농사나 지어야겠다.』

　위의 내용과 결부시켜 참고를 하자면 당파싸움이 심한 중에 벼슬살이를 하는 것에 대한 어려움을 풍자한 노래이다.

　풍파는 당파싸움, 배는 문관(文官) 말은 무관(武官)을 비유한 것으로 보인다.

　결국 문관이고 무관이고 당파 싸움의 와중에서 벼슬살이를 그만두고 시골에 돌아가 전원생활이나 하겠다는 내용이다.

　박문수의 당시 심정을 그대로 대변하는 시조였다.

나라에 참다운 신하가 없으니……

 시골로 낙향한 후 박문수는 옛 친구를 만나 산수를 완상하며 시를 읊기도 했다.
 모처럼 한가한 시간을 보낼 수 있었다.
 그러나 영조는 다시 거듭 불렀다.
 박문수는 그동안 왕이 불러도 응하지 않는다고 반대파들이 헐뜯고 비난했었다.
 어명을 받고 상경하니 영조는 마침 황해수사 신사언(申思彦)을 잡아다가 닥달하고 있었다.
 신사언은 직부에 태만하다는 혐의를 받고 잡혀온 것이다.
 영조는 친히 갑옷을 입고 대궐 문루에 올라서 병위(兵衛)를 갖추었다.
 어명을 내려 3군(三軍)에게 북을 치게 하고 채찍으로 신사언을 치면서 조리를 돌렸다. 조리 돌리는 것은 죄인을 여러 사람에게 보게 하여 경계하려는 뜻이었다.
 영조는 또한 공포를 쏘도록 명령했다.
 포성이 천지를 뒤흔드는 듯 요란했다.
 군왕으로서, 벼슬이 황해수사에 오른 신하를 잡아다가 손수 매질을 한다는 것은 지나친 처사였다.
 신사언은 영조의 채찍에 맞아 유혈이 낭자하여 보기에 참혹했다.
 그러나 누구도 간언하는 신하가 없었다.
 서로가 임금의 눈치를 살피면서 몸사리기에만 급급하였다.
 그때 시골에서 방금 올라와서 그 광경을 목격한 박문수가 나서며 직언했다.
 "전하, 신 박문수 또 다시 전하께 고언(苦言)해야 하겠습니다. 궁문(宮門)은 군문(軍門)과 다르옵니다. 그런데 전하께서는 갑옷투구를 쓰고 신하가 죄를 지었다고 채찍으로 때려서 피를 흘리게 하시니 참으로 보기에 민망스럽습니다. 그리고 마치 전쟁터에서 장수가 하듯이 북을 쳐라, 포를 쏘아라 명령하시니 이 어찌된 일이옵니까? 더구나 종묘가 가까운 이곳에서 포를 쏘아대니 이것은 그릇된 처사이옵니다. 지금 주위에서 잘못된 줄을 알면서도 모른채 신하들이 외면하고 있습니다. 그러니 이번을 계기로 일정한 규범을 만들어 훗날에도 이러한 사례가 다시 없도록 하옵소서. 임금이 잘못되면 신하된 자는 당연히 충간하여 막아야 하는데 모두가 입을 다물고 있습니다. 이것을 보더라도 나라에 참다운 신하가 없으니 참으로 통탄스럽습니다. ......"
 박문수의 거침없는 직언을 듣고 한동안 숨을 거칠게 몰아쉬다가 영조는 들었던 채찍을 내리면서 이렇게 비답을 내렸다.
 "영성군은 과인의 부덕함을 일깨웠소. 옛날 한(漢)나라 무제(武

帝)도 바른 말 하는 신하가 있어 바른 정치를 했다고 하오. 오늘 영성군이 상주한 말은 바로 거기에 비유되오. 나라와 임금을 바르게 이끌려는 경의 충성된 마음을 대하고 어찌 느끼는 바 없겠소."

영조는 곧 매질을 멈추었다.

그러나 정승 김상로(金尙魯)는 박문수를 비난하였다.

"전하, 영성군 박문수는 감히 전하께서 하시는 일에 대해 반대할 뿐만 아니라 그 태도가 심히 불경스럽습니다. 그의 죄를 다스리소서."

그때 박문수가 이렇게 대꾸했다.

"전하, 전하의 성명(聖明)이 위에 계셔서 옳게 판단할 것이니 신이 무엇을 근심하겠습니까?"

영조가 대답했다.

"영성군은 염려치 마오."

그때 박문수가 다시 주청하였다.

"전하, 작고한 상신(相臣) 조현명은 나라에 큰 공을 세웠으니 당연히 포상해야 하겠습니다. 그러니 그 후손들에게 합당한 선처가 따라야 하겠습니다."

"영성군의 말이 옳소. 곧 전조(銓曹)에 명을 내려 시행케 할 것이요. 그리고 영성군에게는 과인이 신뢰하는 뜻을 나타내고자 수서(手書)와 호피(虎皮)를 내릴 것이니 사양치 마오. 영성군의 상주(上奏)를 듣고 지금 궁중에서 이럴 때가 아니라는 것을 알았소. 과인은 이제 깨날았지만 훗날의 임금 중에도 이런 것을 알게 하고자 기록으로 남기도록 하겠소. 그런 뜻에서 영성군에게 호피를 하사하니 받도록 하오."

위 부분은 영조 30년 6월, 실록(實錄)에 나타난다.

다시 해가 바뀌었다.
영조 31년 3월이었다.
그무렵 윤지(尹志)와 이하징(李夏徵)이 주동이 된 역변(逆變)이 일어났다.
그들을 심문하는 과정에서 박문수의 반대파들이 역모 관련자에게 살길을 열어 주겠다고 사주하여 그들은 박문수를 걸고 넘어졌다.
그무렵 박문수는 시골에 내려가 있었다.
반대파들이 일제히 박문수를 잡아와서 심문하자고 떠들었다.
영조는 신하들의 주장을 쫓아 사람을 보냈다.
"영성군은 과인을 업신여기는 것이 분명하다. 어서 그를 잡아오너라. 그 죄를 물을 것이다."
변덕이 심한 영조가 크게 소리치자 박문수를 미워하는 자들은 은근히 기뻐했다.
박문수는 상경하기에 앞서 상소문을 썼다.
품에 안고 서울로 오니 늦게 왔다고 성을 내면서 금오(金吾)에 가두라고 명령했다. 감금된 상태에서 박문수는 사람을 시켜 상소를 올렸다.
상소문을 접한 후 영조가 오해를 풀고 이렇게 명을 내렸다.
"과인이 오해했도다. 어서 영성군을 이리로 오게 하라."
박문수를 맞이한 영조가 웃음을 띠며 옥음을 내린다.
"영성군 어서 오오. 과인이 오해를 했소. 그래서 노했던 것이요."
"전하, 예(禮)를 다하지 못한 신의 죄를 다스려 주소서."
"거 무슨 말이오. 잠시 오해 했으니 괘념치 마시오."
"전하, 성은이 하해 같사옵니다."
어전에 입시한 박문수를 또다시 거침없이 자신의 심경을 토로하였다.

"전하, 신은 이제 늙어 조용히 물러나 여생을 보내고자 이렇게 어전에 나와 아뢰옵니다. 신은 노론(老論)이 득세하던 시대에 태어났는데 지금까지 소론과 서로가 견원지간이 되어 싸우는 틈바구니에 끼어 당쟁을 막고자 무던히 애썼습니다. 그러다보니 양쪽의 미움을 샀는데 아직까지 살아있는 것이 죄스럽습니다. 신이 산협(山峽=고향)에서 지낼 때 조정에서 신에게 혐의를 씌워 죄를 주자고 떠들었다는 말을 들었습니다. 그런 소리를 듣고도 즉시 상소하지 않고 망서린 것은 오로지 성상(聖上)의 판단에 맡기고자 했던 까닭입니다. 그러나 엉뚱한 흉언(兇言)이 난무하기에 나중에사 상소를 올렸던 것입니다……. 신은 이달 3월 4일 저녁에 그 소식을 들었고 다음날 아침에 신에게 혐의에 관한 사실 여부를 밝히라는 하교(下教)를 받았습니다. 신은 그시간 안에 입조(入廟)하기 어려웠던 것입니다. 그리고 조정에 있는 신하는 조정에서 하례하고 재야에 있는 신하는 재야에서 하례해도 되는 것입니다. 그런 것을 꼬투리 잡고 헐뜯는 무리들의 참언을 들으시니 신은 할말이 없사옵니다……."

"영성군은 의(義)롭게 처신 하였소. 어찌 잘못이라고 할 수 있겠소. 돌아가지 말고 과인을 보필하오."

"전하, 신은 이미 물러난 몸이라서 앞으로 궁 안에 들어올 수 없습니다. 신은 전하를 30년간 섬기었는데 아직도 전하께서는 신의 진심을 통촉하지 못하고 계십니다. 이것은 신이 평상시에 진충보국하지 못한 탓입니다. 신의 죄를 엄히 다스리소서."

"영성군의 마음을 알겠소. 과히 심려치 마오."

"전하, 지금 한쪽사람(노론을 일컬음)들은 자기들 몸이 허탕한 곳에 있어 의탁할 곳이 없습니다. 앞으로는 전하와 모든 사람들이 당파를 초월하여 대도(大道)를 향하면 거의 10년간은 별탈이 없을 것입니다."

영조는 그말을 듣고 모처럼 용안에 웃음을 띠었다.

"하하하, 영성군의 말은 모두가 타당하오. 그러나 아주 물러간다는 말은 지나치오."

박문수는 내친 김에 영조에게 하고 싶었던 말을 계속 털어놓았다.

"신은 춘방(春坊)에서 성상을 섬긴 이후 30년이 지나서 지금 전하의 머리가 희어졌습니다. 신은 금청교(禁淸橋=궁궐 上門앞 다리)에 달이 밝은 것을 바라볼 때마다 물러가리라 생각한지 오래입니다. 신은 지식도 부족하고 행실에 있어서도 남의 입에 오르내리게 되니 이제는 물러가기를 윤허하소서. 조정에 머물거나 재야에 있어도 늘 성상과 나라를 잊지 않을 것입니다. 신이 조정에 나온지 30년 동안 당파에 휩쓸리지 않으려 했습니다. 그동안 어느 당파에서 무어라고 하던 초지일관 하였습니다. 당쟁은 서로가 죽이고 죽는 악순환을 초래하니 나라가 온전하게 유지되기 어렵습니다."

박문수가 한 말을 두고 반대파들이 또다시 말꼬리를 잡고 늘어졌다.

"전하, 영성군이 앞으로 10 년간 나라가 무사할 수 있다느니 어쩌느니 하는 저의가 의심스럽습니다."

"어서 그를 잡아서 치죄 하소서."

"영성군의 저의를 밝히라고 하소서."

그때 박문수가 이렇게 아뢰었다.

"신이 앞으로 10 년간이라도 무사하기를 바란다는 신의 말에 대해 지금 공론이 분분하기에 이자리에서 그 뜻을 밝히겠습니다. 그 진의(眞意)는 대신(大臣)들이 사람을 전형할 때 공평하고 어진 사람이 또한 그런 기준의 사람을 뽑는다면 10년간은 그 효과가 지속될 수 있을 것이라는 뜻입니다. 즉 당파의 폐단을 막자는 것입니다. 전하, 동서남북(사색당파)이 모두 전하의 신하입니다. 어진 임금은 사람을 쓰되 평평한 그릇에 물을 담은 것 같아야 하옵니다. 사람을 택할 때 공정하고 엄격해야 합니다. 불충하고 간교한 자를 내치고 어질고 정직한 사람을 잘 선별하소서."

영조는 이렇게 비답을 내렸다.

"영성군의 말은 옳소. 그러나 제대로 된 사람을 가려낸다는 것은 그렇게 쉬운 일이 아니오."

"전하, 이제 신이 돌아가려는 때이니 드릴 말씀 모두 하겠습니다. 전하, 전하는 이제 늙으셨습니다. 하온데 술을 절제하지 못하셔서 이따금 평소에 없던 실수를 하시거나 국사를 처리하는 데 판단을 그르치는 경우가 있습니다. 유념해 주소서."

"영성군의 지적은 좋은 경계가 되오. 자성론(自省論)을 기록으로 남기겠소."

자성론은 일종의 반성문 성향의 글이다.

영조는 술이 지나친 상태에서 국사를 처리하여 실수한 예가 더러 있었다.

박문수는 다시 거침없이 직언을 했다.

"전하, 지금 소조(王世子)께서는 전하에게 너무 억압되어 마음의 병이 생긴 것 같습니다. 전의에게 세자의 병세를 치유시키도록 명하시고 앞으로 화목을 도모하시는 것이 장차 나라의 근본을 튼튼히 하게 되는 것이옵니다. 제발 주위에서 이간하는 간사한 무리들을 물리치소서……"

박문수의 직언은 거침없이 계속되었다.

그러자 그의 반대파들은 면전에서 자신들을 비판, 모욕한다고 이를 갈면서 앙갚음 하고자 벼르고 별렀다.
 박문수는 그의 인척 관계로 인해 처음에는 소론쪽에 속했으나 나중에는 어느 당파에도 속하지 않았다.
 그런데도 그가 너무 강직하기에 적이 많았다.
 영조는 자꾸만 역변이 일어나고 신하 끼리 서로 헐뜯고 싸우고 모함하는 틈바구니에서 시달려 심신이 지쳤다.
 당쟁으로 인하여 등극하던 때부터 따라 다니는 악성 유언비어로 인해 두고 두고 괴롭힘을 당했다.
 "지금 임금은 경종대왕의 동생이 아니라, 그 어머니 무수리 최씨가 외간남자와 사통하여 낳은 가짜 왕제(王弟)이다."
 "지금 임금을 추대하려는 무리들이 경종을 독살했으니 정통성이 없다."
 "금상도 언제 독살당할지 모르지."
 이렇게 떠들면서 반역하는 무리들이 사라지지 않았다.
 영조는 그러한 연유로 인해 아무리 신임하는 신하라도 역모 사건에 그 이름이 거론되면 무조건 의심하였다.
 그무렵도 악성 유언비어가 그치질 않자 영조는 심히 마음이 상하였다.
 어느날 영조는 경종의 능인 의릉(懿陵)으로 우의정 및 신하들을 데리고 나갔다.
 영조는 주위의 시선이나 체통은 아랑곳 없다는 듯이 능앞에 엎드려 크게 울면서 주위 신하들에게 이렇게 넋두리를 늘어 놓았다.
 "오늘 의릉으로 거동한 것은 여러 신하들이 생각하기엔 제사 지내는 것이 목적인 줄 알 것이오. 그러나 그 보다도 이미 승하하신 황형(皇兄=경종)에게 이 답답한 심경을 호소하러 온 것이오."
 영조는 출생이 천한 어머니에 대한 열등감, 악성 소문에 시달리던 끝에 자신의 괴로운 심정을 토로하고자 했다.
"전하, 고정하소서."
주위의 신하들이 만류했으나 영조는 더욱 목청껏 울어대며 소리쳤다.
"승하하신 황형이시여, 신(영조)은 너무나 억울한 누명에 지금까지 시달리고 있습니다. 신이 황형의 동생이 아니라고 떠들며 불순한 무리들이 역모를 꾸미기가 일쑤입니다. 이 답답한 심정을 어디다 하소연 하리이까……"
이미 햇살이 뜨거운 초여름, 땀을 흘리며 울부짖는 임금에게 신하들이 어서 대궐로 돌아가자고 애원했다.
그러나 영조는 넋두리를 계속했다.
"다들 들으시오. 과인도 그동안 당파싸움에 시달리며 억울한 누명을 덮어 쓰고 살았소. 이것을 벗을 수 있어야 하오."
"전하, 모두 잊으시고 더욱 선정(善政)을 베푸소서."
"모두가 협력하지 않는데 어찌 선정을 베풀 수 있다는 게요."
그때 원경하(元景夏)가 이렇게 간하였다.
"전하, 앞으로 문제를 일으키는 자들은 모조리 잡아 목을 베소서."
우의정 이천보(李天輔)도 같은 말을 하였다.
"아아, 정말 괴롭도다. 앞으로 나를 괴롭히는 자는 누구를 막론하고 처단하리라!"
영조는 계속 울고 또 울었다.

다시 모함을 받고……

윤지의 사건 사건이 발생한 후 영조는 오죽하면 경종의 능을 찾아가 울면서 푸념을 했을까.

그러나 당쟁은 여전히 그치지 않았다.

윤지의 사건 이후 소론의 세력들이 조정에서 밀리게 되자 왕세자를 에워싸고 새로운 세력을 형성하려고 했다.

그 무렵 사회가 불안정하여 곳곳에 온갖 유언비어가 나돌았다.

해서지방(황해도)에서 생불(生佛)이라고 자칭하는 여자가 있었다.

그는 여자인데 산속에 조그마한 암자에서 기거 하면서 밤이면 불경을 외우고 낮이면 그 일대의 무당들을 불러놓고 엄포를 놓았다.

"너희들은 듣거라. 너희들은 사신(邪神)들을 받들고 있는데 그러면 멸망할 것이니라. 내말을 들어야 산다. 나는 산부처기이기에 죽은 사람도 살리고 신통술을 부릴 수도 있다."
　무당들은 반신반의 하면서 그를 피하려고 했다.
　생불이라고 자처하는 여인은 용모도 단정하였고 말도 잘하였다.
　"장차 나라에 큰 변고가 생기고 재앙이 내릴 것이다. 그때에 너희들은 살아남지 못하니 당장 무당짓을 치우고 내게 와야만 살수 있다."
　워낙 엄포가 심하고 말을 잘하니 모두들 겁을 먹었다.
　그말에 현혹된 자들이 앞다투어 몰려들었다.
　찾아드는 사람들도 각각이었다.
　"생불님 어찌하면 저희들이 구원받을 수 있겠습니까?"
　"이제 멀잖아 세상에 큰재앙이 내려 피바다가 될 것이다."
　그말을 듣고 겁에 질린 사람들이 서로가 몰려들어 빌었다.
　"생불님, 저희들 죄많은 인간들을 살려 주십시오. 무엇이든 명하시는 대로 따르겠습니다."
　"너희는 모두들 죄많은 중생이다. 각자 집으로 돌아가서 정한수를 떠놓고 왕세자의 만수무강을 빌어야 한다. 지금 궁중의 늙은이(영조)는 망령이 들어 걸핏하면 사람을 파리잡듯 하기가 일쑤이다. 왕세자가 어서 보위에 올라야만 백성들이 잘 살고 나라가 편안해지며 재앙을 예방할 수 있다."
　"예예, 생불님이 가르치신대로 따르겠습니다."
　"그저 시키는대로 따르겠습니다."
　생불은 서룩한 표정으로 베시어 몰러드는 무당들에게 이렇게 명령조로 말했다.
　"너희들은 즉시 돌아가서 요사스러운 악마가 깃들어 있는 신사(神祠)를 헐어버려야 한다. 내말을 안들으면 재앙을 면치 못하리라."

생불이라는 여자는 병든 자를 고치거나 보통 사람들이 상상조차 하기 어려운 이적을 나타냈다.
 그러한 소문이 널리 퍼지자 해서(海西)일대의 무당들이 서로 다투어 몰려들어 제자가 되기를 원하였다.
 민심이 현혹되고 생불을 추종하는 무리들이 늘어나니 소문이 점점 퍼져서 조정에까지 들어갔다.
 영조는 그 소문을 듣고 곧 대신들을 불러들였다.
 "듣자니 요즈음 해서지방에서 요녀가 생불이라고 자처하면서 조정을 비방하면서 우리 부자(왕과 왕세자)를 이간시킨다고 하오. 이러니 어쩌면 좋겠는지 각자의 의견을 말하시오."
 의논을 거듭한 끝에 암행어사를 그곳으로 급파하기로 했다. 이경옥(李敬玉)이 암행어사 임무를 띄고 내려갔다.
 이경옥은 김상로의 수하에 속한 사람으로서 미리 은밀한 지시를 받았다.
 이경옥은 소문의 진원지를 찾아 황해도 봉산(鳳山) 산골에 이르러 변장한 차림으로서 어느 농민의 집에 하룻밤 유숙하려고 할 때이다.
 그때 밖이 소란하던 동네 부인들이 생불이라는 사람을 데려 왔다.
 집안으로 들어서기 전에 생불이라는 여자가 먼저 떠들었다.
 "아무래도 이상하다. 이 집안에 벼슬아치 냄새가 난다."
 "생불님, 아무도 안왔습니다."
 "아니다. 생불인 내가 어찌 모르겠느냐?"
 "생불님이 무엇을 두려워 하십니까?"
 "오냐, 내가 무슨 일을 당하면 나중에 너의 동네가 화를 면치 못하리라."

생불은 잠시 망서리다가 안으로 들어 갔다. 건넛방에서 이경옥이 잠자코 듣고 있었다.
"옆방에 있는 사람은 누구냐?"
생불이 묻자 늙은 주인 아낙이 대답했다.
"예예, 평산에서 일가가 왔습니다. 괘념치 마시고 우리같은 가난뱅이들이 어찌하면 부자가 될 수 있는지 가르쳐 주십시오."
"지금 임금과 세자가 서로 갈라져 있다. 늙은이(영조)를 포함하여 그 일당을 없애야 나라가 잘된다. 그러니 너희들도 내가 가르치는대로 주문을 외우고 기도하여라."
생불이라는 요녀는 엉뚱한 짓을 하고 이따금 재물도 거두어 들였다.
이경옥은 해주 감영으로 들어가 신분을 밝히고 요녀를 잡아들이게 하였다.
그리고 그녀를 문초했는데 요녀는 조금도 굽히지 않고 마구 퍼부었다.
"지금 조정에 늙은 임금은 명맥이 다 되었다. 멀잖아 새임금이 될 사람이 외국 병정을 끌고 가서 조정을 평정할 것이다. 임금이 환갑이 넘으면 반드시 화가 따른다."
"이런 천하에 못된 것, 그따위 요언으로 어리석은 백성들을 현혹하다니, 당장 물고를 내리라!"
"흥, 네가 이제보니 암행어사로구나. 그럴려면 적어도 영성군 박문수 정도는 되어아지……"
이경옥은 즉시 옥에 가두고 문초한 내용을 적어 조정에 장계를 올렸다.
그 장계를 읽은 후 임금은 극도로 마음이 불안했다.
당장 요녀를 처단케 명을 내리고 세자와 박문수를 의심하였다.

그무렵 세자는 점점 행동이 이상해졌다.

박문수가 어전에 나아가 세자의 치료 문제를 주청하였다.

그러나 반대파들이 그 논의를 반대하였다. 그들은 세자의 병을 치료하기 보다 오히려 악화되기를 바라고 있었다.

그무렵 정승인 김상로를 비롯하여 정우량(鄭羽良) 등이 약원(藥院)의 책임자였다. 세자는 그들이 주는 약을 먹을수록 증세가 심해졌다.

전부터 박문수와 감정이 깊은 홍계희(洪啓禧) 등이 모의하여 황해도 일대의 요녀 문제와 박문수를 얽어넣거나, 윤지(尹志) 사건에 연루되었다고 모함하려고 들었다.

그들은 모이기만 하면 박문수를 해치고자 중상모략을 했다.

박문수만 제거할 수 있다면 늙고 판단이 흐려진 영조를 적당히 자기네 마음대로 요리할 수 있다고 여겼기 때문이다.

그들은 삼사(三司) 및 여러 사람을 매수하고 사주하여 박문수를 멀리 귀양보내라고 계속 상소를 올리게 했다.

그러나 박문수는 그들과 타협하지 않고 사정없이 면전에서 꾸짖고 질타했다.

영조는 거듭된 상소를 읽고 박문수를 조사하라고 했다가 곧 석방을 명했다.

그러나 반대파들은 끈질기게 모략을 꾸며 김정관(金正觀) 심정연(沈鼎衍) 등을 사주하여 역모를 했다고 거짓 증언을 시켰다.

영조는 설마 하면서도 박문수를 잡아들여 분초하도록 했다.

"영성군에게 묻겠노라. 경은 충신인 줄 알았는데 도적의 무리들과 내통했다니 참으로 한탄스럽도다! 이번 사건에 관하여 감추는 것 없이 사실대로 고하라(無隱直告)."

박문수는 기가 막혀 말이 막혔다.

눈물을 흘리며 이렇게 아뢰었다.
"전하, 신이 임금을 섬기는 것은 부자지간과 같습니다. 그런데 어찌 그런 더러운 일에 공모하겠습니까. 김정관은 신과는 면식이 없는 사이였습니다. 그런데 신이 역적을 진압한 후 영성군이라는 칭호를 받자 적들이 무조건 제멋대로 입에 올린 것입니다. 신은 이제 더 이상 지난일과 관련시켜 변명하고 싶지 않습니다. 신의 결백을 전하께서 믿지 못하신다면 차라리 죽기를 바랄 뿐입니다."
"그말이 맞도다. 영성군과 김정관을 대질시키면 알 것이다."
영조는 곧 박문수와 김정관을 대질시켰다.
"너는 이 사람을 아느냐?"
영조의 물음에 김정관은 고개를 가로 저었다. 영조가 다시 추궁하였다.
"너는 듣거라. 영성군이라면 조선 천하에서 모르는 사람이 없는데 너만 홀로 모른단 말이냐? 네가 누구의 사주를 받아 얽어 넣었느냐? 무슨 사람이 있어 그랬느냐?"
영조가 추궁하니 결국 자복하였다.
한편 박문수가 억울한 누명을 덮어 쓰고 체포되었다는 소식이 전해지자 사람들이 충격을 받고 걱정하며 눈물을 흘리기도 했다.
영조는 박문수를 옥에 가두고 심문했다는 자체에 대해 스스로 부끄러웠다.
"경은 너무 노여워 마시오. 무고하게 혐의를 받았으나 결국 명백히 밝혀져 석방하셨으니 즉시 의관(衣冠)을 갖추고 옥에서 나오기 바라오. 30년 신임하던 신하를 이렇게 대하다니……"
"전하, 신은 천지(天地)에 큰 덕을 입었습니다. 지금 죽어도 여한이 없사오나 사람을 모함하고 임금과 신하가 불신하는 이런 풍조가 계속 되니 장차 나라의 일이 염려스럽습니다. 임금과 신하를 이간시키는 무리들은 장차 부자지간의 천륜조차 갈라놓을 것이니 오로지 그것을 경계하소서. 전하를 섬긴지 30년만에 백발이 되어 이런 불신과 불명예를 당하고 신은 이미 죽은 목숨입니다. 전하, 마지막으로 하직 인사 올리옵니다."

영조는 박문수를 외면하였다.

백발이 성성한 늙은 충신 박문수의 두 눈에선 하염없이 눈물이 흐른다.

집으로 돌아와서도 박문수는 말이 없었다.

박문수를 존경하고 따르는 많은 사람들이 대문 앞으로 몰려와 거리가 넘칠 정도였다.

그중에서 비분강개 하여 울부짖는 자들도 있고 땅을 치는 자들도 있었다.

"세상에 이런 경우도 있는가! 천하가 아는 충신을 죄인으로 몰다니!"

"30년을 섬긴 신하를 의심하다니……"

그중에서 젊은이들은 폭동을 일으킬 조짐이 보였다.

박문수가 그냥 있을 수 없어 그들을 타이르고 설득시켰다.

"여러분 들으시오. 매사에 부족한 나를 염려해 주는 뜻은 고맙소. 그러나 이렇게 떼를지어 불만을 터뜨리는 것은 바람직스럽지 못하오. 모두 내가 부덕한 탓이니 돌아들 가시오. 다만 여러분의 그 마음은 고맙게 여겨 무덤까지 지니고 가겠소."

"대감…… 억울 하오이다."

"충신에게 이게 무엇입니까?"

"간신의 말을 듣고 충신을 내치다니요."

"제발 그만 돌아들 가시오. 사람은 물러날 때를 알아야 하는 것이오……"

박문수는 이미 마음을 심히 다쳐 죽은 목숨이나 다를 바 없었다.

수건도 안쓰고 머리도 빗지 않고 식사도 거의 물리치고 사람도 만나지 않았다. 자신과 같은 처지에 놓였을 경우 옛사람들이 그런 방법으로 스스로 서서히 죽는 것을 의(義)로 여겼다는 것을 따르고자 함이었다.

박문수는 죄인의 심정으로 근신하며 지냈다.

그러나 또다시 그를 모함하는 무리들이 있었다.

이윤복(李允復)이란 자가 홍계희 일당과 내통한 후 박문수와 이종성(李宗城)을 동시에 모함했다.

장진욱(張震燠)이란 자도 무리들을 이끌고 일제히 박문수와 이종성을 죄주라고 상소를 거듭올렸다.

이종성은 박문수와 외사촌이며 동문수학을 했으며 후일 영의정을 지내게 된다.

박문수는 성밖으로 나아가 또다시 대죄하였다.

전에 암행어사 시절 남의 장물을 횡령한 자를 양산에서 파직시켜 귀양 보내게 했었다.

감정을 품은 그는 귀양에서 돌아온 후 박문수의 반대 세력과 결탁하여 박문수가 경상감사 시절 백성들의 재물을 뺏아았다고 모함했다.

그러나 조사한 결과 허위임이 밝혀졌다.

영조는 박문수를 위로하면서 마전(馬典)을 하사했다.

마진은 마구(馬具)들을 일컫는다.

박문수는 거듭된 모함에 시달리던 끝에 마침내 병이났다.

"아아, 이제 내가 떠날 때가 되었구나. 그런데 세상 돌아가는 것을 보건데 장차 임금과 세자간에 큰 불상사자가 생기겠구나. 오로지 그것이 걱정이로다."

박문수는 근심걱정에 사로잡혀 편한 잠을 이루지 못하였다.

아아, 큰별은 떨어지고……

또 다시 해가 바뀌어 영조 32년.

그 무렵 세자는 자포자기한 상태에서 자꾸만 빗나가고 있었다.

해가 바뀌어도 부왕을 문안하지 않았고 영조는 세자를 아예 버린 자식으로 취급하였다.

세자는 이상하게도 도제조에서 올리는 탕제를 먹을수록 병세가 더욱 나빠졌다.

그동안 너무나 심한 마음의 충격으로 인해 박문수는 심인성 병이 생겼다.

박문수는 상소를 올린 후 병석에 누웠다.

영조는 상소를 읽고 즉시 교서를 내렸다.

영성군은 전부터 물러가려고 했으나 흥악한 세상을 만나 잘못

없이 액을 당하였으니 참으로 민망하오.
태의(太醫)를 보내니 간병에 힘쓰시오. ……

영조는 지난 11월 도총관(都摠管)으로 제수했는데 박문수는 병때문에 수행하지 못하였겠다고 사양하였다. 영조는 다시 교서를 내렸다.

지난번 일에 대해서 과인은 잘못을 뉘우치고 있소. …… 부디 노여워 말고 건강을 회복하기에 힘쓰오.

박문수는 교지를 받고 감격하여 병든 몸으로 대궐로 들어갔다.
"전하. 더러운 모함을 받았을 때 죽을 결심을 했는데 그 혐의를 풀어주시고 나라의 의사와 진귀한 약까지 보내 주시니 신은 떠나더라도 마지막으로 용안을 뵙고저 왔습니다."
"오오, 잘 왔소. 영성군! 옛날 한나라 때 3걸(三傑)로 일컬어지던 신하들도 상원(上苑)의 사건으로 치욕을 당했소. 군신간에 옛날에도 그런 일이 있었소. 지금 생각하니 잠시라도 경을 의심한 것이 부끄럽소. 그러니 그 일에 대해 다시 거론치 마오."
"전하, 신이 마지막으로 간청하오니 통촉 하소서. 지금 전하와 세자 저하를 이간하는 무리들이 있으니 그들을 내치소서. 그리고 부디 세자 저하를 잘 타이르고 계도 하셔서 훗날의 근심을 없애소서. 신은 훗날 지하에 가서라도 지켜볼 것입니다."
"알겠소. 너무 염려말고 돌아가서 몸조리나 잘 하시오."
어전을 물러나온 후 박문수의 병은 더욱 악화되었다.
박문수의 제자가 병문안을 왔다가,
"선생님, 국가에 충성한 것이 고작 이것이란 말입니까. 너무나 억울하고 분통이 터져 참을 수 없습니다."

그러자 눈을 감고 있던 박문수가 눈을 뜨면서 조용히 말했다.

"너는 듣거라. 이제 내 나이 70이 가깝고 벼슬도 1품에 올랐으니 무슨 유감이 있겠느냐. 다만 그동안 흉악한 무고(誣告)를 당하여 조상에까지 욕이 미치게 한 것이 마음에 걸린다. 이제 종천(終天)을 앞두고 그것이 가장 뼈아픈 한이로구나."

그말을 마친 박문수의 두 눈에서는 뜨거운 눈물이 그칠줄 모른다.

박문수의 병은 생애에 있어 가장 뼈아픈, 전자에서 약간 다루었던 윤지 사건과 연루된 것이다.

다시 부연하자면 작년(영조 31년) 윤지, 이하징이 일으킨 역모에 관련 되었다고 반대파들이 모함했던 것이다.

박문수에게 치명적인 악영향을 끼친 윤지의 사건 내막은 이런 것이었다.

먼저 당시의 왕조실록 일부를 보기로 한다.

영조 31년 2월 4일, 나주(羅州)의 객사(客舍)에 흉서(兇書)가 나붙었다.

왕은 장계를 받고 좌우의 포도대장(捕將)과 전라감사에게 명하여 불순한 자들을 색출하여 잡아오게 했고, 금부도사(禁府都事)를 나주에 보내어 윤지 일파를 잡아 올렸다.

윤지는 윤취상(尹就商)의 아들인데 나주에 귀양갔을 때 조정을 원망하며 도당을 끌어모아 불온한 내용의 흉서를 내걸었던 것이다.

왕조실록에 의하면 2월 20일 영조는 동용문(銅龍門)에 나아가 그들을 친히 심문하였다.

그 과정에서 전(前) 나주목사 이하징의 서찰도 발견되었다.
심문한 바에 의하면 윤지가 이하징에게 이렇게 말했다고 한다.
"나는 훈련대장의 아들인데 억울하게 20년 간이나 귀양살이를 하고 있다. 죽은 것이나 다름없다. 기왕 이렇게 된 바에야 동조하는 세력을 끌어모아 조정을 둘러엎고 새 세상을 만들자."
이렇게 선동하니 곧 의기투합되었다.
소론의 거두인 윤취상(尹就商)의 아들 윤지(尹志)는 나주에서 20년 가까이 귀양살이를 하였다.
그는 김일경(金一鏡)의 일파로 몰려 은전(恩典)을 받지 못했다.
나주에서 오래 사는 동안 윤지는 주위의 양반이나 상놈들과도 친하게 지냈다.
극히 그중에서도 전에 목사(牧使)를 지낸 이하징(李夏徵)과 친교하였다. 나주는 사람의 왕래가 빈번하고 물산이 풍부하여 장사치들이 들락거려 바깥소식을 자주 들을 수 있었다.
어느날 윤지는 이하징에게 이렇게 넌지시 의중을 떠보았다.
"여보시오. 이목사. 요즘 나라꼴이 말이 아니오. 임금이 나이가 많아 노망이 났나 보구려."
"글쎄 말이오. 눈꼴 시어서 못 보겠소."
윤지는 이하징의 태도에 마구 불만을 터뜨리기 시작했다.
"늙으면 어서 죽어야지. 도대체 국사를 그따위로 처리 하다니……. 우리 그냥 두고 보기만 해서 되겠소? 호남은 원래 기개 있고 의리있는 선비가 많았소. 그런데 정여립(鄭如立) 사건 이후 조정에서 호남사람을 천대하고 있소. 그러니 세상을 한번 뒤엎어 새 세상을 만듭시다."
이렇게 하여 두 사람은 역모를 꾸미기 시작했다.
호남에는 예로부터 글 잘하는 선비들이 많았다.

북인(北人)의 거두 이발(李潑)도 나주 근처의 남평(南平)에서 났다. 윤지의 뜻에 동조한 이하징은 점점 동조하는 세력을 규합하기 시작했다.
　동네 사람 김항(金沆)과 임국훈(林國薰)도 이끌어 들였다.
　윤지의 아버지 윤취상은 훈련대장을 지냈다. 그런 연유로 사람들이 그 아들 윤지를 대장이라고 불렀다.
　윤지는 멀리서 귀양왔지만 재물이 넉넉하여 주위에 인심도 많이 썼다.
　자주 사람들을 불러들여 배불리 먹이는 때가 많았다.
　어느날 윤지는 아들 광철(光哲)에게 시켜 사람들을 청해 들이고 한차례 술을 먹인 후 이렇게 선동하기 시작했다.
　"여러분, 나는 훈련대장의 아들이오. 그런데 죄없는 나를 무엇 때문에 억울하게 귀양살이 시키란 말이오. 우리 호남사람들은 그동안 너무 천대 받으며 살아 왔습니다. …… 여러분! 어서 일어섭시다. 지금의 임금은 가짜라오. 숙종의 친아들 경종이 죽은 후 부적격자가 임금노릇을 하오. 그는 무수리 최씨가 외간 남정네와 사통해 낳은 사생아오. 그를 몰아내고 우리가 세력을 잡고 새 세상을 만듭시다."
　윤지가 선동하니 거기 모였던 사람들이 일제히 흥분하며 휘말려 들었다.
　그때부터 윤지는 본격적으로 반란을 일으킬 준비를 서둘렀다.
　농지를 규합하고 격문을 시어 붙이는 일을 이효식(李孝植) 등에게 지시하였다.
　윤지는 계속 세력을 규합, 삽시간에 무서울 정도로 숫자가 불어났다.
　나주읍 객사(客舍)에 어느날 격문이 나붙었다.

그 내용은 지금의 늙은 임금이 물러나고 다른 왕손(王孫)으로 임금을 추대 하자는 내용이었다.
격문을 읽고 몰려드는 세력들이 급격히 늘어나자 전라감사 조운달(趙雲達)이 급히 조정에 장계를 올렸다.
영조는 즉각 윤지 일당을 잡아 올리라고 명령을 내렸다.
20년 전에 윤취상 등 소론 일당이 당파싸움을 일으켰기에 귀양 보냈던 것이다.
한편 윤지는 계획이 탄로난 줄도 모르고 곧 조정을 뒤엎고 세력을 잡는다는 환상에 빠져 있었다.
준비가 거의 끝나기도 전에 비밀이 새나간 윤지는 결국 변변하게 저항도 못하고 체포되어 서울로 압송되었다.
주모자가 잡혀가니 나머지는 이합집산, 갈대밭에게 흩어지듯 달아났다.
조정에서는 이효식, 임천대(林天大) 등도 잡아다 문초하였다.
이하징은 원래 풍덕부사(豊德府使)로 있었는데 윤지와 결탁했다가 처형되었다.
그 사건과 결부시켜 대간들이 떠들었다.
"전하. 역적 죄를 더욱 엄중히 다스리소서. 전에 목호룡, 김일경 무리와 그 잔당들을 엄중히 다스리지 않아 역적들이 계속 일어납니다. 먼저 소론의 거두 이광좌를 멀리 내쫓으소서."
이광좌는 박문수와 인척 관계라고 전에 언급한 바 있다.
그 사건과 관련 지어 노론들은 소론들을 박멸시키려 들었다.
예전에 사건까지 연루시켜 김일경의 아들 김윤홍(金允興)을 제주도의 관노(官奴)로 보내고 조태구(趙泰耉)와 유봉휘(柳鳳輝) 등을 역적의 무리라고 내쫓거나 죽였다.
윤지 사건으로 인하여 이광사(李匡師), 윤상백(尹尙白), 이만강

(李萬江), 윤득삼(尹得三), 박찬신 등도 귀양을 갔다.
 이광좌가 박문수의 친척이기에 반대파들은 엉뚱하게 박문수를 제거하고자 했다.
 노론들은 조금이라도 자기들 눈에 거슬리면 모함하였다.
 박문수는 처음 이광좌와의 관계로 인해 소론 쪽이었다.
 그러나 나이들면서 당파를 초월하여 탕평정책에 앞장섰던 것이다.
 노론들은 윤지 사건을 빌미로 숱한 반대파들을 죽이거나 귀양보냈다.
 당파싸움은 세력의 판도에 따라서 서로가 죽이고 죽는 악순환을 초래한다.
 영조는 그 사건으로 인해 보여(步輿)를 타고 선인문(宣仁門)을 나서서 교에서 내려 창엽문(蒼葉門)안으로 들어섰다.
 종묘에 이르러 영조는 통곡을 했다.
 심기가 지극히 불편하고 과민한 때이기에 가장 신임하는 박문수조차 옥에 가두고 신문했던 것이다.
 그들의 모의가 사전에 발각되었다.
 그 과정에서 무신년난(戊申年亂) 때 공신이던 박찬신(朴纘新)조차 혐의를 쓰고 효시(梟示)되었다.
 효시는 대역죄인이라고 지목된 자의 목을 잘라서 장대에 꿰어 경계시키는 것을 뜻한다.
 그 과정에서 박문수와 감정이 있었던 자들이 박문수(朴文秀), 이종성(李宗城), 이철보(李喆輔) 등 당대의 대표적인 인물들을 모함하였다.
 그 사건으로 인해 박문수는 아무런 잘못도 없이 옥에 갇히고 심문을 받는 치욕을 당했다.

그 결과 병까지 얻게 되었다.

4월으로 접어들면서 박문수의 병은 점점 깊어졌다.
박문수의 병세를 염려하여 영조는 특별히 태의를 보냈다.
박문수의 몸은 불덩이처럼 끓어오르다가 다시 얼음처럼 냉해지기를 거듭했다.
심화가 지나쳐 생긴 병이었다.
백약이 아무런 효험도 없었다.
태의가 영조에게 병세를 자세히 아뢰니 영조는 이렇게 탄식을 했다.
"영성군의 근력이 이토록 갑자기 쇠약해진 것은 작년 윤지 사건 때문이었다. 판단을 그르친 과인이 원망스럽구나!"

영조 32년 4월 20일.
박문수는 병석에서 일어나서 머리를 감아 빗고 새옷을 갈아 입고 사당에 자신의 임종이 가까왔음을 고한 후 방으로 들어와 조용히 누웠다. 그리고 주위에서 지켜보는 사람들에게 이런 유언을 하였다.
"나는 우리 집안의 가훈처럼 정직을 바탕으로 애국애민(愛國愛民) 정신으로 일관했다. 나에 대해서는 먼훗날 그 평가가 따를 것이다. 떠나려는 지금 대조(大朝)와 소조(小朝)가 불목하여 장차 반드시 불행한 사태가 발생할까봐 오로지 그것이 염려된다. ……"
박문수는 이미 혀가 굳어진 상태이다. 머리를 동쪽으로 향해 누운채 주위를 한바퀴 들러본 후 조용히 잠이 들었다.

박문수는 꿈을 꾸었다.

전에 금강산 구경을 갔을 때 허선동자를 만나 그의 안내를 받아 어느 폭포수 뒤쪽에 있는 동굴을 찾아가고 있었다.
 온갖 기화요초가 만발하고 인간 세계에서는 접할 수 없는 신령스러운 기운이 향내처럼 서려나는 선경(仙境)이었다.
 신선들이 호로병에 담긴 선주(仙酒)를 마시면서 선녀들과 어울려 이상한 악기소리에 맞추어 춤을 추고 있었다.
 푸른 학, 붉은 학, 흰 학(白鶴)이 함께 어우려져 춤 사위를 자아내고 있었다.
 산봉우리에 걸린 오색구름도 제멋에 겨워 선녀의 옷자락처럼 하늘거리고 있었다.
 허선동자의 안내를 받으며 신선문(神仙門) 안으로 들어가니 선녀 두 명이 나붓이 인사를 올린 후 이렇게 말했다.
 "공께서는 풍진 속세에서 그동안 참으로 고생이 많았습니다. 그리하여 우리 신령계(神靈界)에서 공을 정중히 모셔 오라고 하셨습니다. 우선 이 선단(仙丹)과 감로주를 드시옵소서."
 박문수가 그것을 받아 먹으니 온몸이 새털처럼 가벼워지고 온갖 번뇌 망상과 오욕칠정 마저 씻은 듯 사라지고 우화등선 하는 기분이었다.
 그때 커다란 청학과 백학이 날아와 선녀 앞에 사뿐 내려 앉았다.
 이번에는 선녀가 이렇게 말했다.
 "공께서는 속세에 머물면서 천의(天意)를 따라 살고자 했기에 신령계에서 특별히 환영하는 것입니다. 공께서 위험에 처할 때마다 구해준 분은 바로 저 허선동자입니다. 이제 신령계에서 두 분에게 맡겨졌던 임무를 거두고 신령계에서 어서 모셔오라고 합니다. 자, 두 분은 저 학을 타고 갑시다."
 박문수와 허선동자가 각자 학의 등에 오르자 학은 하늘로 날아

올랐다.
　바로 그 순간 박문수는 속세에서의 호흡을 조용히 멈추었다.
　그러면 허선동자는 누구인가? 그는 역시 당쟁의 과정에서 피해를 입고 멸문지화를 당할 처지에 놓인 어느 벼슬아치, 그집 유모가 갓난아이를 안고 달아나다가 박문수 아버지 산소에 이르렀던 것이다.

　아아! 일세를 풍미하던 강직한 충신 박문수!
　오로지 정직과 애국애민 사상을 실천하며 부끄럼 없는 생애를 마감했다.
　그가 세상에 머물다간 햇수는 66년(만 65).
　취현방(聚賢坊), 정침(正寢)에서 오시(午時)에 이를 무렵이었다.
　오시는 12시의 일곱째 시(時), 곧 11시에서 오후 1시까지, 또는 24시의 13번째 시간인 11시 30분에서 12시 30분을 일컫는다.
　한 시대의 어둠을 비추던 큰별은 그렇게 지고 말았다.
　불의 앞에는 범보다 무서웠고 불의와 타협하지 않아 항상 반대파의 시달림을 받았다.
　그러나 그는 기어코 이겼다.
　임금이 바른길로 가도록 목숨을 바쳐 충간했고 백성들을 자식처럼 사랑하며 그 고충을 동정하며 살신성인의 자세로 헌신하였다.
　큰 별은 그렇게 사라졌지만 그가 남긴 숱한 공적과 일화는 당시를 비롯하여 지금까지 두고 두고 칭송받고 회자되고 있다.
　박문수가 세상을 떠났다는 소식이 전해지자 임금을 비롯하여 사대부, 일반백성들이 한결같이 애도하였다.
　박문수의 반대파들도,
　"앞으로 나라에 어렵고 급한 일이 생기면 누구를 믿고 의논할까?"
 이렇게 탄식하며 걱정하였다.
 비록 정치로서는 반대파이지만 박문수의 능력을 인정하고 있음을 짐작케 한다.
 박문수의 부음이 알려지자 일반 백성들은 흰옷을 입고 거리로 몰려나와 땅바닥을 두드리며 통곡을 했다.
 누가 시키지도 않았는데 상인들은 점포의 문을 닫고 애도하였다.
 영조는 박문수의 부음을 전해 듣고 심한 충격을 받았다.
 그리고 특별히 이런 내용의 특교(特敎)를 내렸다.
 "자고로 임금과 신하의 사이가 물과 고기, 바늘과 실처럼 긴밀했던 것은 영성군과 과인 경우 같은 예가 드물다. 내가 영성군을 알 듯이 영성군은 나를 가장 잘 안다.
 우리는 그렇게 마음이 통하였다. ………
 언제나 국가를 위해 충성을 다했다. ……
 그런데 나는 작년에 판단을 그르쳐 잠시나마 그에게 깊은 상처를 주었다. 지금 생각하니 그의 죽음은 나의 잘못에서 비롯된 것 같구나.
 이제 와서 애도하는 이 심정 어디에 비할 바 없도다.
 더욱이 애석한 것은 내가 재상을 시키려 했지만 주위에서 반대하여 뜻을 이루지 못했다.
 아, 이미 영성군이 갔으니 누가 진정 이마음을 이해 하겠는가.
 무신년 난리(이인좌의 난) 때부터 지금까지 충성을 다했는데 어찌 정승이 못되고 육경(六卿=3정승 6판서 중의 6판서를 뜻함)에 그쳤는가? 내가 그 공로를 기리고자 그에게 일상(一相=영의정)을 증직하노라. ……"
 영조는 또다시 신하들에게 특별히 어명을 내렸다.

"어서 시호(諡號)도 기다릴 것없이 즉시 행하라."

영조는 박문수의 장례를 치르는 데 있어서 각별한 배려를 하였다.

박문수의 시호를 내리려는 과정에서는 처음에는 숙민(肅敏)으로 정하려고 했다. 그러나 박문수와 외사촌간인 이종성이 주장하여 충(忠)자를 넣자고 하여 영조가 호응하여 충헌(忠憲)으로 채택하였다. 박문수의 죽음에 대한 기록의 일부를 참고로 소개한다.

承政院 日記 乾隆二十一年 四月 二十四日 靈城君 墓誌 贈領議政 崇政大夫行兵曹書 靈城君 諡忠憲墓表陰記

영성군의 부음(訃音)이 전해지자 조정이나 시장은 문을 닫았다.
영남 일대의 선비들은 흰 옷을 입고 조상 했으며 부녀자들은 방아찧기, 베짜기를 멈추고 어버이를 잃은 것처럼 애통히 여기며 슬피 울었다.

특히 함경도민(咸鏡道民)들은 함흥(咸興)의 만세교(萬歲橋)에 모여서 그들이 세운 송덕비(頌德碑) 앞에 꿇어 앉아 생전의 은덕을 기리며 통곡하였다.

그 숫자가 많아 마치 백로떼가 내려 앉은 것 같았다.

박문수는 항상 불의와 부정부패를 배격하고 백성들의 고충을 보살피며 살신성인의 자세로 초지일관하였다.

그의 묘소(墓所)는 목천현(木川縣) 작성산후록(鵲城山後麓) 은석산(銀石山) 최고봉으로 정해졌다.

지금의 행정 구역으로는 충청남도 천안군 북면(天安市 北面)에 속한다.

그의 묘소는 장군대좌(將軍臺座)형국인데 후세에 명장이 출현하여 국정을 바로 잡는 혈(穴)이라고 한다.

　묘소에 관한 일화로서 그의 묘소가 장군대좌이므로 군대가 있어야 한다는 풍수지리에 근거하여 병천장(並川場)이 생기게 되었다고 한다.

　박문수 묘지에 관한 일화 한 토막을 소개하기를 한다.

　묘소 근방에는 송충이의 천적(天敵)인 불개미가 서식하여, 묘소의 수목을 보호하고 있는 임학(林學) 관계자가 불개미를 옮겨서 번식 시키려 했으나 성공시키지 못했다고 한다.

　불개미의 생태는 특이하기 때문에 송충이의 서식이 매우 어렵다.

　다른 곳으로 옮기기만 하면 죽어버리기에 사람들은 말하기를 '박문수의 영혼이 영험하기에 불개미가 묘소를 수호'하는 것이라고들 말했다.

　묘소의 봉분 앞 이중으로 된 상식 밑에는 박문수가 생전에 사용했던 유물이 보관 되었다고 전한다.

　후일에 어느 노름꾼이 이 유물을 캐내려고 시도했는데 갑자기 폭우가 쏟아지고 벼락이 쳐서 즉사했다는 것이다.

　그래서 오늘날까지 묘소의 상식을 건드리기만 하면 폭우와 벼락이 쏟아진다고 하며 재앙이 내린다고 전해온다.

박문수가 염려했던 사도세자의 비극

일세를 풍미했던 영성군 박문수, 전대미문의 일화를 남긴 주인공, 그가 죽음 직전에 이르러서까지 염려하고 탄식했던 사도세자에 관한 문제는 그후 어찌되었는가 ?

그런 관점에서 아버지가 아들을 죽이는 근친상잔의 비극에 대해서 간추려 다루기로 한다.

영조 33년 2월 15일.

중전 서씨가 예순여섯의 춘추로 승하하였다.

13세의 나이로 가례를 올려 영조의 정실이 되어 50여년을 함께 살았다.

영조에게는 견디기 어려운 슬픔이었다.

중전 서씨는 총명하고 지혜롭고 기품이 높았다.

영조가 워낙 많은 비빈을 두었지만 서씨는 중전으로서의 궁중 법도를 스스로 잘 지키고 내명부를 잘 다스렸다. 영조로서는
지난해 가장 신임하던 박문수가 세상을 떠났는데 이번에는 정실 서씨가 떠난 것이다.
얼마후 사랑하던 사위 일성위(日城尉) 정치달(鄭致達)이 죽고, 그 뒤를 이어서 대왕대비 인원왕후가 승하하였다.
인원왕후가 승하한 것을 누구보다도 속으로 기뻐한 사람은 숙의 문씨였다.
숙의 문씨는 훗날 사도세자의 비극과 깊이 관련되는 사람이다.
영조는 어느날 연못가를 거닐다가 처량한 노래를 듣고 소리나는 쪽으로 어보를 옮겼다.
초저녁인데 달이 매우 밝았다.

  춘당대 연못에 노니는 고기
  내 신세나 네 신세나 다를 바 없네.
  네 아무리 뛰어도 철망 못벗어나고
  내 아무리 해도 이 속을 못떠나니
  중천에 날아가는 기러기가 부럽구나.
  사해와 팔방에 거칠 것 없어라.
  우리도 두 팔에 날개가 돋치면
  저 높은 궁궐 담을 넘어가련만……

그 노래는 궁중에 갇힌 자신의 신세를 한탄하며 무한히 자유를 구가하고 싶다는 내용이었다.
그 노래에 심취되어 영조가 그녀를 총애하게 되었다.
그로 인하여 소의가 된 문씨가 지나치게 방자하게 굴자 인원왕후

(仁元王后)가 잡아다가 곤장을 친 일이 있었다.
 그녀는 번번히 세자를 헐뜯고 영조에게 고자질 했기 때문이다.
 그녀에 관해서는 뒷장에 따로 나오기에 이만 줄이기로 하고, 그러한 연유로 인해 인원왕후가 승하한 데 대해 쾌하게 여기었다.
 "이제 대왕대비와 중전마져 없으니 장차 내 세상이 되겠지, 어디 두고 보아라."
 그녀는 무슨 요사를 꾸미려는지 치맛바람을 일으키고자 단단히 벼르고 있었다.

 그해 6월에 중전 서씨의 국장이 치러졌다.
 국장을 지낸 후 조정의 중신들이 모여 회의를 거듭했다.
 중곤(中壼=중궁전 자리)의 자리는 잠시도 비워둘 수 없다는 것이 당시의 궁중 법도였다.
 그런데 중전의 자리에 누가 오르느냐에 따라서 세력 판도에 중대한 변수가 작용하기에 당파가 다른 사람들의 미묘한 암투가 벌어지게 된다.
 근세조선은 건축초부터 정적끼리 죽이고 죽는 악순환의 연속이었다.
 국초의 방번, 방석의 난, 세조의 왕위 찬탈, 단종의 죽음, 연산군, 광해군 때의 사화(史禍), 성종때 폐비 윤씨의 사사, 숙종 때 희빈 장씨가 사사, 모두가 정치 무제와 연관된 것이다.
 선조 8년에 동인, 서인으로 분당이 생긴 이래 광해, 인조, 효종 …… 숙종 …… 경종, 영조 시대로 이어지기까지 노론(老論), 소론(少論), 남인(南人), 북인(北人), 이렇게 사색당파로 심화 되었고 다시 유파가 더 갈리었다.
 그러한 과정에서 서로가 당파에 이롭다면 물불을 안가리고 서로 싸웠다.
 조정의 중신들은 합계(合啓=여럿이 동시에 아뢰는 것)을 올리니 영조는 읽고나서 이렇게 비답을 내렸다.
 "과인은 70이 가깝도록 중전과 해로 하였소. 그런데 갑자기 새 장가를 들라니 좀더 생각할 말미를 주기 바라오."
 영조는 우선은 이렇게 보류하였다.
 영조와 세자와의 반목과 갈등, 노론과 소론의 암투가 거듭되는 동안 어느덧 영조 35년이 되었다.
 영조는 이미 66세의 춘추이지만 아직도 체력이 왕성하였다.
 예조판서 이창의(李昌誼)등이 다시 영조에게 새로 중전을 맞아 들이라고 주청하였다.
 영조는 속으로 은근히 바라던 터이었다.
 새왕비 간택에는 김한구(金漢耉)의 딸이 물망에 올랐다.
 당시의 시대적 배경과 정치적 상황을 이해하자면 먼저 알아둘 사항이 있다. 왕비 간택의 물망에 오른 나라의 중신들이 새로 중전을 맞아들이라고 주청하니 영조는 세자의 장인이 되는 홍봉한에게 이렇게 본부를 내렸다.
 "경은 들으시오. 중전이 승하한 후 지금까지 중궁이 비어 있는 처지요. 과인이 이미 70이 가까운 나이기에 다시 장가 든다는 것이 어색하여 그동안 망설였으나 여러 신하가 합계를 거듭하여 더 이상 물리칠 수가 없소. 그러니 경이 과인의 뜻을 헤아려 적당한 규수를 은밀히 물색하기 바라오."
 "전하, 분부대로 거행하겠나이다."
 홍봉한은 어전을 물러나와 집으로 돌아와서 곰곰히 생각에 잠겼다.
 지난 몇해 동안 국구(國舅)가 없었다. 국구는 임금의 장인이다.

자신은 비록 국구는 아닐지라도 장차 세자가 보위에 오르면 국구가 된다.

그런데 임금과 세자의 사이가 원만하지 못한 데다가 지금 다시 국구가 생기면 자신으로서는 이로울 리가 없다.

그렇다고 정면으로 나서서 반대하거나 임금의 명령을 거역할 수도 없었다.

훈련대장을 지낸 이여발(李汝醱)의 손자 이사관(李思觀)이란 사람이 있었다. 그는 본관이 한산(韓山)이었다. 그는 전형적인 무반(武班) 집안의 후예로서 성질이 괄괄하고 의협심이 강했다.

그는 무과에 응시하면 급제는 따놓은 당상이나 다름 없었다.

그러나 그는 기어코 문신(文臣)이 되고자 글공부에 힘썼다.

과거에 응시했으나 번번히 낙방을 했다. 좌절하지 않고 그는 꾸준히 응시한 결과 33세 때 비로소 문과에 뽑히게 되었다.

워낙 배경이 없는 그는 등과한지 십 년이 지나도록 한미한 말단직으로 떠돌다가 낙향하기로 작정했다.

고향인 당진으로 내려가기 전 추위를 막고자 잘(貂皮) 두루마기를 준비하여 길을 떠났다.

청운의 뜻을 품었으나 중도에 좌절하여 낙향하는 심사가 매우 참담하였다.

동작강(銅雀江) 나루에 이르러 고개를 들어 주위를 바라보다가 가슴에 굽일어나는 심회를 담아 이렇게 탄식하듯 읊조렸다.

매정쿠나, 삼각산아.
너는 무정 하여도
나는 차마 못잊으리.

강을 건너서 강가의 주막에서 술 몇잔을 들이킨 후 산모퉁이 길로 접어들었다.

맞은편에서 소등에 가마 같은 것을 얹고 오는 교군이 보여 이 사관은 하인에게 물었다.

"저기 저것이 무엇이냐?"

"예예, 나으리…… 서울에서 생장하신 분들은 잘 모르실 것입니다. 저것은 독교(獨轎)라는 것인데 시골의 가난한 양반이 이용하는 것입니다."

차마 내행에 걸을 수는 없고 가마를 타자니 교군을 부릴 형편이 못되어 가마를 소 등에 얹고 그 가마 속에 내행이 탑니다. 가난한 집에서 저런 방법을 택하는 것입니다."

그 말을 듣고 난 이 사행은 갑자기 심경의 변화를 일으켰다.

"아아, 나도 낙향하여 지내면 장차 저런 신세로 전락하겠구나…… 얘야, 자기 주막으로 다시 들어가자."

주막에 들어가니 초라한 차림의 중년 선비가 마루에 걸터앉아 달달 떨었다.

선비 곁에 있는 독교에서는 역시 추위에 떠는 신음이 간간이 새나온다.

이사관은 측은한 생각이 들어 선비에게 다가가서 먼저 말을 걸었다.

"이 추운 날씨에 참으로 고생이 많소이다. 어디까지 가시는 길이요?"

"예, 나는 서울의 홍판서(洪鳳漢) 집에 학구(學究) 노릇을 합니다. 그동안 서울 묵정동에 조그마한 집 하나를 구한 후 서산에 사는 식솔들을 서울로 데려가는 중입니다. 추위가 너무 심해 이렇게 곤경에 빠졌습니다. 여비가 부족해서 주막에 들어가 쉴 수도 없고

……"

"저 독교 안에서 나는 소리는 무엇입니까?"

"네, 작년에 태어난 여식이 추위를 견디지 못해 신음하고 있는 소립니다."

"거, 듣고보니 참으로 사정이 딱하구려, 아기가 저러니 부인은 얼마나 춥겠소. 자아, 이 털옷이라도 우선 받으시오. 우선은 나도 별로 도울 것이 없어 안타까울 뿐이요."

"이거 정말 고맙습니다. 워낙 빈한한 살림이라서 길 떠날 때 제대로 준비 못한 것이 이 지경에 이르렀소."

선비는 급히 털옷을 독교 속으로 들이 밀면서 이렇게 말했다.

"부인, 어느 고마우신 분이 이 털옷을 주었소. 이것으로 감싸안으면 한결 나을 것이요."

"뉘신지 꼭 고맙다고 전해 주세요. 애기가 이내 잠드는군요."

초라한 옷차림의 선비는 곧 털옷을 준 이사관에게 다가가서 통성명을 했다.

"소생은 김한구라고 합니다. 은인의 함자를 알고 싶소이다."

"예, 소생은 이 사관이라고 하오."

두 사람 사이에 몇마디 수인사가 오간 후 지기는 지기를 알아본다는 말처럼 의기가 상통했다.

이사관이 먼저 이렇게 전하였다.

"우리 이렇게 만난 것도 인연이니 주막이니 들어가서 술이나 나누면서 이야기 합시다. 다행히 내게 술값이 넉넉하니까……!"

결국 두 사람은 뜻이 맞아서 십년지 기처럼 가까와졌다.

김한구는 이사관의 도움을 받아 무사히 서울 묵적동으로 이사를 할 수 있었다.

그것을 계기로 두 사람의 교유가 계속되었다.

김한구는 홍판서(즉 홍봉한, 혜경궁 홍씨의 아버지)네 집에서 지금으로 말하자면 가정교사 노릇과 허드렛일을 하며 지냈다.

이사 오던 도중에 얼어죽을 뻔 했던 여아(女兒)는 무사히 자랐다.

김한구는 홍봉한의 집에서 자신이 맡은 임무를 충실히 해냈다.

홍봉한은 김한구를 깊이 신임하였다.

"자네는 참으로 성실하고 심지가 깊은 사람일세, 자네가 40세 정도에 이르면 내가 가감역(假監役)으로 추천하겠네. 가감역은 소과(小科=진사)도 아니 볼 사람에게 특별히 주어지는 벼슬이니까……."

김한구는 비록 벼슬을 못했을지라도 국가 훈신의 후손으로서 대대로 명문가이다.

홍봉한은 신임하는 김한구에게 언제가는 좋은 길을 열어 주고자 했다.

영조에게서 중전으로 맞아들인 규수를 물색하라는 분부를 받고 이런저런 문제를 다각도로 생각하면서 집으로 돌아온 홍봉한은 갑자기 무슨 생각을 했는지 김한구의 집을 찾아갔다.

대문도 없이 비바람만 겨우 가릴 정도인 김한구의 집 방안에서 무슨 말소리가 들려 홍봉한은 잠시 귀를 기울였다.

"여보게 이사관, 자네의 사주풀이는 귀신도 탄복한다더니……"

"왜 내말이 믿기지 않나?"

"글쎄, 아직 9품도 못되는 나에게 무슨 수로 금년 안에 1품 벼슬에 오른다 말인가?"

"아닐세, 홍대감(홍봉한)의 힘을 빌린다면 곧 자네의 따님이 중전의 자리에 오를 것이네"

"허허…… 이사람, 큰일날 소리……"

그때 밖에서 듣고 있던 홍봉한의 머리에 번개처럼 어떤 결심이 스쳐갔다.
'으음, 김한구는 지금 비록 내 수하에 속한 사람이지만 명문가의 후손이다. 내게 신세를 지고 있으니 기왕이면 그를 천거하면 좋겠다. 임금이 새 왕비를 맞이하라고 했는데 마침 김한구에게 장성한 여식이 있다. 그 따님을 궁중으로 보내면 김한구는 국구가 된다. 내가 세자의 장인인데 나와 사이가 나쁜 쪽에서 국구가 난다면 지극히 불리해진다. 그럴 바에야 김한구를 내편으로 만들자면 그의 딸을 중전으로 삼자고 상감께 적극적으로 주청해야겠구나!'
홍봉한은 그날밤 집으로 돌아와서 급히 상노를 불러 김한구를 모셔 오라고 했다.
"대감마님, 불러 계시온지요?"
"오, 어서 오시게, 자네의 친구 이사관은 왜 아니왔는가?"
"네에?"
"놀랄 것 없네. 오늘 그사람과 우리 함께 술이나 마시며 기탄없이 흉중에 마음을 털어놓기로 하세"
그날밤 홍봉한, 김한구, 이사관 세사람은 밤이 새도록 술을 마시며 중요한 이야기를 나누었다.
김한구와 이사관의 관계는 전자에 다루었거니와 추위에 얼어죽을 뻔했던 여아(女兒), 그가 바로 중전의 물망에 오르는 지금의 규수이다.
결국 그날밤 홍봉한, 김한구, 이사관은 은밀히 김한구의 따님을 영조에게 시집 보내기로 합의했다.
홍봉한의 밀명을 받은 김한구는 급히 집으로 돌아갔다.
다음날 밤이었다. 김한구는 부인과 은밀히 따님 문제를 의논하고 있었다.

김한구는 부인의 의사를 넌지시 떠 보았다.
"부인, 지금 중전의 자리가 비어 있는지 3년이 되었소. 홍대감께서 은밀히 부르시더니 중대한 제안을 하셨소……"
"너무 갑작스러운 일이라……"
"부인, 우리 내외의 뜻은 이미 결정되었으나 마음에 걸리는 바 있소. 이팔청춘의 금쪽같은 우리딸을 칠십 가까운 노인에게 보내려니……"
"아녀자가 무엇을 알겠습니까. 그저 가장의 뜻을 따를 뿐입니다."
"지금 우리 딸은 어디에 있소?"
"예, 건넌방에서 삯바느질을 하고 있을 것입니다."
그날 김한구 부부는 이런저런 이야기를 나누느라고 밤을 꼬박 밝혔다.
다음날 아침이었다. 단정한 옷차림으로 아침상을 차려 들어온 김규수가 큰절을 올린다.
"아버지, 그리고 어머니, 불초 여식 때문에 그동안 양육하시느라고 얼마나 노고가 많으셨습니까? 여식이 감히 한말씀 여쭈옵니다. 지난밤 우연히 부모님께서 말씀하시는 내용을 들었기에 깊이 생각하였습니다. 우리 집안이 비록 가운이 불운하여 지금은 이렇게 몰락했지만 당당한 명문가의 후손이 아닙니까. 그러나 지금 아버님은 고작 홍대감댁 자녀의 훈장, 대서일을 하시고 계십이다. 이러다가는 영영 문호가 닫히고 말 것입니다. 비록 제 나이가 어리시만 느낀 바 있사옵니다. 제가 남자로 태어난다면 열심히 공부하여 가문을 빛내련만 늘 여식으로 태어난 것이 한스러웠습니다. 듣자니 두 분께서 불초 여식의 혼사 문제를 협의하신 줄 아옵니다. 아버지, 어머니, 기회는 아무 때나 오는 것이 아니오니 소녀를 궁중으로 보내주소서. 모처럼 부모님께 효도할 수 있는 절호의 기회라고 사료되오니 서둘러 일을 진행시키심이 좋겠습니다."
"으음, 네가 이미 알고 있었구나……. 사실 네 문제로 고민하고 있었다. 70 노인에게 어린 딸을 주기가 여간 망설여지는 것이 아니다. 홍대감의 뜻을 받자우고 싶지만 너의 뜻에 따를 터이니 네 결심을 말해 보아라."
"이미 소녀가 밝힌 그대로입니다. 소녀가 궁중으로 들어가는 것이 효도하는 길이요. 가문을 일으키는 지름길이 될 것입니다."
"오냐, 네 결심이 그러하다면 나도 그대로 일을 진행시키기로 하겠다."
이리하여 일은 일사천리로 진행되었다.
홍봉한이 어전에 나아가 김한구의 딸을 강력하게 추천하니 영조는 형식적인 절차를 지시하였다.
정원에서 간택령을 내리고 예조에서는 통례원을 처녀 단자를 받게 하였다.
이런저런 과정을 거쳐 마침내 홍봉한의 영향에 힘입어 김한구의 따님의 단자를 취하게 되었다.
최후 간택이 정해지기 전에 이런 일화가 전해온다.
당일 대궐의 내전 뜰에는 40여개의 좌의정이 놓였다. 간택 후보들이 앉을 방석도 놓였는데 방석 밑마다 ○○○ 따님이라는 명패가 있었다.
다른 처자들은 모두 여관의 인도를 따라서 각자 자기 부친의 이름이 새겨진 자리에 앉았다.
그러나 김한구의 딸은 방석에 앉지 않았다.
여관이 자리에 앉기를 권했다.
"어서 이 방석에 앉으시지요."

"고맙습니다. 하오나 자식으로서 어찌 부모의 함자가 새겨진 방석에 앉을 수가 있겠습니까. 그래서 맨바닥에 앉겠습니다."

그러한 행동을 보고 영조는 이미 마음을 정했다.

40여 명의 후보자 중에서 10여 명이 선발되고 다시 3인으로 좁혀졌고 결국 김한구의 딸이 최종 간택되었다.

마침내 영조의 계비로 간택되는 김한구의 따님, 그가 후일의 정순왕후(貞純王后)이다.

정순왕후는 후일에 속칭 한다리 대비라고 불러우기도 한다.

그분의 고향이 서산의 한다리이기 때문이다.

장차 국모가 될 김한구의 따님은 잠깐 본가에서 사당에 하직을 하고 궁녀들의 호위를 받으며 어의동(於義洞) 별궁으로 가서 임시로 기거하게 되었다.

부친 김한구는 그날부터 돈녕부 참봉이 되었다가 얼마후 정이품(正二品) 자헌대부(資憲大夫) 지돈녕부사로 고속 승진하게 된다.

그리고 다시 승진을 거듭하여 정일품 보국숭록대부(輔國崇綠大夫), 영돈명부사, 오흥부흥군의 지위에 오른다.

호조에서는 영조의 어명을 받고 즉시 큰집을 사서 주었고 돈 10만냥을 주었으며 그밖에 필요한 많은 생활 필수품을 전달하였다.

김한구는 그러한 중에서 늘 전에 길가에서 만나 털옷을 주었던 이사관의 은공을 잊지 않았다.

김한구와 홍봉한의 배려에 힘입어 이사관도 멀지않아 수찬(修撰) 벼슬에 올랐다.

수찬이란 벼슬은 당당한 옥당학사(玉堂學士)이다.

무관직의 후손으로서 과분한 벼슬이었다. 하늘로 오를 듯이 기뻐하였다.

십여년 전 우연히 털저고리 하나를 선사한 것이 그토록 영광스러운 자리에 오르게 될 줄이야 누가 짐작이나 했으랴!
 홍봉한, 김한구, 이사관은 묘한 인연으로 서로가 만나 한 시대를 담당하는 주역이 된다.
 영조는 40년 세월을 보위에 있으면서 탕평주의를 표방했다.
 그러나 지나치게 고집이 세고 판단을 그르치는 사례가 많았다.
 그 무렵 노론은 영조, 소론은 세자에게 속하여 권력다툼을 벌이고 있었다.
 그러한 와중에서 사분오열, 예측할 수 없는 암투와 음모와 권모술수가 계속되고 있었다.
 영조와 세자와의 갈등이 극한 상황으로 치닫고 있을 때이다.
 영조는 아첨하는 신하들의 권고를 받아들여 마침내 15세의 정순왕후(貞純王后) 김씨를 맞이하였다.
 영조는 이미 칠십을 바라보는 노인이었으나 정력이 절륜하고 여자 다루는 데는 이골이 났다.
 영조가 수많은 내명부 여인들 중에서 그무렵 가장 총애한 여인은 숙의(淑儀) 문씨(文氏)였다.
 숙의 문씨는 출신이 한미하였다.
 매우 색정이 강했고 임금의 비위를 맞추는데 남다른 재주가 있었다.
 영조는 열다섯 어린 중전을 맞아들여 신혼을 즐기는 중에도 숙의 문씨의 마력을 지닌 육체에서 헤어나지 못했다.
 간교하고 색정적인 여자가 최고 권력자인 임금을 사로잡고 국정을 문란케 한 경우는 드물지 않다.
 조선왕조의 경우만 보더라도 연산군 때의 장녹수, 광해군 때의 김상궁, 인조 때의 조귀인…… 등이 있었듯이 영조 때의 문숙의가 그런 여자에 해당된다.

문씨는 온갖 방법으로 영조를 사로잡고 요사를 떨었다.

영조를 졸라서 자신의 친정 동생 문성국(文聖國)이 과거도 안보고 육상궁 소감(毓祥宮 少監)이란 벼슬을 제수 받도록 했다.

육상궁은 영조의 생모(生母) 최씨의 영혼을 모신 별묘(別廟)의 최고직이다.

장안의 건달노릇을 하던 문성국은 갑자기 벼락 출세를 하여 한가로우면서도 수입 좋은 벼슬을 갖게 되었다.

그러자 그의 주변에는 건달과 깡패, 온갖 시정잡배들이 모여들어 술과 계집질, 도박을 일삼았다.

문성국은 임금의 총애를 받는 누이를 두었다는 배경을 믿고 지나치게 월권행위를 하였고 피해자들의 원성이 높아갔다.

권력이나 재물을 탐하여 그 주변에는 예나 지금이나 늘 파리떼처럼 모여든다.

'군자(君子)는 의(義)에 밝고 소인(小人)은 이(利)에 밝다'는 말이 있다.

오로지 이(利)를 좇아 불리하거나 득될 것이 없으면 일시에 흩어져 버리는 것이 소인잡배들의 생태이다.

문성국 주위에 모여드는 자들은 무서운 기세로 그 세력이 나날이 커져갔다.

그들은 제철을 만났다고, 육상궁의 관비를 유용하고 숙의 문씨의 자금을 지원받아 장안을 돌아다니며 세력을 점점 크게 뻗쳤다.

기생방을 찾아다니며 큰소리치고 무고한 자들에게 역적 혐의를 씌워 고발하고 헛된 공로(?)를 구실삼아 거들먹거렸다.

그들은 문숙의와 문성국의 사조직으로서 노론들과 줄이 닿아 있었다.

그무렵 영조 주위에서 자신들의 세력을 굳히려는 노론파와 세자가 등극 하면 재기하려고 기회를 노리는 소론파들의 암투가 계속되고 있었다.
 문성국과 그 일당들은 소론파 쪽에 빌붙어 세력 판도에서 밀려나 재기의 기회를 엿보는 소론파를 모조리 때려잡는 끄나풀 노릇을 했다.
 그러니 모두들 문성국을 두려워 했고 벼슬을 사고자 문숙의에게 서로 뇌물들을 바치기에 혈안이었다.
 소론파들은 숨도 크게 못쉬었고, 일반 백성들도 술집이나 어떤 곳에서든 함부로 불만을 터뜨리지 못하고 억눌려 지냈다.
 일종의 정보정치, 공포 분위기가 날로 심각해졌다.

  숙의 문씨 동생 문성국은 단순한 제관(祭官)이 아니다. 그는 문숙의의 밀명을 받아 노론과 손잡고 세자 쪽에 속한 우리 소론파들을 모조리 잡아죽이려는 무서운 밀정의 괴수이다.

 이러한 소문이 소론파에 퍼져나가자 윤지(尹志)의 반란 실패 이후 세자쪽에 줄을 잇대고 겨우 명맥만 유지하던 소굴들은 더욱 위축되었다.
 그러한 중에서도 무슨 수를 써서라도 권력 싸움을 반전시키고자 나름대로 끈덕지게 온갖 방법을 강구하고 있었다.
 그무렵 영의정은 김상로(金尙魯)였다.
 김상로는 박문수 생존시에 서로 반목하던 인물이었다.
 문성국은 김상로의 신임을 받고 그 누이의 비호를 받으며 계속 세자와 그 추종 세력인 소론파들을 모조리 없애고자 수단과 방법을 가리지 않았다.
 세자는 부왕에게 너무 억눌려 지내면서 불만을 품은 나머지 학문을 게을리하고 무술에 취미를 붙였다.
 활을 쏘거나 칼을 휘두를 때 지나치게 억눌렸던 심사가 다소나마 해소되는 기분이었다.
 세자는 답답하면 궁궐밖으로 나가서 기생방을 찾아들어 방탕한 행동을 계속했다.
 문성국과 그 일당은 세자의 뒤를 미행하여 더욱 보태어서 문숙의에게 보고하고 문숙의는 영조에게 악의적으로 고자질했다.
 어느날 침소로 찾아든 영조를 맞이해 뜨겁게 달아오른 육체로 한바탕 넋을 빼놓은 후 문숙의는 이른바 '베갯머리 송사'를 했다.
 타고난 아름다운 용모, 풍만한 육체로 영조의 용안을 두 젖가슴 쪽으로 당겨 안으며 이렇게 코맹맹이 소리를 했다.
 "상감마마⋯⋯ 아이, 상감마마⋯⋯"
 "어허허, 귀여운 것⋯⋯ 어서 말해라."
 영조는 검다가 못해 푸른빛이 감도는 치렁치렁한 문숙의의 머리결을 천천히 쓰다듬으며 꿈 꾸듯 말했다.
 "⋯⋯상감마마, 부디 만수무강 하소서⋯⋯"
 "그래, 우리 문숙의를 위해서라도 오래 살 것이야."
 "상감마마⋯⋯ 하지만 두렵사옵니다."
 "무엇이 두렵단 말이냐?"
 "세자 저하를 마주칠 때마다 적의를 품고 노려보니 두렵습니다."
 "두어라, 그놈은 이미 자식 취급을 안하는지가 오래이다."
 "⋯⋯하온데⋯⋯"
 "어서 말해라. 무어냐?"
 "요즈음 동궁이 무술을 익히는 한편 소론파들과 은밀히 만난다고 합니다. 저녁으로 대궐 밖으로 나가서 세력을 규합한다고 합니다. ⋯⋯ 듣자니 전에 황해도 해서에서 생불이라고 하면서 '부왕이 빨리 물러나고 동궁이 왕위에 올라야 한다'고 소동을 일으켰던 그 여자도 결국 세자의 사주를 받았다고 합니다. 그러니 세자는 상감마마가 어서 세상을 떠나시라고 바라는 것이 아니겠습니까? 더구나 세자는 늙은 임금을 없애야 한다면서 늙은 개만 보아도 칼을 뽑아서 함부로 죽인다고 하옵니다. 아마도 역심을 품은 것이 분명합니다."

"그놈이 미친 짓을 한다는 것은 이미 세상이 다 아는 바이다. 허나 설마 내가 빨리 죽기를 바랄려구?"

"상감마마, 이 문제는 그렇게 단순하지 않사옵니다. 동궁의 뒤에는 호시탐탐 기회를 노리는 소론파들이 있습니다. 윤지의 역모 때도 그들은 동궁과 줄이 닿았다고 합니다. 동궁을 불순한 세력과 떼놓으려면 우선 그 주변 세력을 제거해야 하옵니다. 그러면 동궁도 정신을 차리고 잃었던 효심(孝心)을 되찾을 것입니다. ……만약 상감마마께서 유고시엔 이몸도 무사하지 못할 것이니 어찌 두렵지 않겠습니까…… 으흐흑……"

문숙의는 갑자기 추연한 얼굴로 흑흑 느껴 울었다.

어깨가 들먹거리며 긴 머리칼이 출렁거리는 모습을 보고 영조는 마음이 심히 흔들렸다.

"걱정마라, 기어이 동궁을 그냥 두지 않을 테니까……"

영조는 문숙의를 다시 끌어안으며 토닥거렸다.

문숙의는 기다렸다는 듯이 적극적으로 영조의 품을 파고들기 시작했다.

문숙의의 이간질에 넘어간 늙은 영조는 성총이 흐려졌다.

그로 인하여 동궁 주변에 가까이 있는 세자부 이후(李喉), 이천보(李天輔)까지 의심하였다.

그러던 중에 이후, 이천보가 어전에 나아와 이렇게 아뢰었다.

"상감마마, 요즈음 듣자니 숙의 문씨와 그의 동생 문성국이 불순한 세력과 결탁하여 장안을 휘젓고 다니면서 원성을 사고 있다고 합니다."

"전하, 숙의 문씨와 그의 동생 문성국은 전하와 동궁의 사이를 이간시키고 있으니 그들을 과감히 내치시고 엄벌을 내리소서."

강직하고 바른 말 잘하는 두 신하의 직언을 듣고 영조는 더욱 부쩍 의심이 들어 언성을 높였다.

"어허, 이런 불충스러운 위인들 같으니…… 경들은 동궁을 바르게 가르쳐야 할 의무가 있거늘 어찌하여 충성된 문소의와 그 동생을 비난하고 사람노릇 못하는 동궁을 비호하려 드는가? 그것은 곧 과인이 어서 죽기를 바라는 것일 터이다. 세자가 보위에 오르면 그때 부귀영화를 누리겠다는 속셈이 분명하렸다?"

"전하, 망극하옵니다."

"상감마마…… 주위의 간사한 무리들을 내치소서. 신들의 충정을 가납하소서."

"시끄럽소. 어서 물러들 가시오. 임금을 협박하고 능멸하려 들다니……!"

"전하, 신들은 목숨을 걸고 결백을 증명하겠습니다."

이후와 이천보는 너무나 어처구니가 없었다.

눈물로 호소했으나 영조가 냉정하게 물리치면서 역심을 품었다고 하니 참으로 기가 막혔다.

그때 세자는 심화가 뒤끓어서 심한 종기가 났다.

심히 심신이 고통스러운 상황에서 자신과 자신의 스승들마저 역심을 품었다고 몰아치니 죽고 싶은 심정이었다.

세자는 답답함을 견딜 수 없어 온양 온천으로 종기 치료를 가고자 했다.

그러나 그조차도 반대하는 소리가 있었다.
세자는 지극히 괴로운 심사를 이후, 이천보에게 토로 하였다.
"나는 요즈음 죽기보다 괴롭습니다. 죄인처럼 숨도 제대로 못쉬고 살아야 하니 질식할 것 같습니다."
"세자저하, 망극하여이다."
"우리가 역심을 품었다고 대조께서 의심하시니 차라리 죽겠습니다."
세자는 괴로운 심사를 달랠 길 없었다.
그러던 때에 노론파들이 또다시 일제히 공격하기 시작했다.
세자는 '될대로 되라'는 심정으로 온양의 온천을 찾아 떠났다.
노론파들은 세자가 떠난 후 다시 이천보, 민백상을 몰아쳤다.
"세자가 멋대로 행동하고 역심을 품은 것은 그 주위에 소론들 때문이니 그들부터 없애야 합니다."
일제히 악마구리처럼 떠들어댔다.
"아아, 이러다가는 더러운 역적 혐의를 덮어쓰고 죽겠구나. 그럴 바에야 차라리 자결하여 결백을 증명하리라!"
소론파에 속한 영부사 이천보와 우의정 민백상(閔百祥)은 비장한 각오로 자결하고 말았다.
세자를 모시고 온양에 갔다가 돌아온 이후는 그동안 벌어진 놀라운 상황을 대하고 이렇게 탄식했다.
"아아, 이미 두 사람이 자결했으니 이제 나에게 혐의가 씌워지겠지. 난세에 태어나 벼슬길에 나선 내가 불찰이로다! 나도 차라리 자진하여 더러운 혐의를 벗으리라!"
마침내 이후도 비장한 최후를 마쳤다.
세자는 자신을 지켜주던 정신적 사표이자 지주이던 분들이 셋이나 죽자 의지할 곳이 없었다.

"아아, 부왕에게 천하에 몹쓸자식 취급, 역모 혐의조차 받고 있다. 세 사람의 충신도 나 때문에 죽었는데 살아서 무엇하나."

세자는 우물에 뛰어들고자 했으나 주위에서 만류하여 뜻을 이루지 못했다.

세자는 점점 자포자기 하였다.

"에라, 모르겠다. 나는 언젠가는 부왕이나 노론파의 마수에 무사하지 못할 것이다! 그럴 바에야 사는 날까지 멋대로 살다가 죽자!"

세자는 반항심이 발동하여 먼길을 떠나기로 했다.

부왕 영조에게 고하지도 않고 평복차림으로 길을 나섰다.

세자 주위에 시신(侍臣)들이 울면서 한사코 만류하였다.

"세자 저하, 지금 부왕께서 세자저하의 행동을 감시하며 혐의를 풀지 않고 계십니다. 그런데 멋대로 행동하시면 큰일납니다. 꼭 가시려거던 대조전에 고하신 후 윤허를 받고 가소서."

"다들 들으시오. 나는 답답해 미치겠소. 그래서 평양으로 다녀오겠소. 어쩌면 이것이 마지막일지도 모릅니다. 기왕 이렇게 되었으니 더 이상 막지 마시오. 모든 책임은 내가 지겠습니다."

"세자 저하…… 꼭 그러시다면 신들이 보필 하겠습니다. 설사 대조의 노여움을 사서 죽게 되더라도 기꺼이 따를 것입니다."

세자는 충직한 신하 두세 명, 선비 두세 명을 동반하고 평양으로 향해 길을 떠났다.

영조에게는 알리지도 않고…….

아아, 사도세자……!

영조 37년 4월.
평양으로 가는 연도에는 녹음방초 우거지고 온갖 꽃들이 흐드러지게 피었다.
25세의 한창 나이에 비정한 권력의 틈바구니에서 시달리고 지쳐 심신이 병든 상태에서 세자는 자포자기 하였다.
세자를 호위하고 가는 신하들은 세자가 도중에서 어떠한 극단 행동을 취할지 몰라서 수행 중에도 가슴이 조마조마 하였다.
도중에 강물에 뛰어든다든가 목을 맬지도 몰라 한 시도 마음을 놓지 못했다.
한편 세자의 반항적 행동에 대해 문소의와 문성국, 노론파들은 일제히 세자의 행동을 비난하고 침소봉대 하여 일러바쳤다.
"전하, 이번 동궁의 수행길에 나선 소론파들은 분명히 불순한 저의가 있을 것입니다. 지방의 세력들과 내통하려는 것으로 짐작되니 그들의 행동을 은밀히 내사하는 게 좋겠습니다."

그리하여 지방에 미리 은밀히 통보하여 세자 일행의 행동을 염탐하여 보고하도록 했다.

심신이 병들고 지친 세자는 색향(色鄕)으로도 유명한 평양으로 가서 그곳의 기생들과 마음껏 어울려 놀았다.

평양의 기생들은 역시 자색과 가무도 빼어나고 사내 다루는 데도 이골이 났다.

"아아, 골치 아픈 세상, 무릉도원이 따로 없구나. 하루를 살더라도 이렇게 주지육림에 묻혀 멋대로 살고 싶다. 너희 기생들은 모조리 나에게 수청 들어라."

평양 기생들은 장차 보위에 오르실 귀하신 동궁을 서로 환대하며 모시기에 야단법석이었다.

동궁은 그동안 여러 기생과 관계를 맺었고 가선(假仙)이란 여승(女僧)과도 관계를 맺었다.

가선은 원래 기생이었으나 수도하던 도중이었다.

세자는 주위에서 만류했으나 막무가내로 멋대로 놀았다.

세자는 서울로 돌아오는 길에 그동안 수청든 미인들 중에서 가장 빼어난 대여섯 명을 뽑아 가마에 태워 데리고 왔다.

그중에는 가선이도 있었다.

세자는 그들을 동대문 밖에 숨겨놓고 궁으로 돌아왔다.

그리고 밤마다 나가서 그늘과 어울려 방랑한 생활을 계속했다.

"지금 대조께서 아시면 어쩌려고 그러십니까? 제발 근신하시고 앞날을 도모하소서."

세자빈 홍씨가 눈물을 흘리며 애원했지만 세자는 퉁명스럽게 내쏘았다.

"동궁빈은 내 처지를 모르시단 말이오? 언제 역적으로 몰려 죽을지 모르는 판국이오. 그럴 바에는 싫컷 놀아보고 죽겠소. 말리지 마오."

세자는 점점 행동이 이상해지고 병세가 심해졌다.

세자에게는 의대병(衣帶病)도 있었다. 세자는 귀신을 모신다고 새옷을 모두 불사르거나 새옷을 찢거나 벗어던지기가 일쑤였다.

이유없이 옷시중을 드는 나인들을 때리거나 죽이기도 했다.

"대조께서는 언제 나를 죽일지 모른다. 그러니 깊숙히 숨어야겠다!"

세자는 땅굴을 깊이 판 후 굴로 내려가는 출입구 뚜껑 위에 뗏장을 덮어 위장을 했다.

어두운 땅굴 속에 꼭꼭 숨었다가 밤이면 몰래 빠져나와 동대문 밖에 숨겨놓은 기생들과 가선이를 찾아가 방탕한 생활을 거듭했다.

세자는 점점 그 도가 더 심해져서 시중잡배와 기생들을 동궁에까지 이끌어 들여 멋대로 놀았다.

그러는 한편 여전히 귀신을 섬긴다고 울긋불긋한 명정(銘旌)을 세워 놓고 주위 사람들에게 이렇게 말하기 일쑤이다.

"나는 이제 멀잖아 죽을 것이다. 어서 관을 준비하라. 안그러면 단칼에 죽일 테다."

나인들이 관을 준비해 오면 그속에 들어가서 이상한 소리를 지껄이기도 했다.

천둥번개가 치면 놀라자빠져 간질병 환자처럼 거품을 내뿜거나 실신하기도 했다.

세자는 나인들을 강간하거나 때리고 죽이기도 했다.

그러던 때에 문숙의와 문성국, 그리고 노론파들은 그러한 세자의 행동을 염탐하고 살을 붙여 영조에게 보고했다.

영조 38년 여름.

마침내 비극의 발단은 터지고야 만다.

영의정 신만(申晚)이 영조에게 나아가 세자의 최근 비행을 낱낱이 고한 후 징계해야 한다고 아뢰었다.

"영상, 그놈은 자식이 아니라 웬수요. 차라리 없는 게 낫겠소. 언젠가는 그냥두지 않겠소."

영조는 극도로 흥분하여 온몸을 부들부들 떨었다.

세자는 영의정 신만에게는 차마 정면으로 도전할 수는 없었다.

그대신 그의 아들 영성위(永城尉)를 죽이겠다고 떠들며 날뛰었다.

영성위는 세자의 누이동생 화협옹주(和協翁主)의 남편이었다.

영성위는 세자를 기피하여 궁중 출입을 삼가하였다. 화협옹주는 영조가 살아있는 옹주들 중에서도 가장 총애하였다.

어느날 부왕 영조에게 나아가 울면서 이렇게 아뢰었다.

"아바마마, 동궁이 영성위를 죽이겠다고 칼을 들고 벼르고 있답니다. 제발 영성위를 살려 주소서."

옹주의 말은 기름에 불씨를 던지는 격으로 영조를 더욱 자극하였다.

영조의 심기를 눈치챈 문성국의 부하 나경언(羅景彦)이란 자가 노론측의 사주를 받고 형조참의(刑曹參議) 이해중(李海重)에게 나아가 이렇게 밀고를 했다.

"대감께 아뢰옵니다. 요즈음 동궁께서 부왕을 몰아낼 궁리를 하면서 온갖 망극한 언동을 한다고 합니다……"

이해중은 전에 영의정을 지낸 사람이다.

그는 직책상 역모 혐의를 묵살할 수가 없었다.

그러나 상대가 세자이기에 망설이다가 세자의 장인 홍봉한을 찾아가서 협의했다.
　홍봉한은 참으로 난감하였다.
　사위를 고발할 수도 없고 모른채 지나칠 수도 없는 처지였다.
　"대감, 아무래도 동궁을 모함하는 소리 같은데 나로서는 고발하기가 망설여지오."
　"그렇다면 직책상 내가 전하께 고하겠소. 내켜서가 아니라 난들 어쩔 수 없으니 너무 원망하지 마시오."
　이해중이 어전에 나아가 세자가 역심을 품었다는 고변이 들어왔다고 아뢰자 영조는 극도로 진노하였다.
　"이놈이 기어이 반역 하다니…… 내가 죽이고 말테다. 어서 친국할 준비를 하라."
　영조는 마침내 자신의 아들을 죽이겠다는 극언을 하면서 무서운 어명을 내렸다.
　한편 그 소식이 동궁전에 알려지자 세자는 이렇게 탄식하였다.
　"아아, 드디어 올 것이 왔구나. 동궁빈, 이제 나는 끝난 사람이오. 내가 죽더라도 동궁빈은 부디 세손을 의지하고 꿋꿋하게 살아야 하오. 그동안 너무 마음 고생이 컸소."
　"세자 저하…… 억장이 무너집니다……. 그렇다고 설마 죽이기야 하겠습니까. 무조건 잘못을 비소서. 그러기에 평소에 신첩이 무어라고 했습니까……"
　동궁빈 홍씨는 정신이 오락가락 하고 기가막혀 잠시 혼절하였다.
　마침내 휘녕전(徽寧殿)에서 친국이 시작되었다.
　친국의 장소에는 살기가 돌고 있었다.
　노망기에 사로잡힌 영조는 모함하는 참소를 곧이 듣고 아예 세자를 죽이기로 작정했다.
　친국하는 데 있어서 남태제(南泰齊)를 지의금(知義禁)으로 삼고 판의금(判義禁)에는 한익모(韓翼謨)를 임명하였다.
 영조는 자신의 아들 세자에게 일반 역적죄를 다루듯 모든 준비를 갖추었다.
 여러 대신들이 배석한 가운데 영조가 직접 심문기로 했다.
 그때 세자는 홍화문(弘化門) 밖에 엎드려 대죄하고 있었다.
 영조가 어명을 내렸다.
 "세자가 역모 했다는 고변자(告辯者) 나경언을 증언케 하라."
 나경언이 곧 이끌려 왔다.
 "소신은 이번 역변에 대해 진작 상소하고자 했으나 신분이 미천하여 먼저 형조참판께 고했습니다."
 "그래? 너는 고변하기까지의 상황과 증거를 밝혀라."
 "예예, 전하, 소신은 여기에 자세히 적어 가지고 왔사옵니다."
 나경언이 올린 상소를 두어 줄 읽다가 영조는 용안을 찌푸리더니 세자의 장인 홍봉한에게 건네면서 퉁명스럽게 하명했다.
 "이 흉서(兇書)를 직접 읽어보오."
 "전하, 황공하오이다. 신을 먼저 벌하소서."
 홍봉한은 긴장되어 온몸이 땅에 흠뻑 젖었고 애가 바짝바짝 타올랐다.
 "경들은 들으시오. 나경언은 벼슬도 없는 한낱 서인으로서 역모를 고발했는데 영상과 대신들은 도대체 무얼하고 있었소?"
 그때 홍봉한이 조심스럽게 아뢰었다.
 "전하 저 나경언과 세자 저하를 한 자리에 서게 하는 것은 예법에 어긋나오니 우선 그를 물리치소서."
 나경언은 군사들에게 이끌려 퇴장했다.
 "세자를 어서 이리 끌고 오너라."
 노한 영조의 어명이 떨어지자 세자는 휘녕전 섬돌 앞에 이르러 꿇어 엎드렸다.
 "네이놈, 네 죄를 네가 알렸다? 나를 대리하여 정사를 돌보는데 전념해야 하거늘 멋대로 지방으로 다니면서 온갖 방탕한 짓을 했고, 기생과 여승을 궁중에 끌어들여 세자로서의 체통을 잃었다. 뿐만 아니라 불충스럽게도 부왕인 나를 수시로 저주하면서 빨리 죽기를 바라고 마침내 불충한 세력들을 규합하여 반역을 도모했으니 어찌 살기를 바라겠느냐?"
 "아바마마, 신은 스스로 지은 죄를 알고 있사옵니다. 하오나 아바마마께서 빨리 승하하시기를 바란다거나 반역을 도모한 적은 추호도 없사옵니다."
 "닥쳐라. 이놈, 네놈의 죄는 천하가 다 안다. 잘못을 깨달았거든 어서 이 칼로 자진하여라. 안그러면 내가 기필코 죽이겠다."
 그때 남편이 염려스러워 세손을 데리고 홍화문 밖까지 나왔던 세자빈 홍씨는 정신이 아득하였다.
 "아아, 내 어찌 남편이 죽는 판에 살기를 바라겠느냐!"
 세자빈은 땅에 털썩 주저 앉았다가 스스로 칼을 들어 목숨을 끊으려 했다.
 "빈궁마마……"
 "고정하소서, 빈궁마마……"
 상궁과 나인들이 달려들어 칼을 빼앗자 세자빈 홍씨는 땅을 치면서 통곡을 한다.
 그때 어린 세손이 영종에게 달려가 울면서 애원하였다.
 "할바마마…… 제발 아버지를 살려 주소서."
 "너는 왜 왔느냐? 누가 시켰느냐? 어서 돌아가지 못할까!"
 영조는 더욱 화가나서 소리쳤다.
 그때 홍봉한이 조심스럽게 아뢰었다.

"전하, 비록 세자 저하가 전하의 심기를 어지럽히는 죄를 지었으나 뚜렷한 근거도 없이 역모죄로 몰아서 부자지간을 이간시킨 나경언의 죄상을 밝히고 엄벌에 처하소서."

그러자 몇몇 대신들도 홍봉한의 말에 동조하였다.

영조는 우선 나경언을 옥에 가두도록 명령을 내렸다.

그리고 칼을 들고 기둥을 치면서 소리쳤다.

영조가 세자에게 극도로 노한 데는 반드시 역모 혐의 뿐만 아니었다.

입에 올리기 거북스럽지만 이런 흉측스런 간계의 영향도 컸다.

당시 노론파들은 소의 문씨와 모의하고 세자의 글씨처럼 위조하여 문소의에게 주었다.

그 편지에는 '음담염어'(淫談艷語)로서 비밀스럽게 같이 어디론가 가서 즐기자는 기괴망측한 내용이었다.

문소의는 그것을 영조에게 은밀히 올렸다.

실은 그것이 세자에게 치명적인 악영향으로 작용했다.

그때 서리(書吏) 하나가 그 사실을 알고,

"우리 세자 동궁이 장차 무사하지 못하겠구나."

이렇게 말하며 궁벽한 곳에서 가슴을 치면서 울었다.

문소의는 왕의 필적을 위조하여 한밤중에 세자가 입궁하라고 보냈다.

세자가 밤중에 왕명인 줄 알고 문소의 침소로 가니 영조가 그것을 보고 크게 호통을 쳤다.

"네 이놈, 어찌하여 야심한데 이곳에 왔느냐?"

"소자를 오랍시는……"

"예끼, 미친놈, 당장 물러가라."

세자가 변명도 못하고 물러간 후 문소의는,

"상감마마…… 세자께서는 밤이 되면 저렇게 찾아와서 첩을 괴롭히니 어찌하면 좋겠습니다."
영조는 흥분하여 길길이 날뛰었다.
그럴수록 노론과 문소의는 속으로 기뻐하면서 더욱 세자를 벼랑으로 몰아갔다.
특히 노론파의 김상로와 홍계희가 그 주모자였다.
세자는 그 기미를 알고 '강충(江充)이 같은 놈'이라고 꾸짖었는데 그들은 더욱 음모를 꾸몄던 것이다.
특히 두 사람은 박문수 생전에 가장 비난하던 인물들이었다.
이성을 상실한 상태에서 영조는 세자에게 자살하라고 명령했다.
세자는 울면서 용서를 빌었다.
"아바마마…… 소자를 용서하소서. 다시는 헛된 짓 아니하고 시키는 일만 하겠습니다."
그때 소조에 속한 신하들이 울면서 간청하였다.
"망극하여이다. 전하, 어명을 거두소서."
"어명을 환수 하소서, 상감마마."
그러나 영조는 더욱 화를 내었다.
"여봐라. 세자만 남고 모두 물러가라. 안그러면 모두 역모죄로 다스리겠다."
그러자 모두들 물러가는데 한림(翰林) 임덕제(林德蹄)만은 꼼짝도 하지 않았다.
"너는 왜 가지 않느냐?"
영조가 다시 호통을 쳤다.
"신은 세자 저하와 운명을 같이할 것입니다."
그때 영조가 눈짓을 하자 집행 사령들이 강제로 임덕제를 끌어내었다.

아아, 사도세자 231

 "할바마마…… 제발 아비를 살려주소서."
 "너는 왜 또 왔느냐. 여봐라. 당장 세손을 데려 가거라."
 영조는 다시 명령을 내렸다.
 "여봐라. 내관(內官), 너희들은 어서 주방에 가서 쌀 뒤주를 가져 오너라."
 뒤주는 곡식을 담는 궤짝이다.
 나경언을 문초하는 과정에서 나경언이,
 "나는 아무것도 모릅니다. 나는 노론의 김한구(정순왕후의 아버지)와 홍계희, 문성국 등의 사주를 받았을 뿐이오……"
 그말이 영조에게 전해졌으나 영조는 귓등으로 흘려버렸다.
 뒤주를 가져오자 영조는 다시 세자를 뒤주 속으로 들어가라고 명령했다.
 "아바마마, 소자를 살려주소서. 이제는 잘못을 깨우치고 시키는 말씀도 그대로 따를 것이니 이리 마옵소서."
 그러나 한사코 들어가기를 명령하니 세자는 옷을 걷고 두 손으로 뒤주를 잡고 슬피 울다가 할 수 없이 궤속으로 들어갔다.
 아아, 그것이 마지막일 줄이야!
 영조는 직접 뒤주에 자물쇠를 잠그고 장판(長板)과 큰못과 새끼로 궤를 얽고 봉했다.
 그 모습을 보고 강관(講官)들은 문밖에서 발을 구르며 울었다.
 그때 김성(金姓)이란 선전관(宣傳官)이 궁관(宮官)에게,
 "궤싹에 조그만 구녕이 있으니 그 곳으로 약과 음식을 은밀히 넣어 드려라. 그리고 단삼(單衫) 한 벌도 넣어주게."
 그러나 그 사실이 탄로나서 영조는 관련자 모두 죄주고 내쫓았다.
 영조는 다시 이렇게 명령하였다.

"여봐라. 어서 풀을 뜯어다가 뒤주 위에 덮고, 누구라도 물이나 음식을 주면 능지처참 하리라."

세자는 폭양 아래 숨쉴 구멍조차 막히니 사흘간 먹지도 못하고 숨도 제대로 못쉬는 고통을 겪다가 결국 숨이 멎어버렸다.

이것이 조선조에 있어서 아버지가 아들을 죽인 '사도세자의 비극'이다.

'사도'(思悼)는 그의 장례가 치러진 후 붙여진 호이다.

그러나 '사도세자'라고 널리 알려졌기에 필자는 서두에서도 그냥 '사도세자'라고 칭했던 것이다.

그후 혜경궁 홍씨는 몇번이나 죽으려 했으나 아들(세손―훗날 정조)의 장래를 위해 모진 목숨을 눈물속에 이어갔다.

그후 목숨이 다할 때까지 자신의 심경을 담은 '한중록'(恨中錄)을 남겼는데 우리 문학사에 있어서 중요한 고전(古典)으로 전해온다.

동궁빈 홍씨가 훗날 그때의 심경을 담은 '한중록'에는 이런 기록이 나온다.

> 섧고 섧도다. 가오시매 즉시 대조(大祖=영조)에서 노한 음성으로 회령전이 덕성함과 머지 않아 담밑에 사람을 보내여 보니 벌써 용포를 벗고 엎디어 계시더라 하니 대 처분이 오신 줄 알고 천지 망극하여 흉장이 붕열하는지라 게 있어 부질없이 아무리 할 줄을 모르더니 신시 전후 즈음에 내관이 들어와 주방에 쌀 담는 궤(뒤주)를 내라 한다니 어쩐 말인고, 황황하여 내지 못하고 세손궁(세자의 아들)이 망극한 죄 있는 줄 알고 문정전(門庭前)에 들어가 '아비를 살려 주소서'하니 대조께서 나가라 엄히 하심에 나와 왕자 재실에 앉아 계시니 그때 정경이야 천지간에 없으니 ……"

오천(梧川) 이종성과 문숙의의 최후

이종성(李宗城)은 박문수와 함께 동문수학을 했고 한 살 아래이며 외사촌간이다.

그는 영의정을 지내기도 했다.

진작 벼슬에서 물러나고자 했으나 그 무렵 뜻한 바 있어 낚시질만 다녔다.

영조가 사도세자를 죽인 후 후사를 잇는 왕자를 결정하는 과정에서 문숙의는 간신들과 결탁하여 다시 음모를 꾸몄다.

세자의 아들인 세손을 폐하고 다른 왕자를 내세우려는 것이었다.

문숙의는 영조의 눈을 속여 거짓으로 임신한 것처럼 행세하였다.

이종성은 어느날 꿈에 세상 떠난 박문수를 만났다.

"여보게 오천, 요사한 문숙의가 왕가(王家)의 혈통이 아닌 아기를 궁으로 들여와 자신이 낳은 왕자처럼 속이려 하고 있으니 그것을 막아야 하네."
"영성군이 좋은 계교를 일러 주시오."
두 사람은 생시처럼 이야기를 주고 받다가 잠이 깨었다.

그후부터 이종성은 매일 길손들이 지나는 길목에 가서 커다란 삿갓을 뒤집어쓰고 낚시질을 하고 있었다.
그는 강태공처럼 곧은 낚시를 담그고 무심히 강물만 바라보기를 거듭했다.
그러던 어느날이었다.
노을이 질 무렵이었다.
기골이 호협한 젊은이 하나가 지나치다가 이렇게 말을 건넨다.
"노인장, 고기가 잘 잡히는가요?"
"나는 고기를 낚는 것이 아니라 사람의 마음을 낚으러 나왔다네."
"참으로 묘한 소리를 하십니다."
"공은 지금 어디로 가는 길인가?"
"예, 이미 무과(武科)에 급제한지 오래이나 조정에 줄이 안닿아 아직 출각(出脚)치 못하여 이렇게 헤메고 있습니다."
"하하…… 그렇다면 내가 시키는대로 하시오. 저동(苧洞)에 사는 이종성 대감을 찾아가면 좋은 일이 있을 것이오. 내일 아침에 그집을 찾아가서 '용산에서 낚시질 하던 늙은이가 누구냐'고 물으면 뜻을 이룰 것이오."
젊은 무인은 반신반의 하면서 인사를 드리고 걸음을 옮겼다.
다음날 아침이었다.
이종성 대감의 집에 '한강에서 고기 잡던 노인'을 찾아온 사람이 있었다.

그가 바로 어제 젊은이었고 고기잡던 노인은 이종성 대감이었다.
그집에 들어가 젊은이가 환대를 받고 있을 때 이종성 대감이 들어왔다.
젊은이는 자신이 사람을 알아보지 못한 죄에 대해서 사람을 알아보지 못한 죄에 대해서 엎드려 빌었다.
"하하하, 내가 그대를 꼭 쓸 데가 있다네. 그대는 내가 시키는대로 하게."
젊은이게게 무어라고 귓속말을 한동안 건넸다.
다음날부터 그 젊은이는 통화문(通化門)을 지키는 수문장(守門將)이 되었다.
이종성 대감이 병조판서에게 젊은이를 추천했던 것이다.
그무렵 영조는 노망기가 있어 정사는 조정의 노론과 몇사람과 문소의, 문성국이 멋대로 주무르고 있었다.
그후 며칠이 지나서이다.
이른 새벽 어느 궁녀 하나가 함지에 무엇인가를 이고 통화문 쪽으로 다가오고 있었다. 그것을 보고 수문장이 옆에 서있는 위졸(衛卒)들이 그 여인을 막았다.
"누구냐? 서라!"
"정지, 정지하라."
그러나 여인은 태연하게 호통을 친다.
"이놈들, 어서 문을 열어라. 나는 문숙의 마마의 분부 받자옵고 급히 궁안으로 들어가야 한다."
그말을 듣고 모두들 움찔 놀라면서 물러선다.
문숙의라면 당시 임금도 마음대로 갖고 노는, 그 세력이 하늘을 찌를 듯한 때이라 그 말 한 마디에 따라서 목숨이 왔다 갔다 한다는 것을 알기 때문이다.

"어서 문 열어라. 안그러면 너희들 숙의마마께 고하면 목이 달아난다."
그때 수문장이 나서면서 소리쳤다.
"거기 머리에 인 것이 무어냐?"
"아니, 이자는 언제부터 수문장이야? 문숙의 마마를 몰라? 이것은 그분께 바칠 진상품이야. 썩 궐문을 열어라."
그러나 수문장은 아무런 대꾸도 없이 여인에게 다가가서 장검을 빼들고 여인의 머리 위에 인 함지를 향해 번개같이 빠른 동작으로 내리쳤다.
"으아앗!"
"아앗!"
"저…… 저런……"
순식간에 모두들 놀라 신음처럼 내뱉었다.
여인이 인 함지박이 갈라지면서 갓난아기가 두동강이 나서 떨어졌다.
새벽 공기를 타고 피비린내가 진동하였다.
숙의 문씨는 영조가 승하한 후에도 계속 세도를 부리고자 배지도 않은 아이를 배었다고 임금을 속인 후 화류방에서 애비 모르고 태어난 아이를 몰래 구해다가 자신이 낳은 것처럼 속이려 들었던 것이다. 그러나 이종성의 지시를 받은 수문장에 의해 무서운 음모가 탄로난 것이다.
그일로 인해 궁중이 발칵 뒤집혔다.
가짜 왕자를 낳은 것처럼 임금을 속이고 그 아이를 임금 자리에 올린 후 두고두고 세도를 부리려던 숙의문씨와 그 추종자들은 그일로 인해 모조리 처형되거나 귀양을 갔다.
박문수와 이종성은 오성 이항복과 한음 이덕형처럼 평생의 지기로서 국가에 큰 공적을 남겼다.

　이종성에 관하여 구전되는 일화 한토막을 더 소개하면서 아쉬운 붓을 놓기로 한다.

　유척기(兪拓基)는 이종성과 라이벌 관계로서 사이가 좋지 않았다.

　그런데 그가 어느날 이종성의 집을 방문한다는 전갈이 왔다.

　이종성은 그를 반가운 손님처럼 맞이한 후 병풍을 가리고 물었다.

　"대감, 어찌 오시었소?"

　"예, 어려운 문제가 생겼습니다. 전에 임진왜란 때 우리나라는 명나라의 은혜를 감사하게 여겨 천보단(天報壇)을 만든 것을 대감께서도 아시지요. 그런데 지금와서 청(淸)나라에서 그것을 두고 문책하러 왔습니다. 이번에 그 문제를 해명할 사명을 띄고 제가 변명사(辯明使)로 가게 되었습니다. 아둔한 저로서는 대감의 하교(下教)가 필요합니다. 고견을 들려 주셨으면 합니다. 그말을 듣고 이종성은 자신이 명나라 식으로 새로 지은 금관조복(金冠朝服) 한 벌을 가져다 주면서 그 대응 방법을 일러주었다.

　그후 유척기는 청나라의 연경으로 가서 청나라 황제를 배알했다.

　청나라 황제는 명나라 복식의 금관조복을 보고 더욱 성을 내면서 까닭을 물었다.

　그때 유척기는 이종성이 알려준 그대로 이렇게 진언했다.

　"우리 조선에 관한 옛날 이야기를 하나 하겠습니다. 세사밥을 즐기는 사람이 있어서 이웃의 제사만 기다렸습니다. 그런데 하루는 이웃에서 싸움이 났습니다. 그 까닭은 훗살이를 온 과부가 전부(前夫)의 제사를 정성껏 지내는 것을 보고 새 남편이 질투를 하여 싸운 것입니다. 그때 그 여자는 이렇게 말했답니다. '당신이 만약 불행하게도 먼저 가더라도 나는 이렇게 정성껏 제사 지내겠소.' 그러니 새남편이 이해하고 감격했다고 하옵니다. 우리는 한번 신의를 맺으면 끝까지 지킵니다. 그래서 비록 명나라가 망했어도 옛 은혜를 생각하고 그 복장을 그냥 잊고 왔습니다. 천보단 문제도 그런 관점에서 이해하소서."

"아아, 조선을 과연 군자지국(君子之國)이요 예의지국(禮儀之國)이로다. 누가 그렇게 하라고 일러주었는가?"

"예, 오천 이종성이란 분이옵니다."

"그래, 그러면 돌아가서 그에게 짐의 뜻을 전하라. 그는 큰인물이로다."

유척기는 청나라 황제의 문책을 받지도 않고 오히려 환대를 받고 하사품까지 받고 귀국하였다.

이종성과 박문수에 관한 약간의 일화 한토막을 곁들이면서 이만 아쉬운 붓을 놓기로 한다.

일화 한토막

　박문수는 조태채(趙泰采)와 사이가 좋지 못했다.
　어느날 대궐에서 일직을 하게 되었는데 마침 태채(太菜)가 반찬으로 올랐다. 태채는 콩나물이다.
　그때 박문수는 이렇게 말했다.
　"콩나물 대가리는 반드시 베어버려야 해"
　그러면서 콩나물 대가리를 모두 잘라 내었다.
　박문수는 조태채의 이름이 한자로 동일음이었기에 그랬던 것이다.
　박문수는 조태채의 아들 조관빈(趙觀彬)과도 같은 때에 벼슬을 지내기도 했다.
　그런데 정치적인 관계로 대립하면서도 서로가 아껴주기도 했다.
　어느날 조관빈을 미워하는 자가 그를 탄핵하자 영조는 극형에 처하려고 했다.
　그때 박문수가 이렇게 아뢰었다.
　"전하, 관빈의 죄가 사실이라면 죽여도 마땅하겠습니다. 그러나 사실 여부도 가리지 않고 무조건 죽이시는 것은 옳치 못하옵니다. 그러니 관용을 베풀어 주소서."
　그러자 영조가 이렇게 하문하셨다.
　"영성군은 조관빈과 사이가 나쁜데 무엇 때문에 변호하려 드는가?"

그러자 박문수의 대답은 이러하였다.
"전하, 사적인 감정으로 보자면 신은 조관빈과 사이가 좋지 않사옵니다. 그러나 공적으로 보아서 그의 재능을 아끼고 싶은 것입니다. 신이 조관빈과 사이가 안좋다고 외면한다면 공적이지 못합니다. 그러니 신의 충정을 통찰하소서."
그 말을 듣고 영조는 마음이 움직여 조관빈을 용서하였다.
그후 박문수가 경상감사를 지낼 때 당시 노론의 우두머리 격인 조도빈(趙道彬)이란 정승이 죽었다.
박문수는 즉시 상경하여 문상을 갔다.
그러니 정치적으로 반대파에 속한 박문수를 보고 모두들 놀랐다.
그러나 그집 주인은 하인을 시켜 박문수를 정중히 맞아들였다.
박문수는 조례를 마친후 관(棺)이 만들어진 곳으로 안내 되었다.
박문수는 관의 내부를 촛불로 비춰보라고 그집 하인에게 명하였다.
그리고 손수 관의 모서리를 긁어보더니 쇠못이 사용된 것을 알고 그 관을 짠 목공을 불러 준절하게 꾸짖었다.
"너는 듣거라. 한나라의 중신의 늘을 네가 주의해 짜지 않고 쇠붙이가 관목에 들어가게 했으니 그 잘못이 크다. 그러니 다시 정성껏 새로운 관을 짜도록 하라."
박문수의 태도로 보고 조도빈의 아들은 크게 감격하였다.
결국 새로 정성스럽게 짠 관을 사용했는데 그 일이 있은 후부터 박문수와 그집 자손들은 친척보다 가깝게 지내게 되었다.
박문수의 일면을 짐작시키게 한다.

박문수 신도비명(神道碑銘)

효도하고 삼가하는 풍속으로 대대로 벼슬 하였도다.
호걸스럽고 높은 자태는 추위를 이기는 송백같도다.

훌륭하고 뛰어나신 공이시여 외로운 아이로서 몸을 일으키도다.
유명한 석학들과 사귀시어 포의로 어지러움을 풀었도다.

독서는 얼마나 많이 하셨던고 맹자와 한퇴지의 글이로다.
통달하지 않은 말씀이 없으시고 물이 콸콸흐르듯 문장을 이루시도다.

잠깐 사이에 대과(大科)를 취했으며 경연관(經筵官)에 높이 오르도다.
임금님의 지혜가 심히 밝으시어 받아서 대중에게 알리시도다.

해는 무신년에 접어들었는데 의기가 복바쳐 군사를 따르도다.

조정의 관복을 벗어버리고 군복으로 떨치고 떨치도다.

감격한 담력은 용맹스럽고 북을치며 삼군(三軍)을 일으키도다.
호남의 역적들이 이미 섬멸되고 영남의 얼치기들이 평정되도다.

몸은 나라에 성대히 빛나고 공적은 떳떳하게 기록되도다.
영남의 곡식배가 가서 고루 먹이니 북쪽의 비석에는 덕이 실리도다.

왕손번창을 경축하니 이의는 드디어 사라지도다.
속에 가득한 피나는 정성은 신명이 가히 질정하도다.

영남의 굶주림 다시 살아나자 서울의 진휼함이 항상 즐기는 욕심 같도다.
대여하고 곤궁을 진휼함이 항상 즐기는 욕심같도다.

왕께서 연경(燕京) 사신을 명하시니 아! 공에게 먼 역사(役事)라 하더라.
아들은 어머니 때문에 어질게 되니 충성은 효자의 문에 있도다.
맛있는 음식이 궁내에서 내려오니 부엌의 공양이 항상 새롭더라.
궁궐북문을 굳게 지킴은 공이 아니면 누가 있겠는가?

활과 화살을 닦았으니 우리 성을 굳게 지키도다.
군의 위용을 흡족히 익혔으니 능히 온갖 일이 열리도다.

두 번이나 병조판서를 지내시고 호조판서를 삼 년이나 하시도다.
물건활용이 오래 문란했으니 비용쓰는 법도가 없도다.

공께서 판사(判事)가 되시니 모두 정례가 있었도다.
정간으로 된 어린책자는 환히 알기쉽게 가지런하도다.

쌓인 문서가 눈앞을 지나가도 살피지 못했다고 이르더라.
저울눈금 만치도 틀림없이 종합적인 이치가 치밀하더라.

낭료들이 감히 참여치 못하고 서리들은 다만 감탄만 하더라.
남은 곡식이 내집의 창고에는 없었고 남은 재물은 관아에 가득하도다.

왕께서 이르시기를 자손에게 이 은전을 폐하지 말라 하시도다.
좋은 먹으로 환하고 빛나게 친히 책표지에 써주시도다.

공계(貢契)와 시전(市廛)의 폐단을 바로잡고 어업과 염전의 세금을 고르게 하도다.
나와서는 지방관에 보직되시고 들어와서는 장상이 되시도다.

나라를 위하는 이로운 덕택은 원대한 계획과 큰 계획이로다.
숭정대부의 지위에 오르시어 예조판서와 판중추부사가 되시도다.

아침 저녁으로 삼정승의 반열에는 많은 사람이 떠들고 꾸짖고 썩었도다.
성스러운 임금이 없지않으나 시대가 그러니 어찌 하겠는가?

세상 사람들은 도도하게도 세속에 따라 흐르고 나부끼도다.
높은 저 지주가 되심이어 중립으로 의지함이 없도다.

아무리 흔들어도 움직이지 않으시고 바람불어도 쓰러지지 않았도다.
야장(공야장)은 무슨 죄인고 찬후(조참)는 도움을 받았네.

금강석과 옥같은 자질을 누가 능히 재물로 바꾸겠는가?
높으신 의리로 급하고 어려움에 먹던 밥도 주고 입은 옷도 벗어주도다.

녹봉으로 일가들을 어질게 도움에 먼저 외롭고 혼자된분을 구제하도다.
가난한 친구는 쌀을 주어 불때기를 기다리고 먼 일가도 자기집 오듯 돌아오네.

발자취는 높은 벼슬에 있어도 마음은 산수와 같이 담담하도다.
율림에 아담한 정자요 소천에 국화와 구기자로다.

어찌하여 돌아가셨는고? 돌아가심은 운명이로다.
도읍의 많은 인사들은 서로 위로하며 슬퍼서 울었도다.

남쪽과 북쪽의 사녀(士女)들은 방아찧음을 거두고 베틀을 쉬도다.
오직 임금께서도 슬퍼하시고 시장과 조정에서 조회를 파하도다.

관직이 영의정에 증직되시고 은혜롭게 가호(嘉號)를 내리셨네.
높이 임금께서 내리신 글은 마음을 알아주는 뜻이 있었도다.

제관을 보내어 제사를 지낸 일이 두번·세번에 이르도다.
아들에게도 벼슬을 내리시고 조카와 손자도 은혜를 입었다.

공은 다시 무슨 유감이 있으리요 살아서나 죽어서나 함께 영화로다.
이 명(銘)의 시를 새기니 그 명성이 영구히 길리라.

孝謹之風家世喬木　　효근지풍가세교목
傑卓之姿歲寒松柏　　걸탁지자세한송백

英英惟公起身孤童　　영영유공기신고동
文結名碩布衣釋紛　　문결명석포의석분

讀書豈多鄒傳韓篇　　독서긔다추전한편
辭無不達水飜成文　　사무부달수번성문

薄取高第軒騰講肆　　박취고제헌등강사
睿鑑孔炤受和衆中　　예감공소수화중중

歲躔著雍慷慨從戎　　세전저옹강개종융
朝冠脫紘均服振振　　조관탈굉균복진진

感澈膽勇皷作三軍　　감격담용고작삼군
湖戎旣殲嶺孼就平　　호융기섬영얼취평

身都藩屛績紀彝常　　신도번병적기이상
南船逞哺北碑載德　　남선령포북비재덕

慶祝螽斯異議逐熄　　경축종사이의수식
滿腔血忱神明可質　　만강혈침신명가질

嶠飢再甦京賑全活　교기재소경진전활
振貸邮窮常如嗜慾　진대휼궁상여기욕

王命燕价嗟汝遠役　왕명연개차여원역
子以母賢忠在孝門　자이모현충재효문

珍膳內下厨供常新　진선내하주공상신
北門鎖鑰非公伊誰　북문쇄약비공이수

修爾弓矢固我城池　수이궁시고아성지
軍容翕習克開百爲　군용흡습극개백위

再長夏官三年度支　재장하관삼년탁지
劑齊久絭費用無藝　질제구문비용무예

及公判事咸有定例　급공판사함유정례
井間魚鱗指掌畫一　정간어린지장획일

堆簿過眼謂未省察　퇴부과안위미성찰
錙銖莫遺綜理微蜜　치수막유종리미밀

郞僚敢贊胥吏但嗟　낭료감찬서리단차
餘粟不垣贏貨充衙　여율불원영자충아

王曰嗣孫勿廢玆典　왕왈사손물폐자전
寶墨煒煌親題于卷　보묵위황친제우권

貢市鰲弊漁塩均稅　　공시이폐어염균세
出補宰牧入提將符　　출보재목입제장부

爲國利澤遠猷訏謨　　위국이택원유우모
進秩崇政宗伯判府　　진질숭정종백판부

朝暮台鼎衆咻嚇腐　　조모태정중휴혁부
非無聖主時乎何奈　　비무성주시호하내

世人滔滔隨流飄沛　　세인도도수류표패
屹彼砥柱中立無倚　　흘피지주중립무의

挃之不動風之不靡　　요지부동풍지불미
冶長何罪餐餕旋宥　　야장하죄찬후선유

金剛玉質疇能化貿　　금강옥질주능화무
高義急難推食解衣　　고의급난퇴식해의

祿仁宗御先血阨嫠　　녹인종당선휼고이
貧交待火遠族如歸　　빈교대화원족여귀

跡寄軒冕心淡山水　　적기헌면심담산수
栗林亭榭茗川菊杞　　율림정사소천국기

如何云亡降罔維幾　　여하운망강망유기
都邑人士相弔歔欷　　도읍인사상조허희

南北士女撤春寢機　　남북사녀철용침기
惟聖斯悼爲罷市朝　　유성사도위파시조

贈官上相節惠嘉號　　증관상상절혜가호
有倬雲章諭以知心　　유탁운장유이지심

伻官侑祭至再至三　　팽관유제지재지삼
嗣子調仕姪孫恩覃　　사자조사질손은담

公復何憾存歿俱榮　　공부하감존몰구영
刻此銘詩以永厥聲　　각차명시이영궐성

　　　　석천 신직 지음(石泉 申織 撰)

박문수 약사(朴文秀略史)

　박문수(朴文秀)는 본관(本貫)이 고령(高靈)으로 자(字)는 성보(成甫) 호(號)는 기은(耆隱)이요 시호(諡號)는 충헌(忠憲)이며 구당공 장원(久堂公 長遠) (顯宗朝吏曹判書 諡號 文孝)의 증손(曾孫)이다.
　박문수(朴文秀)는 숙종(肅宗) 17년(1691) 9월 8일 진위현(振威縣) 현평택군(現平澤郡)에서 학자(學者) 항한(恒漢)의 둘째 아들로 태어났다.
　그러나 소년시절의 박문수는 매우 불행했다. 여섯살 때 조부(祖父) 선(銑)과 백부(伯父) 태한(泰漢)이 돌아가시더니 여덟살때 부친(父親)마저 세상을 떠나 어머니 경주이씨(慶洲李氏)의 손에서 자랐다.
　그러다가 외가(外家)에서 가서 외숙(外叔) 아곡 이태좌(鵝谷 李

台佐)(後日 英祖朝 左議政)의 밑에서 수학(修學)하였다.
 점점 자라서 매사(每事)에 얽매이지 않고 큰 뜻이 있었으며 친우(親友)들의 모임에서도 의기(意氣)가 뛰어났으며 담론(談論)이 펄펄 날아서 항상 한자리에 있는 사람들을 굴복시켰다.
 경종(景宗) 3년(1723) 증광문과 병관(增廣文科 丙科)에 급제(及第)하여 곧 시강원 설서(侍講院 説書)에 임명되고 이어서 예문관 검열(藝文館 檢閱)과 병조정랑(兵曹正郞)으로 옮기고 다시 시강원 사서(侍講院 司書) 사헌부 지평(司憲府 持平) 등을 지냈다.
 박문수는 지혜(智慧)가 명석(明哲)하고 기지(機智)가 뛰어나 영조(英祖)의 신임(信任)을 받게 되어 영조 3년(1727) 안집어사(安集御史)에 차출되어 곳곳을 두루 다니며 억울한 백성들의 고통을 살피고 지방관리(地方管吏)들의 수탈(收奪)과 횡포(橫暴)를 뿌리뽑아 명성(名聲)을 떨쳤다.
 영조 4년(1728) 3월에 청주(淸州)에서 이인좌(李麟佐)의 난(亂)이 일어나자 조정(朝廷)에서는 오명항(吳命恒)을 사로도순무사(四路都巡撫使)로, 박문수(朴文秀)를 종사관(從事官)으로써 군중어사(軍中御史)를 겸하도록 하여 출정시켰다.
 역적(逆賊)들은 청주(淸州)를 침범한 다음 진천(鎭川)을 거쳐 안성(安城)으로 달려오는 것을 계속 진격(進擊)하여 이들을 소탕하고 적(賊)의 우두머리 이인좌(李麟佐)등을 잡아서 치죄하였다.
 또한 안의(安義)에서 정희량(鄭希亮)등이 난(亂)을 일으켜 함양(咸陽), 거창(居昌)을 침범한다는 소문을 듣고 박문수는 계속 진군(進軍)하기를 권하여 추풍령(秋風嶺)을 넘어 남쪽으로 내려가 수십일(數十日)동안 끝까지 잔적(殘賊)을 소탕하고 모두 평정하였다.
 조정(朝廷)에서는 이 반란(反亂)을 평정한 사람들에게 공훈(功

勳)을 내렸는데 오명항(吳命恒)에게는 분무공신 일등 해은군(奮武 功臣 一等 海恩君)으로 봉(封)하고 우의정(右議政)에 제수(除授)하 였으며 박문수(朴文秀)에게는 분무공신 이등 영성군(奮武功臣 二等 靈城君)으로 봉(封)하고 경상도 진무사(鎭撫使)로 남아서 흩어진 백성들을 불러 모아서 다시 농업에 종사하도록 선무(宣撫)하도록 하였다.

다음해 마침 경상도관찰사(慶尙道觀察使) 자리가 비어 조정의 논의가 박문수가 아니면 마땅한 사람이 없다고하여 그 자리에서 경상도관찰사가 되었다.

그때 경상도는 소란이 안정되지 않아 마음으로 백성들을 사랑하며 어루만지고 또한 믿게하니 도내가 크게 다스려졌다.

영조5년(1729) 여름에 연해읍(沿海邑)에 홀연히 바다물이 넘쳐서 집, 재목, 그릇들이 떠내려 온다는 보고를 받고 놀라면서 말씀하시기를「이는 반드시 관북지방(關北地方)에 큰 물이 났으니 백성들이 장차 모두 죽겠다고 하시고 알려오기 전에 미리 구제해야 하겠다 하며 제민창(濟民倉)의 곡식 삼천곡(三千斛)을 실려보내라」하니 주위에서 말하기를「조정의 명령도 없는데 타도(他道)로 곡식을 옮기면 문책(問責)이 있을 것입니다」하니 북쪽 백성들이 사는길은 다만 영남의 곡식을 하루빨리 옮기는데 있다고 하였다.

이때 북쪽 관찰사(觀察使)가 곡식을 청하는 장계(狀啓)가 돌아오기전에 홀연히 곡식을 실은 배가 바다에 떠서오니 놀랍고 기뻐서 신(神)이 보내주셨다고 기뻐하였다.

영남의 곡식으로 함경도 이재민(咸鏡道罹災民) 십여주민(十餘州民)이 살게되니 이들은 그 은덕(恩德)을 기리기 위하여 함흥만세교두(咸興萬歲橋頭)에 경상도 관찰사 박공문수 만세불망비(慶尙道觀察使 朴公文秀 萬世不忘碑)라는 송덕비(頌德碑)를 세웠다.

영조 6년(1730) 대사간(大司諫)에 임명되고 주사당상(籌司堂上)에 차출되어 예조참판(禮曹參判)에 이어 대사성(大司成)으로 옮기고 도승지(都承旨)에 임명되었다.

영조 7년(1731) 형조참판(刑曹參判)에 임명되었다.

이해에 또 영남에 흉년이 들어 어사(御史)로서 진휼(賑恤)을 감독하고 다음해(1732)에 복명(復命)했다.

그러나 이해에 조선팔도(朝鮮八道)에 크게 흉년이 들어서 떠도는 백성들이 서울로 몰려들어 박문수는 또 감진당상(監賑堂上)으로서 성의를 다하여 계획대로 구제에 힘써 천만명(千萬名)을 살렸다.

영조 9년(1733)에 공조참판(工曹參判)에 임명되고 대사헌(大司憲)으로 옮겼다.

영조 10년(1734) 국가에서 연경(燕京)에 사신(使臣)을 보내야 하는데 사신갈 사람이 없게되자 박문수로 하여금 가도록 하였다.

어떤 사람이 말하기를 「문수(文秀)는 병이 있어 갈 수 없다고 하자 박문수는 병을 무릅쓰고 일어나 스스로 임금을 뵙고 가기를 청하여 말하기를 '신(臣)의 어머니께서 손수 조의(朝衣)를 입혀주시면서 임금님을 뵙고 가기를 청하라.' 하셨으니 어머니의 뜻을 편안하게 하여 드림이 효(孝)가 되겠습니다.」하고 진주부사(陳奏副使)로서 연경(燕京)에 갔다가 다음해(1735)에 돌아왔다.

이해 7월에 어머니께서 돌아가셨다.

영조 13년(1737)에 복(服)을 마치고 품계(品階)가 자헌(資憲)으로 진급되고 병조판서(兵曹判書)에 임명되었다.

병조(兵曹)에 들어오는 군포(軍布)가 한 해에 16.7만필인데 들어오는대로 흩어져 항상 남는 것이 없었다.

박문수는 처음으로 양인(兩印)제도를 만들고 정간 어린책(井間魚鱗册)을 만들어 부당한 소모를 막으니 군수품(軍需品)이 쌓이어 별도로 창고(倉庫)를 세우기에 이르렀다.

영조 15년(1739) 지돈령(知敦寧)에 옮겼으나 상소(上疏)를 올리고 고향으로 돌아오니 함경도관찰사(咸鏡道觀察使)에 보직(補職)되었다.

그때 함경도에서는 와언(訛言)으로 소동(騷動)이 일어난 것을 박문수는 현지에 도착즉시 염탐하여 와언자(訛言者)를 체포하여 치죄하였다.

또한 관서포(關西布) 700여필을 청하여 육진(六鎭) 빈민들의 미납 세금을 갚아주고 성천강(城川江)에 총길이 3,600여장(餘丈)의 뚝을 두텁게 쌓아서 수해(水害)를 물리쳤다.

다음해 영조 16년(1740) 내직(內職)으로 옮기려 하였으나 그 해에 흉년이 들어 농사가 황폐되자 영남의 곡식을 꾸어오고 관서포(關西布)도 바꿔서 백성구제에 힘썼다.

영조 17년(1741) 형조판서(刑曹判書)에 임명되어 장차 돌아가려고 하는데 홀연히 폭우(暴雨)가 4일간이나 퍼부어서 판관(判官)과 더불어 비를 무릅쓰고 성(城)을 나가서 수천호(數千戶)를 성내(城內)로 몰아넣으니 다음날 과연 상류(上流)에서 집과 사람 그리고 가축들이 많이 떠내려오니 사람들이 신(神)으로 여기며 감탄하였다.

이해 8월에 조정에 돌아오니 특별히 어영대장(御營大將)에 임명되었는데 굳게 사양하니 임금께서 부르시어 손수 군장(軍章)을 달아주시니 황공하여 명(命)을 받았다.

영조 18년(1742) 병조판서(兵曹判書)에 거듭 임명되었다가 다시 경기도관찰사(京畿道觀察使)에 임명되니 명을 받지 않았다.

영조 19년(1743) 봄에 함경도 도백(咸鏡道 道伯)에 임명되었으나 역시 가지 않았다. 이어서 지돈령사(知敦寧事)에 임명되었으나 나가지 않으니 황해도 수군절도사(黃海道水軍節度使)에 보직(補職)되었다.

조금 있다가 내직(內職)으로 옮기어 지춘추사(知春秋事)가 되고 거듭 어영대장(御營大將)에 임명되자 이게 사양하니 임금께서 말씀하시기를 「내가 경(卿)을 얻으면 높이 베개를 베고 누울 수 있으니 다시는 사양치 말라.」하셨다.

영조 21년(1745) 조정의 논의가 무너져 당쟁(黨爭)이 날로 심하여지니 임금께서 근심하고 오로지 탕평(蕩平)에 힘쓰시나 신하들이 잘 받들지 않으니 영성군(靈城君)께서 말씀하시기를 「소위 탕평(蕩平)이란 동서남북(사색당파)을 논하지 말고 오직 어질면 구하고 재주가 있으면 등용하여 공정한 마음으로 당(黨)도 없고 치우침도 없어야 되는데 지금의 탕평(蕩平)은 의욕만 채우려고 다투어 얻음과 잃음을 근심하고 두려움을 돌아보는 바가 없으니 나라는 위태하고 구제치 못한다.」하시며 전후 연석(筵席)에서 여러번 이것을 쓰도록 말하였으나 그때마다 거슬리만 쌓이게 되어 다음해 영조 22년(1746)에 관직(官職)에서 물러났다.

영조 24년(1748)에 품계(品階)가 정헌(正憲)에 올라 호조판서(戶曹判書)에 임명되었다.

영조 25년(1749) 품계가 숭정(崇政)에 오르고 판의금부사(判義禁府事)를 겸직하였다.

이때 박문수는 명을 받들어 옛 법식을 참조하여 국가의 경비지출에 관한 일정한 예규인 탁지정례(度支定例)를 만들어 올리니 임금께서 잘했다고 하시며 만약 어김이 있으면 법으로 다스리라 하셨다.

탁지정례(度支定例)가 행해지니 물정이 크게 편리하여지고 매년 남은 저축이 여러 만금(萬金)에 이르렀다.

또한 세금을 내는 법규로 쓰는 어린책자(魚鱗册子) 즉 지금의 현금출납부와 같은 책자를 만들어 올리니 임금께서「영성(靈城)은 이것을 만들기에 수고가 참으로 많았다. 그러나 이것이 어찌 훗날 당인(黨人)이 영성을 헐뜯을 적에 이 책자도 불태우지 않는다고 보장하겠는가?」하시고 정례(定例)와 어린(魚鱗)의 책표지에 영구준행(永久遵行)이라고 쓰셨다.

　또한 양역(良役)의 폐단이 심하여 이의 개정을 주장하였으나 권력층(權力層)의 반대로 뜻을 이루지 못하고 충주 목사(忠州牧使)에 보직되었다가 다시 영동남어염균세사(嶺東南漁塩均稅使)로 임명되어 세금을 정하는 법을 만들어서 백성과 나라로 하여금 함께 편리하도록 하였다.

　그후 영조(英祖)께서는 이들의 반대를 물리치고 균역법(均役法)을 만들어 왕족(王族)과 관리(官吏)들도 군역(軍役)을 부담하는 원칙(原則)을 세웠다.

　영조 27년(1751) 2월에 물러날 뜻을 굳게 가지고 광주소천(廣州苕川)에 내려가 너그럽게 늙음을 마칠 계획을 세웠으나 7월에 세손부(世孫傅)를 겸직하였다가 세손사(世孫師)로 승진되고 연이어 예조판서(禮曹判書)와 한성판윤(漢城判尹)에 임명되었다.

　영조 28년(1752) 이정당상(釐正堂上)에 차출되어 시장세금의 폐단을 개혁하고 29년(1753)에 판돈령사(判敦寧事)와 좌참찬(左參贊)에 임명되었다.

　영조 32년(1756) 4월 24일 취현방(聚賢坊) 집에서 66세로 파란많은 생애를 마치었다.

　부음(訃音)을 듣고 조정이나 시장은 문을 닫았다.

　임금께서 슬퍼하시며「자고로 군신(君臣)간에 마음을 알아줌이 어찌 나와 영성(靈城)같은 사이가 있겠는가? 영성이 이미 죽었으니 누가 내마음을 알아 주겠는가? 정승(政丞)을 시키려고 한지가 오래이나 시속(時俗)이 반드시 기뻐하지 않기 때문에 이루지 못했다.」하시고 특별증직으로 대광보국숭록대부 의정부영의정 영성부원군(大匡輔國崇祿大夫 議政府領議政 靈城府院君)에 추증(追贈)하고 부조(不祧)를 명하였으며 부대시장(不待諡狀)으로 시호(諡號)를 충헌(忠憲)이라고 내렸다.

친히 제문(祭文)을 지으시고 제관(祭官)을 보내어 제사를 지내게 하셨다.

한편 부음을 전해들은 사대부(士大夫)와 모든 사람들이 서로 상심하며 말하기를 「나라에 급한 일이 있으면 장차 누구를 믿겠는가?」라고 위로하였으며 영남(嶺南)의 선비들과 부녀자들은 방아와 베짜기를 멈추고 통곡하였으며 함경도민(咸鏡道民)들은 함흥만세교(咸興萬歲橋)에 모여 통곡하였다고 한다.

이와 같이 영성군께서는 권좌(權座)에 있으면서도 항상 백성의 편에 서서 어려움을 살피고 기민구제(飢民救濟)에 힘썼으며 특히 군무(軍務)와 세정(稅政)에 밝았을 뿐 아니라 암행어사(暗行御史)로서 많은 기화(奇話)와 이적(異績)을 남기었다.

영성군(靈城君)의 묘소(墓所)는 목천현(木川縣) 작성산후록(鵲城山後麓) 은석산(銀石山) 최고봉에 있는데 현 행정구역으로 천안시 북면(天安市 北面)에 속(屬)한다.

박문수의 가계(家系)

◎ 박장원(朴長遠)

영성군의 증조부(曾祖父)

광해군(光海君) 4년~현종(顯宗) 12년(1612~1671) 때 인물(人物).

자(字)가 중구(仲久) 호(號)는 구당(久堂)이요 시호(諡號)는 문효(文孝)이다.

인조(仁祖) 14년 별시문과(別試文科)에 급제(及第)하여 강원도관찰사(江原道觀察使) 대사간(大司諫) 대사헌(大司憲) 공조(工曹) 형조(刑曹) 예조(禮曹) 이조판서(吏曹判書)등을 지내고 한성부판윤(漢城府判尹) 우참찬(右參贊) 홍문관(弘文館) 예문관(藝文館) 양관 제학(兩館提學)등을 역임(歷任)하였으며 학덕(學德)과 효행(孝行)으로 명성이 높았다.

증 대광보국 숭록대부 의정부영의정(贈 大匡輔國 崇祿大夫 議政府領議政)에 추서(追叙)되고 효행정여(孝行旌閭)를 받았다.

저서(著書)로는 구당집(久堂集) 24권이 있다. (奎章閣 藏書)

구당공(久堂公)의 묘소(墓所)는 장단군 진동면 서곡리(長湍郡 津東面 瑞谷里) 구봉산(久峰山)에 모셨으며 신도비(神道碑)가 있다. 민통선지역(民統線地域)으로 아직까지 내왕이 어려워 영정(影幀)을 이곳에 모시고 있다.

◎ 박 선(朴銑)

영성군의 조부(祖父)

인조(仁祖) 17년~숙종(肅宗) 22년(1639~1696) 때 인물(人物)

자(字)가 회숙(晦叔) 호(號)는 지관재(止觀齋)이다.

효종(孝宗) 8년 진사시(進士試)에 합격(合格)하고 사복시주부(司僕寺主簿) 공조정랑(工曹正郞)을 거쳐 김제군수(金堤郡守) 여산군수(礪山郡守) 등을 역임(歷任)하였다.

효행(孝行)과 청렴(淸簾)으로 명성이 높아 염근(廉謹)에 천거된 바 있다.

숙종 21년(1695) 청현(淸顯)에 의망(擬望) 되었으나 병이 깊어서 나가지 못했다.

자헌대부 이조판서(資憲大夫吏曹判書)에 추증(追贈)되었다.

저서(著書)로는 지관재유고(止觀齋遺稿) 1권이 있다. (奎章閣 藏書)

지관재공(止觀齋公)의 묘소(墓所)는 청원군 옥산면 동림리(淸原郡 玉山面 東林里) 용자산(龍子山)에 모셨으면 묘갈(墓碣)이 있다.

◎ 박태한(朴泰漢)

영성군의 백부(伯父)

현종(顯宗) 5년~숙종(肅宗) 23년(1664~1697) 때의 인물(人物).

자(字)는 교백(喬伯)이요 명재 윤증(明齋 尹拯)의 문인(門人)이다.

숙종(肅宗) 20년 별시문과(別試文科)에 급제(及第)하여 승문원정자(承文院正字)를 역임(歷任)하였다.

숙종(肅宗) 23년(1679) 34세로 요절(夭折)하여 큰 빛은 못 보았으나 당파(黨派)에 휩쓸리지 않고 언론이 준정(峻正)하여 문명(文名)이 높았다.

저서(著書)로는 박정자유고(朴正字遺稿) 15권이 있다. (奎章閣 藏書)

◎박항한(朴恒漢)

영성군의 부친(父親).

현종(顯宗) 7년~숙종(肅宗) 24년(1666~1698)때의 인물(人物).

자(字)는 도상(道常)이요 명재 윤증(明齋 尹拯)의 문인(門人)으로 학문에 전념하였으나 숙종 24년(1698) 33세로 요절(夭折)하여 큰 빛을 못 보았으나 학행(學行)으로 일세의 추앙을 받았다.

영은군(靈恩君)으로 추봉(追封)되고 숭정대부 의정부좌찬성 세자이사겸 오위도총부 도총관(崇政大夫 議政府左贊成 世子貳師 五衛都摠府 都摠管)으로 추증(追贈)되었다.

저서(著書)로는 박영은유교(朴靈恩遺橋) 1권이 있다.(奎章閣 藏書)

영은군(靈恩君)의 묘소(墓所)는 대전시 유성구 복룡동(大田市 儒城區 伏龍洞) 뒷산(1名 朴山) 최고봉에 있으며 묘갈(墓碣)이 있다.

펜을 놓으며

'암행어사 박문수'를 집필하는 동안 개혁의 선구자로서 파란만장했던 그분의 생애를 피부로 느끼면서 새삼스럽게 경외심을 갖게 되었다.

역사소설은 사실적 기록에만 의존하면 소설의 본질에서 일탈하여 창작 기능의 묘미를 살리기 어렵다.

거기에 비하여 문헌이나 사실적 기록을 무시하고 지나치게 주관적 상상으로 흐르면 역사를 왜곡시키는 오류를 범하기 쉽다.

필자는 그러한 관점에서 양면의 기능을 상호 보완, 집필에 임하고자 했다.

그러나 펜을 놓는 지금 어떤 아쉬움과 허탈감을 느끼게 된다.

스스로 만족스러운 성취감보다는 미흡한데 대한 자각의식 때문일 것이다.

본 저서에 대한 문제점, 오류가 드러날 경우, 또는 누락된 자료가 더 수집될 경우 언젠가는 다시 보완할 것을 밝히면서 아쉬운 펜을 조심스럽게 놓는다.

김　선

충헌사 전경 (천안시 북면 소재)

충헌사 (천안시 북면) 영성군(박문수) 사당

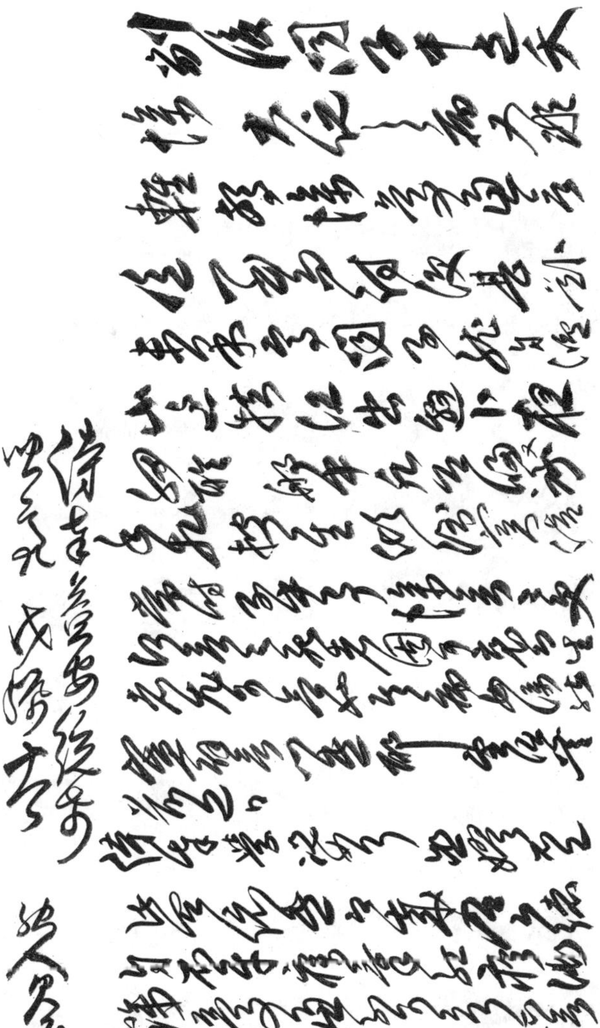

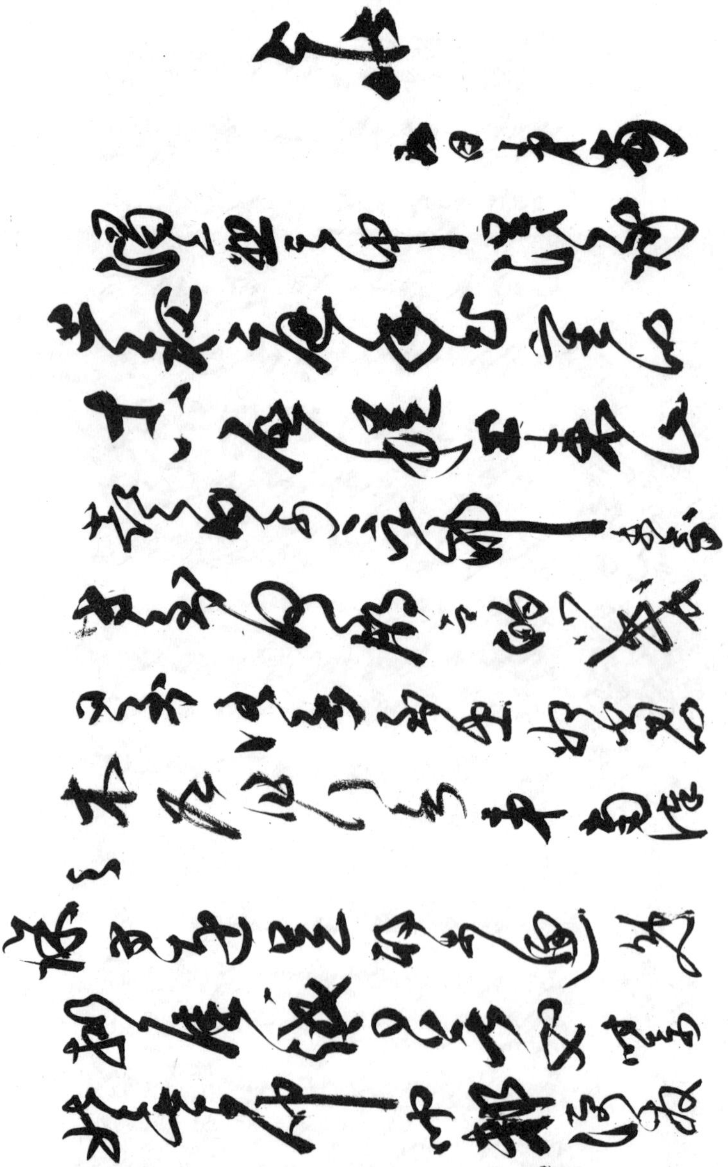

영성군(박문수) 정경부인 청풍김씨

영성군(박문수) 재실 천안시 북면 은지리 소재

송천서원(박문수) 배향 청원군 오창면 양지리 소재

대하 역사소설
암행어사 박문수 ③

초판인쇄/1996년 4월 5일
초판발행/1996년 4월 25일

저 자/김　　　선
펴낸이/이　홍　연
펴낸곳/이화문화출판사

등록번호/1-1314(1994. 10. 7)
주 소/서울시 종로구 내자동 145
전 화/722-7418, 739-0589, 732-7096
FAX/722-7419

*잘못된 책은 바꾸어 드립니다.　　　값 6,000원